当代中国最具实力中青年作家书系

东君 著

空椅子

中国言实出版社

图书在版编目（CIP）数据

空椅子 / 东君著 . -- 北京：中国言实出版社，
2018.8
（当代中国最具实力中青年作家书系 / 付秀莹主编）
ISBN 978-7-5171-2883-0

Ⅰ . ①空… Ⅱ . ①东… Ⅲ . ①中篇小说—小说集—中
国—当代②短篇小说—小说集—中国—当代 Ⅳ . ① I247.7

中国版本图书馆 CIP 数据核字（2018）第 176109 号

责任编辑：李　岩
责任校对：宫媛媛
责任印制：佟贵兆
封面设计：仙　境

出版发行　中国言实出版社
　　　　　地　址：北京市朝阳区北苑路 180 号加利大厦 5 号楼 105 室
　　　　　邮　编：100101
　　　　　编辑部：北京市海淀区北太平庄路甲 1 号
　　　　　邮　编：100088
　　　　　电　话：64924853（总编室）　64924716（发行部）
　　　　　网　址：www.zgyscbs.cn
　　　　　E-mail：zgyscbs@263.net
经　　销　新华书店
印　　刷　三河市祥达印刷包装有限公司
版　　次　2018 年 10 月第 1 版　　2018 年 10 月第 1 次印刷
规　　格　710 毫米 ×1000 毫米　1/16　14.5 印张
字　　数　182 千字
定　　价　42.00 元　　ISBN 978-7-5171-2883-0

猛虎嗅蔷薇，或者密林里那些身影

　　作为同行，当我面对这一套"当代中国最具实力中青年作家书系"的时候，心里既有感佩，亦有骄傲。这些当代作家中的佼佼者们，他们活跃在中国当代文学现场，以他们的文字，以他们对时代生活的深刻洞察、对复杂人性的执着追问，以他们对小说这门艺术的理想追求，抵达了这一代人所能够抵达的高度。作为女性作家，当我面对这些男性作家作品的时候，心里既有惊诧，更有震动。相较于女性，他们看待这个世界的眼光是如此的不同。在某种意义上，他们的视野更加宽阔，更加辽远。他们的姿态更加从容，更加镇定。有时候，他们也犹疑，彷徨，踌躇不定，他们在那些人性的罅隙里流连，张望，试图从习焉不察的细部，窥见外部世界的整体图景。然而更多的时候，他们是自信的，确定的。他们仿佛雄鹰，目光锐利，势如闪电，他们在高空翱翔，风从耳边呼啸而过。山河浩荡，岁月绵延，世界就在他们脚下。

　　在读者眼中，李浩或许属于那种有着强烈个性气质的作家，具有鲜明的个人标识。多年来，李浩近乎执拗地致力于小说艺术的探索，建构起独属于自己的艺术王国。他是谦逊的，又是孤高的，貌似温和家常，其实内心里饲养着野生的猛兽，凶猛而傲慢。

他是野心勃勃的小说家，不甘于通达却庸常的大路，深山密林的冒险于他有着更大的诱惑。

同为"河北四侠"，刘建东则属于藏在民间的高手，大隐于市，是另一种不轻易露相的"真人"。低调，内敛，甚至沉默。他深谙小说之道，是得以窥见小说堂奥的有幸的少数。以出道时间计，刘建东成名甚早。对于创作，他是严苛的，审慎的。他只肯留下那些精心打磨的宝贝，他绝不允许自己有半点闪失。从这个意义上，他是悲观的吧。时间如此无情，而又如此有情。大浪淘沙，总有一些东西终将远去。

骨子里面，或许叶舟更是一个诗人。他在文字里吟唱，醉酒，偃仰啸歌，浪迹天涯。莫名其妙地，我总是在他的小说深处，隐约看见一个诗人的背影，月下舞剑，散发弄舟，立在群峰之巅，对着苍茫天地，高声唱出心中深藏的爱与哀愁，悲伤与痛楚。叶舟的小说有一种浓郁的诗性的气质，跳跃的，不羁的，沉迷的，有时候柔肠百转，有时候豪气干云。

从精神气质上，或许胡性能与刘建东有相通之处。他不张扬，不喧哗，在这个热闹的时代，他懂得沉默的珍贵。他的作品也并不算多，却几乎篇篇锦绣，字字留痕。大约，他是爱惜自己的羽毛的吧。他从不肯挥霍一个小说家的声名。生活中的胡性能是平和的，他只在小说里暴露他与世界的紧张关系。他是复杂的，正如他的小说，又温和又锋利，又驳杂又单纯。

刘玉栋则显然具有典型的山东人的精神特质，沉稳，有力，方正而素朴。他以悲悯之心，注视着大地上的万物。他的文字里饱含着深切的忧思，对故乡土地的深情，对前尘往事的追念，对人间情意的珍重，对世道人心的体察，他用文字构建了一个自足的精神世界，他在这世界里自由飞翔。小说家刘玉栋飞翔的姿势耐人寻味，不炫技，不夸耀，却自有动人心魄的力量。

广西作家群中，田耳和朱山坡是文学新势力的优秀代表，同为七〇后一代，田耳有一种与生俱来的小说家的敏感气质，外部世界的细微涟漪，都有可能在他内心深处掀起惊涛骇浪。他看着那浪潮起起落落，风吹过来，鸟群躁动不安，俗世尘土飞扬，一篇小说的种子或许由此慢慢发芽，生长。他期待着与灵感邂逅时的怦然心动，享受着一个小说家隐秘的不为人知的幸福时光。朱山坡则一直坚持在"南方"写作。他丝毫不掩饰自己的执拗，也不打算解释自己的"偏狭"。南方经验，南方记忆，南方气息，南方叙事，构成了丰富而独特的文学的"南方"。他执着地构建着自己的"南方"，也构建着自己的小说中国。这是一个小说家的自信，也是一个小说家的强悍。

江南多才俊。同为浙江作家，东君、海飞、哲贵却有着强烈的差异性。多年来，哲贵把温州作为自己的精神起源地，信河街温州系列成为他鲜明的文学地标。他写时代洪流中人心的俯仰不定，精神的颠沛流离。他在文字里仰天长啸，低眉叹息。生活中的哲贵，即便是酒后，也淡定而沉着。作为小说家的哲贵，他只在文字里喧哗与骚动。而海飞，文学成就之外，近年来更在影视领域高歌猛进，声名日炽。敏锐的艺术触角，细腻的感受能力，赋予了他独特的个人气息，黏稠的、忧郁的、汹涌的、丰富的暗示性，出人意料的想象力，看似波澜不惊，实则激情暗涌，成为独有的"这一个"。与海飞、哲贵不同，东君的写作，却是另一种风貌。他的文字浸染着典型的江南气质，流淌着浓郁的书卷味道，古典的，传统的，温雅的，醇正的，哀而不伤，含蓄蕴藉。东君深受中国传统文化浸润濡染，深得传统精髓之妙。从某种意义上，他既是传统的，又是现代的。在人们蜂拥"向外"的时候，他选择了"向内"。他是当代作家中优秀的异数。

在同代作家中，黄孝阳有着强烈的探索勇气和激情，他以自己充满野心的文本，努力拓展着小说的思想疆域和艺术边界。他是不甘平庸的写作者，永远对写作的难度心怀敬畏。他飞扬跋扈的想象力，一意孤行的先锋姿态，以及由此敞开的内部精神空间，新鲜的，陌生的，万物生长，充满勃勃生机，挑战着我们的审美惰性，也培育着我们的阅读趣味。

中国当代文学现场，藏龙卧虎，总有一些身影隐匿，有一些身影闪现。无论是显是隐，他们都是这个世界的在场者、亲历者和创造者。他们以斑斓的淋漓的笔墨，勾勒着我们这个时代复杂蜿蜒的精神地形图。或者高歌，或者低唱。或者微笑，或者流泪。他们在文字的密林里徜徉，奔跑。心有猛虎，细嗅蔷薇。

是为序。

戊戌年盛夏，时京城大热

（作者系当代作家，《长篇小说选刊》主编）

目录

第一辑

先生与小姐 / 1

东先生小传 / 27

某年某月某先生 / 51

空椅子 / 73

酒徒汸传 / 91

第二辑

苏静安教授晚年谈话录 / 108

苏教授的腰 / 138

夜宴杂谈 / 174

鼻子考 / 194

先生与小姐

一

忽然想做一个漫游者。从东到西有多远，我就走多远。这是父亲去世后我唯一想做的一件事。

大哥也显老了，越来越像父亲了，头上几茎白发跟惊叹号似的支棱着。向他话别时，我无端地忧伤。窗户敞开着，北风灌满了屋子。家乡的风物，现如今看来倍觉可亲。山是可亲的，水是可亲的，花和树也是可亲的，就是家门口那株让我们父子俩闹得老大不愉快的桉树也是可亲的。那一年，我不知从哪里听说种植桉树可以赚钱，就跟林场的朋友合伙买了树苗。但父亲不允许我在家门口一带的山坡上种桉树，理由是，桉树不仅吸水，还吸肥。我不听劝阻，就把桉树种下了。不出几年，我们家门前的溪水先是变苦，后来就莫名其妙地干涸了，再后来，连周边的一些桔树和梨树都发蔫了。这桉树总算没辜负我的一片苦心，没几年就茁壮成长，风一吹，叶子跟银币似的闪闪发光。我把长大的桉树砍掉，赚了一些钱。望着满面愁容的父亲，我心里有些过意不去，就把一叠钱放在他的床头柜上，他却分文不要。我知道，父亲一直没有原谅我这种在他看来十分愚蠢的做法。父亲总是希望我能变成一个有出息的人。但我对他说，一个人不是想有出息就会有出息的。不是这样的。父亲听了我的话，只是有气无力地吐出一个字：滚。滚就滚吧，我手头好歹有了点本钱，觉得自己满可以做一件更有分量的事，于是就出门去做生意。我被父亲说中了，我不是一块做生意的料。这三年来，我做什么亏什么，弄得心灰意冷却又不能罢手。得知父亲病逝的消息，我就连夜赶回来。那一片桉树林，现在已经变成了杂木林。大哥说，父亲虽然痛恨桉树，但他还是留下了几棵。桉树，我们家乡俗称"三年背"。大哥说，你这些年在外背运，也许跟这门前种的"三年背"有关，不如砍个干净。大嫂说，这树留着也不碍事，三年背运不打紧，现在三年都已经过去，日子也该好转了。

　　临走前，我又回头看了一眼父亲的遗像。照片上的父亲穿着一件白衬衫，胡子也刮了，气色不错。父亲这一辈子没穿过一件像样的衣裳。临终前，大哥特地给他买了一件足够体面的白色的确良衬衫。父亲穿上之后，像是回光返照般突然来了精神，大哥赶紧用手机给他拍了一张照。二十多年前，大哥被乡里评为优秀会计，奖品就是一件白色的确良衬衫，这事全村人都知道。在我记忆中，那个年代的贫穷有着蓝或灰的颜色。而的确良衬衫的白显得尤为醒目，它的白不是孝服的那种白，它白得干干净净，会让人肃然起敬。大哥一直舍不得把它穿出去。挂在那儿，单是看着，便让他心满意足了。父亲去一个亲戚家吃喜酒时，倒是花了一元钱借他的白色的确良衬衫穿过一回。那晚，父亲回来后，拍着胸脯，洋洋得意地告诉我们：这件的确良衬衫把所有的人都给镇住了。亲戚们都说，他穿起这衣服哪里还像个种地的，简直就像是一个教书先生。父亲说，那一刻，他胸口就只差插上一根钢笔了。父亲把那件白色的确良衬衫弄得满是酒气，而且把衣角也弄皱了，大哥看着煞是心疼。他还没让父亲穿过瘾就一把夺了过去，把它泡在肥皂水里，洗了又洗。大哥和大嫂谈恋爱那阵子，那件白色的确良衬衫终于派上了用场。第一次穿上它，显得很不自然，他在镜子前照了又照，揉了又揉。临出门时，他忽然又若有所思地站住，踅回到镜子前，照着镜子一点点搓去耳后根那片通常容易忽略掉的污垢。看上去，他颇像一个体面的人物了。大哥出门时，父亲正扛着锄头从田间回来。父亲身上沾满了泥巴，而他却是一尘不染，这样一对照，他就显得有些不自在了。若是在城里，衣服干净的人通常会瞧不起满身污泥的人，但在我们乡下就不同了。父亲上下打量了一眼，带着揶揄的口吻说，呵，先生出来了。要知道，农忙时节，乡下人身上若是不沾几块泥巴，难保不会遭人讥诮，说他真像个先生。先生，就是站在讲台上的那种，干干净净，衣服穿得像粉笔一样洁白。

出门没几步，大哥就追了上来，把一串带有十字架坠子的项链交到我手中说，阿爹留给你的，虽说是赝品，但毕竟也是老人家的一番心意。旋即又送给我一张父亲的五寸照片，说，留着，也做个纪念，以后无论漂泊到哪里都别忘了本。照片中的父亲笑得有几分生硬，仿佛他穿的那件白色的确良衬衫仍然是借来的，随时都有可能被人讨回去。那一刻，我忽然喜欢上父亲这种很草气的形象了。

我穿过一条市声喧哗的大街，在一条巷子的摊头买了一份早餐，然后就在一张油腻的桌子前坐了下来，漫不经心地吃着。斜对面的一家商店前有五六个人正排着队，安安静静的。店门依然紧闭，他们很有耐心地等待着。过了一会儿，又有几个人过来排队。他们一声不响，各怀心事。我喝完豆浆时，发现那边已排成了一条长龙。我不知道他们在等待什么。也不想知道。在火葬场，我把父亲的遗体推进那条通往火化炉的走廊时，也曾见过这样一条规模庞大的长队。

坐在我边上的一位老人举起筷子，指着那些排队的人问，瞧他们那神情，好像在等待什么好运气出现吧？另一位正在剥鸭蛋壳的女人漫声应道，嗯，他们在等着兑奖，中奖者能得到一个高压锅。老人说，我这辈子有命无运，所以从来不指望自己会碰到中奖之类的好运。女人说，你总是相信宿命，所以你这辈子只能呆在穷山沟里教书。可我偏不信，运气这东西有时候是靠自己踮起脚尖争来的。你瞧那帮人，他们如果不买商家的东西就得不到那张兑奖券，得不到兑奖券就没有中奖的机会。老人沉默了半晌说，阿爹这辈子早已经把得失放在一边了，没有得也就没有失，不是也活得很好么？女人把剥好的鸭蛋放在老人的碗里，微笑着说，你呀，清粥配蛋就知足了。

在清早，在码头边的小镇上，我无意间听到邻桌一对父女在谈论运气的话题，心里面忽然感到有些沉沉的。大嫂说得对，背三年运，也该过去了。一个人运气好，是他能把自己的气运得好。气是流动的，可运的。运气不好就是一团气乱了，没运好。而我就是这样一个倒霉的人。

我转过头来，问身边这位女人，渡轮会在什么时候开过来？

当代中国最具实力中青年作家书系

女人正想答话时，老人抢先接过话问，你要去哪里？我想了想说，我要去江对岸。老人说，江对岸有两个乡，一个是菊溪乡，在西北角，一个是仙桃乡，在东北角，方向不同，渡轮不同，发船的时刻表也不同。外乡人常常坐错了地方，走了冤枉路。我们坐的是下一班渡轮，去仙桃乡那个方向。老人说了一大通话，对我来说没有多大意义，因为我此行是没有目的的。那么，我犹豫了一下问道，下一班渡轮是什么时候到？老人看了看手表说，一刻钟之后就到了。我说，好吧，我就去仙桃乡。这个匆促而又草率的决定似乎让他们微微感到有些惊讶。

　　我和父女俩同坐一班渡轮，而且坐的还是同排。我稍稍打量了一眼身边的老人，他的头发已是半白，脸上有一层倦怠的阴影，一身旧行头看起来很像我父亲。我们从这一带的风土人情说开去，聊了很多。老人说的虽然是普通话，但地方口音极重（因为山海悬隔，仙桃的方言跟我们那儿还是有些不同，但我仔细听的话也能听懂七八成）。老人说，这是他第一次出远门去城里，走了一圈，看看那些鸟笼似的楼房，看看那些拥堵的汽车，让他不免有些失望。他说自己还是喜欢乡村的生活，即便是鸡屎牛粪的气味都比汽车的气味好闻。女人接过话头反驳说，那是因为你自己不会坐车，早些年听到车票两个字都会发晕，少见。但老人还是以一种上了年纪的人所特有的固执数落城里人的不是，说城里人见了面就问"最近在哪里发财呀"，现在连乡下人也学着说了；说城里有一种发廊，地上是没有一根头发的，那些穿得很少的女孩子背着乡下的父母都不晓得在干什么事；还有一些做父母的，常常把女孩子送到一个地方，就是为了让她们学会一件事：踮起足尖，撩起短裙。女人撇撇嘴，打断他的话说，那是跳芭蕾舞，你不懂的。父女俩仿佛总有一些可以争论的话题。但他们的争论是温和的，带有玩笑的性质。

舍舟登岸，还要坐车走二十多分钟的盘陀路才能抵达仙桃乡。山是愈转愈深。先是四个轮子的车不见了，代之以三个轮子的机动车，再后来，连三个轮子的车也稀少了，只有两个轮子的脚踏车和板车。车慢下来了，天上的云朵也慢下来了。老人坐到一半多路程，忽然叫司机停车，说他晕车，宁可徒步回去。女人要陪他同行，老人挥手说不必了，让她只管带行李走，剩下只有一里多路，他很快就会赶上的。我望着老人手中的一个黑色尼龙袋说，我帮你拎着吧。老人却下意识地把袋子直往怀里掖。我不知道里面藏着什么宝贝物什，也不敢过问了。老人下车后，我与女人挨得更近，话倒是少了。

车子很快就到站了，我帮女人把行李提到一个路边的小站。女人向我道了声谢，可我没有要走的意思，我说，我还是陪你等一会儿老人家吧，反正我也没什么事。女人从一个小包里掏出一盒烟，抽出两根，给我递上一根。我们一边抽烟，一边说着闲话。她的面孔在一缕细小的烟雾中飘动，有一种别样的韵致。女人忽然问我，你来这里做什么？我说，在那个码头小镇上吃早餐的时候我仅仅是想到江对岸去，到了这里，我却不知道自己要做什么了。女人吐了一口烟说，你很快就会厌恶这里的一切，就像你厌恶某个曾经被你睡过的女人一样。这个比喻有点粗俗，但我喜欢她用一种满不在乎的口吻说出来。说话间，她又给我递来一根烟。我们继续抽烟，继续说一些不着边际的话。不知不觉间，我们抽完了七八根烟。我正待去斜对面一间小卖店买烟时，看见老人的身影突然出现在山路的拐角处。女人迎了上去，把老人扶住，然后转身对我说，反正你也没什么要紧的事，不如去我们家坐一会儿，顺便也帮我们扛一下行李吧。经她这么一说，我忽然想起来，有一件重要的事原本是要去做的，但我竟给忘了。现在，看着天上飘来飘去的浮云，我又觉着这件事已经不再重要了。

从城市跑到这里，天空地也阔，身心得了大自在，一下子就活泛起来。我扛着一个旅行包，随同父女俩步行来到一座村庄。这座村庄，女人说，叫苏庄。苏庄是个古村落，那些老房子，随便哪一堵墙都有上百年的历史，古旧气重。从树丛中露出的石头，被阳光涂成了桔黄色，远远看去如同秋天饱满的果实。进了村庄，拐过一座娘娘宫，跨过一座桥，就看见一栋三层小洋楼。女人说，这就是我家了，跟你一样，我也是第一次进新家，呵，回家的感觉真好，就像是把冻僵的双脚放进了被窝。我看了看小洋楼，又看了看女人，心里微微有些惊讶。她究竟是怎样一个女人？一个富婆？一个被大老板包养的二奶？

进屋，里面的大厅很宽敞，像树荫一样散陈着一股凉气。再进厨房，里面居然还有一个老式的灶台，上面供奉着灶神，旁边却另起一个煤气灶，还支着一个崭新的高压锅。看样子，那个老式灶台只是个摆设，没有实用功能。女人给灶神上香时，忽然问我，你可晓得这天底下哪位神仙的庙最小？我毫不犹豫地回答，当然是灶神的庙最小。女人带着浅浅的笑意说，你答对了，灶神的庙最小，但供奉的人却最多。我说，现在家家户户都用煤气灶、电磁炉烧菜了，谁还会像你这样供奉灶神？女人说，在我们这里，人们虽然用上了电气化的灶台，但他们依然要供奉灶神，依然称灶神为镬灶佛。

中午时分，女人烧了几个颇有乡间风味的小菜招待我。我尝了几口，夸她荤素搭配得好，厨艺不错。饭吃到一半，女人突然像想起什么似的问我，说了半天，还不知道你叫什么名字呢。我把身份证递给她看，她笑了笑说，你的名字跟你的样子一点儿都不像。我不知道自己在她眼中究竟是怎么一个样子。我也顺便问了一句，你叫什么名字？女人说，我叫苏红。又指着老人说，我父亲是位刚刚退休的乡村教师，你就叫他苏老师吧。苏老师突然停止咀嚼，静静地看着我，以示礼貌。这位乡村教师的身上带有一种竹子的气息。

吃过饭后，苏红说，反正你也没有什么去处，就在我家住上几天吧。我转头瞥了一眼苏老师。苏红对父亲说，他要在我们家住上几天，可以吧？

苏老师的回答是：有朋自远方来，不亦乐乎。

事实上，苏老师的回答是模棱两可的，看得出来，他对陌生人保持着一种必要的警惕，但表现出来的，却是一种"不亦乐乎"的态度。苏老师吃完饭，转身去了自己的房间。我打了个饱嗝，向苏红提出，我们是否可以出去散一会儿步。苏红说她有些累，也想睡个午觉，但她随即又吩咐我说，你出门的时候，左邻右舍若是看你一眼，你不要上去跟他们搭话。我问，这又是为什么？苏红说，人人都说远亲不如近邻，其实在我们这个村子，邻里之间的关系往往并不怎么友善。自从我家要盖这栋小洋楼，左邻右舍就老拿房屋的四至问题到乡政府说事，跟我父亲免不了口舌之争。自此之后，我父亲跟邻里之间很少说话，要不，他怎么会说有朋自远方来，不亦乐乎？

我出门的时候，并没有人跟我打招呼，我也没有跟他们打招呼。我绕着这个村子走了一圈，然后就在溪边的一块石头上坐下。

风吹过来，干干净净的，没一点尘土。一只鸟在人的影子里，啄食着地上的虫子，一点也不惊慌。我坐在溪边，默数着砾石浅滩上细小的游鱼。

　　过了许久，苏红沿着河堤走过来，说是要带我去后山看看。苏庄是著名的竹乡，后山就是一片竹海。我们行经的那条路就叫竹林路。这是县里面特地为竹乡风景区开辟的一条旅游路线，在苏庄，竹林路是唯一一条笔直、宽阔的水泥路，它蜿蜒到竹林深处一个半月形的湖泊。苏红像导游一样向我作了介绍，并且告诉我，过些日子，山那边的隧道打通之后，旅游观光车就可以从国道线下来，直入竹林路，看苏庄竹海就更方便了。我说，这里的人居有竹，食有肉，过的可是惬意的日子。苏红指着半山腰的竹舍说，你去问问他们，就知道这日子到底过得怎么样。说话间，一些竹农正扛着削掉枝丫的竹子，迈着八字步，从山上下来，嘴里发出吭哧吭哧的声音；还有几个竹农用竹笃子支撑着竹子，站在石阶上歇口气。我从他们身边经过时，他们只是不经意地打量我一眼。对他们来说，外边的人打老远的地方来这块穷山沟看竹子，简直就是吃饱了饭没事干。这个时节，别处的山都显现出枯瘦的样子，唯独这里还保持着丰腴的青色。穿过竹子形成的绿色拱门，再往前行，眼前豁然开朗，漫山遍野都是各种各样的竹子。有茅竹（宜做缆绳），有苦竹（宜做撑篙），有淡竹（其叶可入药）。这些小常识都是苏红介绍给我听的。还有一种竹子，很奇妙，看起来是圆的，摸起来却是方的。这就像是一种外圆内方的性格。苏红说，你上去摸一下。我伸手试着摸了一下，竹子果然是方的，但方中又带点圆润。城里人跑到这里，通常喜欢摸摸这里的方竹，说是有点意思。而且，苏红说，我发现，喜欢摸这方竹的，大都是一些男人。

二

在竹林里逛了一圈，苏红问我，感觉如何？我说，竹林很大，竹子很多。除此之外，我不知道自己还可以用什么更华丽的词语描述它们。我们就这样谈笑着回来。进屋时，苏老师正斜躺在一张椅子上睡觉，一条毛毯滑落在地。电视的声音开得很大，时不时地发出枪炮的轰响声。苏红把地上的毛毯捡起来，盖在老人身上。苏老师突然惊醒过来，说了句"这些天特别犯困，真是睡不醒的冬三月呵"，就坐了起来。苏红搬了一条小凳子在一旁坐下，揉着老人压麻的大腿说，你回来之后，好像都没有去村上走动走动了，整天窝在家里对身体不好。苏老师说，跟村上的人也没有什么好聊的。苏红说，明天有空，你请二叔、三叔一家人过来吃顿饭吧。苏老师说，你二叔的老丈人过世了，全家人都赶往县城奔丧去了，回来恐怕也得过好几天。苏红顿了一下，又问起了那位三叔。苏老师说，我今天给他打了个电话，问他近况，他说自己现在是"盐店里的老板，咸（闲）人一个"。你三叔这些年活得很窝囊，前年老婆跟人跑了，今年砖窑又倒闭了，他整天在家里喝闷酒，亏得小念懂事，把家收拾得好歹有个模样。你要是请三叔，他定然要向你讨酒吃。不给么，他又有怨言。苏红点了点头，把目光游移到窗外说，阿爹，外面阳光很好，你没事就出去晒晒太阳吧。

我帮苏老师把椅子搬到了外面的院子，苏红也顺便把衣物拿出来翻晒。我坐在台阶上，被阳光照着，就不愿意移步了。看着地上一动不动的影子，竟感觉是影子不让我动我才不动的。阳光里有一种好闻的味道，真的是妙不可言。苏老师微微眯起眼睛，仰望着天空。我问他，你在看什么？苏老师说，我在看天上的流云，天天看云的人，会把世上的一切看淡。我也抬起头来，看着天上的流云。有一种安静的力量让我们无话可说。

有人经过苏家门口，隔着一堵花墙问一声，苏先生（对老师的旧式称呼），最近都没看见了，在哪里发财呀？苏老师扬声说，在嘉兴府开书铺咧。那人立马会意，笑着走开了。我不明白这话里头的意思，转头问苏老师。苏老师哈哈大笑一声，就说起了这句方言的典故。在仙桃一带，"嘉"与"家"谐音，"书"与"嬉"（玩耍）谐音。"在嘉兴府开书铺"的意思无非就是在家玩着吧。到底是苏老师，说起话来总显得那么文雅，有深意。苏红的三叔就不一样，说自己是"盐店里的老板，咸（闲）人一个"，幽默有余，文雅不足。兄弟俩做人的境界由此可以见出高下。

太阳西斜时分，村庄上空飘起了袅袅炊烟，如同几个口衔烟管的老人聚在一块，一边闲话，一边吞云吐雾。很久很久，我都没见过炊烟了。一缕饭香远远地飘过来，叫人心底里满是炊烟的温软。苏老师望着天空说，流云飘移的速度又比昨天快了一些，明朝怕是要刮风下雨了。

这时，院子外忽然响起了一阵喧哗声，我透过花墙，看见一群老人向这边走来。又有人隔着花墙叫了一声"苏先生"，苏老师像是没听见，正要转身进屋子。一位老人再次叫住了他，苏老师回过头来，让我过去打开门。十几位老人鱼贯而入，为首的那一位开门见山说，过些日子，村上就要举办迎佛仪式，仙桃乡各村充资联办，分头承担，大家有钱的出钱，有力的出力。你们家也算是我们仙桃乡的富户，应该是带头捐款的。苏老师说，我们家既不信阿弥陀佛，也不信娘娘，这钱就不出了。为首的那一位老人说，你家女儿在我们村上也算得上数一数二的大老板，比起那些当家男人都强十倍、百倍，出钱迎佛也是求个吉利，何乐不为？苏老师说，我们家刚刚造了房子，手头紧，没这闲钱。有个老人抢白道，你们家的屋子盖得像娘娘宫一样气派，出点钱还怕肉疼不成？苏老师突然涨红了脸说，出钱不出钱，各凭自愿，哪有你们这样子强人所难的？这时，苏红从楼上闻声下来，问明事由，笑着问，你们迎佛，迎的是什么佛？为首的那一位老人说，迎的可是陈十四娘娘。苏红说，原来是佛姨奶呀，这钱我出定了。为首的那一位老人眉毛一扬，拿起一本账册问，出多出少，你自个儿定吧，我们也不强求。苏红说，你们每年从迎佛到送佛这段时间好像都要唱几天酬神戏吧。众人都点了点头。苏红说，不管唱几天戏都由我来出银（钱）。苏老师听了这话，脸色刷的一下变了，但他没有吭声就掉转身走进自己的房间。

苏红出银做酬神戏的事传开后，村上的人都啧啧称赞。也有人在背地里冷笑，说这世道反了，居然让一个女人出银做戏。听了这话的人反驳说，这有什么可怪的，陈十四娘娘也是女人嘛。

第二天，一个中年人带着一个瘦弱的小女孩进来。中年人穿着一件打补丁的夹克衫，衣领皱巴巴的，身上沾了一些泥灰。进门时，他那双脏兮兮的布鞋在门口鞋垫上蹭了又蹭，就是不敢戳进来。苏红将他一把拉进来，向我介绍说，他就是我说的那位三叔。我也跟着喊了一声"三叔"。三叔指着我笑眯眯地问，是男朋友吧？苏红笑而不答，像是默认了。苏老师拿来一条干毛巾，一边给他拍身上的泥灰，一边数落说，你都在家闲着了，怎么还是惹得一身泥灰？三叔说，你是教书先生，自然是要穿得干干净净的，而我一个农民若是跟你一样，人家往后就不会叫我去干活了。

三叔身后的小女孩显得青涩而又单薄，用一双清亮的大眼睛默默地注视着我们。苏红把小女孩拉到身边说，小念，让姐姐好好地看一看你，唔，你怎么瘦成这样子？三叔淡淡地说，小孩子吃饭胃口不太好，像她阿妈。苏红突然问小念，想不想阿妈？小念摇了摇头，却把眼角汪着的一团泪水给摇了出来，落在苏红的手上。

三叔用近乎恳求的目光望着苏红说，你带她出去做生意吧。

苏红面露难色说，她太小了，我不能带她出去。

三叔怔了半晌，想说什么，又改口聊起了别的话题。聊了片刻，他就起身要走。苏红递给他一个红包，三叔推辞不要，苏红就把它塞进小念的口袋里。

正如苏老师所预料，今天上午突然刮起了北风，天色一下子暗了下来，随后就是一阵大雨。山和人都像是水墨泼成的，风枝雨叶也泼成了一片。一只鸟从树枝上弹起，如一滴碎墨，落入一团烟云。隐约传来几声鸟鸣，却不见鸟迹。

下了一场倾盆大雨，溪流的声音更急了。感觉瓦屋如舟，浮了起来。

这大雨天，哪儿都不能去了。我和苏红就在房间里说一些闲杂的话。我问，你让一个陌生男人住进自己家，不觉得害怕？苏红说，我如果一开始就怀疑你，就不会让你进这家门了。那天在码头小镇的饭摊上吃早餐时，你无意间解开外衣扣子，我就发现了你身上的一个秘密。说到这里，她又反过来问我，你是基督徒？

我说，我父母都是虔诚的基督徒，我只能算是个准基督徒。我已经猜到苏红所说的"秘密"是指什么东西了，我再次解开外衣扣子，把脖子间的十字架取下来，说，我父亲上回去上海看病，经过南京路，突然间心血来潮，花了两百多块钱买下了这么一串十字架项链。买回后他还以为自己捡了个大便宜，我大哥识货，但一直不忍心点破。阿爹临终前还把它当宝贝似的捂在手里，说是要交给我。苏红把我手中那串十字架项链拿起来瞄了几眼说，我有个朋友专卖这种赝品，成本价不足十元。我说，即便它只值一块钱，我也要把它挂在身上，因为他是父亲留给我的。苏红说，我没有看走眼，你是一个重情义的人，如果是在很多年前遇到你，我也许会牢牢地抓住你不放。她露齿一笑，就没有再往下说了。我不知道她很多年前是怎样一个人，而现在又是怎样一个人。

在沉默的间歇，我们都不约而同地把目光转向窗外。窗外是山，山背后仍然是一片山，看上去仿佛只是一些淡蓝色的石头，远远地飘浮着。苏红说，从前，我感觉这世界很简单，仅仅是由两个部分构成的：一个是山这边，一个山那边。山那边是未知的，也是我渴望知道的。正如一个女人尚未亲历男人之前渴望知道男人的真实世界。那时候，在我眼里，世界就这么简单。我说，现在的苏红已经不再是从前的苏红，看山也不再是山了。苏红说，你这话是什么意思？我好像听得懂，又好像听不懂。你这话到底是什么意思？

下过一场冬雨后，冷空气就来了。这山里头的天气比寻常地方原本要冷。冬天的时候若是挟风带雨，就有一股湿冷直奔骨缝里去。我添了件羊毛衫，还是觉着丝丝冷意。我来到楼下苏红的

当代中国最具实力中青年作家书系

门口，敲了三声。没应，又叫了两声。里面响起一个睡意未消的声音：门没有上锁，进来吧。我推进门说，睡觉的时候怎么连门也不锁？苏红说，睡在自己家，用得了防范？我看见她依然躺在被窝里，有些不好意思。苏红说，进来吧。我说，我已经进来了。苏红说，我是让你进我的被窝，天气怪冷的，我可不想出来。

我钻进被窝的时候，才发现她什么也没穿。但我的手触摸到她的身体时，能感受到很久以前别个男人的手留下的温度，而且，我还能闻到别个男人留下的不洁的气味。我这么做，或许仅仅是证明自己身上还有一点点混合着厌倦的爱意。她推开了我的手，断然说，不要碰我。我立马缩回了手。她幽幽地叹了口气说，你知道我以前从事的是什么职业，就不会碰我了。其实我并不在乎她曾经做过什么。我也不想告诉她我曾经做过什么。我与她之间几乎不可能发生什么关系。我们并排躺着，谁也不碰谁，如同两尾在暖流交汇处相遇的鱼，彼此依靠着，却没有相濡以沫。窗外又响起了沙沙的落雨声。这丰沛、无常、让人身心迷乱的南方雨水代替了我们之间的言语。是的，我把双手放在自己的大腿根上，仅仅是为了给欲望划出一条清晰的边界。我喜欢享受这种保守的放纵。

过了许久，她用肘部顶了我一下说，叫你不碰就不碰，真是个听话的孩子哎。我说，一直以来，我都是素睡，习惯了。她问我，什么是素睡？我说，就是一个人睡，像出家人一样。她说，你们那边的话跟我们这边还是有些不同的。聊着聊着，我们很快就进入另外一种放松的状态，仿佛要把体内残存的欲望转换为谈话的激情。说到"身体"这个词时，她忽然又用一种舒缓的语调问我，你刚才在我身上触摸到了什么？我没有回答。她又接着问，你是否触摸到了一条伤疤？我说，是的，一条带状的伤疤，在你大腿上。苏红说，这是我应得的报应。这样说着，她又把我的手拽过来，让我抚摸另外几条伤疤。那些伤疤就像竹节一样。

我已经烂掉了，从里到外都烂掉了。她说。

窗外的雨似乎已经歇停了，锌皮遮板传来雨珠跳荡的声音。在灯光的映照下，玻璃上的雨珠宛若白色的蛆虫，缓慢地蠕动着。透过这扇窗户，我看到的是一个爬满蛆虫的世界。这世界比我想象的要坏一点，但我可以忍受它的坏，它在女人体内所安放的最甜美的腐烂。

我们又变得静默起来。

三

清晨醒来，就隐隐听得远处传来鼓声。扳指一算，今日正是古历十月初十，仙桃乡照例要唱南游。所谓唱南游，唱的是陈十四娘娘降妖伏魔、暖老怜童的故事。陈十四娘娘是这一带山里人信奉的女神，就像海滨渔民信奉妈祖林默娘。请来唱娘娘词的，不是一般的唱词人，而是一位远近闻名的大先生。一部《南游记》，非大先生不能唱。从上部"观世音"，唱到中部"洛阳桥"，是昼夜连轴唱，无有间歇。唱到下部"陈十四娘娘"，是大词中的大词，一直要唱到第七夜。苏老师说，鼓词好听，娘娘难唱。说的大约就是这意思了。

我穿着睡衣下楼时，看见苏红正在做早餐。我问她昨晚睡得好不好。她说自己睡得很死，都不知道我什么时候离开她的房间。

我们坐下来吃早餐的时候，听到外面传来当当当的敲门声。

苏红问，门外是谁呀？

有人答，我是西行先生。今天是迎佛的好日子，我来你家门口唱一首利市歌吧。

我问苏红，西行先生是谁？苏红扑哧一笑说，我们仙桃的规矩，乞丐讨饭，要从东走到西，所以就称他们为"西行先生"。开了门，苏红把十块钱从花墙镂空的地方递过去。那位"西行先生"说了一句讨吉利的话，就去下一家了。乞丐的生活是有目的的，他知道自己朝哪个方向走，而我呢？往后还不知道路在哪儿。这个想法让我在那一瞬间打了一个冷战。吃过一碗清粥，化去了身上的陈寒，可心底里像是起了雾气。从餐桌旁站起来时，我突然不知道自己该干些什么。苏红提醒我，你怎么还在这里发呆？赶紧换一件衣服，一起出去看热闹吧。

我带上了一个照相机，随同苏红循着锣鼓声来到碧霞元君祠（俗称娘娘宫）前，只见门口有一个竹篾扎成的大彩灯，上面还有纸扎的各路神仙、将相、观世音菩萨以及顺天圣母陈十四娘娘和她的扈从。门外还设有香案、纸马台、三界台。因为经坛就设在这里，四乡八里的人都关门歇业跑过来迎佛。

唱南游活动中，有一项"迎佛"的节目。说是迎佛，其实是迎神，所迎之神便是陈十四娘娘。仙桃人喜欢在一些古老的物事后面加一个"佛"字，如灶神，他们称之为"镬灶佛"。而石头称"石头佛"，月光称"月光佛"，打雷称"响佛"，九十岁的老人称"九十佛"。好像佛是无处不在的。

陈十四娘娘自然也是佛，所到之处，挨家挨户都燃起了鞭炮，有三百响、五百响，仿佛连冬日黯淡的阳光都被点燃了，天上的云彩也被烧着了。信男信女一律拈香跪接，空地上一排溜摆着迎神的筵席，前头是两张相叠的八仙桌，摆的是高筵，上面供奉三牲，一只鸡、一尾鱼、一口猪头。猪头上还插着一把菜刀，不知何意，看样子是吓唬那些恶鬼邪神的。一名手执令旗的道士在前引路，几个身着玄衣朱衫的壮汉抬着佛銮紧紧跟随，后面还有一些人手执钢刀、神铃、彩旗、锦幡之类，可谓气势非凡。巡游一遍之后，娘娘被接至经坛。道士手中的令旗一挥，众人便开始呼佛号、烧纸马。

晚些时候，又有一支游行队伍从村外逶迤而至。一阵开道锣敲过，人群都退至两边，一名穿长衫的长者走在前头，口中念念有词，念的大约是祝福大家年景吉利、合境平安的保祥词。紧接着，后面推来了几辆囚车。每辆囚车里都坐着一名身穿红绿绸服的小孩。我定睛细看，发现其中有一个小女孩就是小念。我问苏红，小念这是做什么？苏红说，她在扮演罪童。我又问，小念为什么要扮演罪童？苏红说，她小时候体弱多病，扮罪童可以保佑她无关无煞成长。小念身后，是一群戴着纸制枷锁的"犯人"，脚上还有纸制的铁链。这些大人跟小念一样，都是为了消灾祈福。

我放下手中的相机，对苏红感叹说，仙桃人是有信仰的，他们知道怎样跟神灵打交道，这种对神灵的酬谢方式也很别致。苏红说，是呀，你以为我出钱做酬神戏，是为了在穷地方摆阔？我是为了给阿爹买个平安。我说，这也是尽一片孝心吧。苏红说，前些年我要给阿爹买医疗保险、养老保险，可他不要。现在，眼看他的身体一天不如一天，我也只好求神拜佛给他买个平安。我说，老人家这些天好像有点生气，他未必能领会你的一片苦心。苏红听了，低头不语。

次日晚间，酬神戏如期上演。苏红托我去请苏老师看戏，苏老师却以自己视力不好推辞了。无奈，苏红就与我同往。戏台就搭在碧霞元君祠对过的晒谷场上。因为苏红包了三晚的酬神戏，村上的首事就请她坐前排中间，而且准予她按戏簿点一出自己喜欢的戏。到了开场时分，我和苏红并排坐在一张藤椅上。为了讨个彩，正戏开场前照例要出演几分钟的"打八仙"。这回"打八仙"打的是"小八仙"，上来表演的除了福禄寿喜四仙，没有让全班演员戴上全套行头一一亮相。因为有贵人（本次酬神戏的唯一赞助商苏红女士）在场，首事又特意让戏班安排了一个跳女加官的小节目。然后就是演正戏了。唱的是仙桃人耳熟能详的地方戏，扮演富家小姐的竟是一名略显富态的少妇，动作迟缓，连水袖也甩得有气无力。台下的人眼毒，一眼就看出她怀有身孕，都发出一片嘘声，要罚戏一本。但那位少妇显然是见过场面的，有时会用临场发挥的插科打诨来补偿体态上的不足，观众们倒也看得兴致勃勃。丫鬟一出场，就一迭声地喊"小姐"。苏红推了推我说，你听听，从前的富家千金才叫小姐，而现在呢，小姐是一种下贱的称呼。我没有笑，但我听到苏红发出了一声短促的怪笑。

　　这时，小念不知从哪里走过来，拉了拉苏红的衣角。苏红问，什么事？小念不说话，苏红贴着她的脸问，你倒是说给姐姐听呀。小念低声抽泣着说，阿爹不要我了，阿爹不要我了。苏红把她抱到自己的膝盖上问，三叔对你怎么啦？小念说，阿爹刚才带着我去后台找戏班的老板商量，说是让他带着我走。苏红说，这不成，我跟三叔说去。转念一想，又说，还是找戏班的老板说去。等三叔走后，苏红托人去找戏班的老板。不多时，戏班的老板就来了，见到苏红像见了财神，开口就送上几句吉语。苏红说，我三叔刚刚喝了酒，信口胡言，说是要让我妹妹去学戏，你可千万别当真呵。老板点着头说，明白，明白。然后退了回去。苏红被这事一搅，也无心看戏了。苏红说，我最不喜欢的两种女人就是戏子和小姐了。我们正待往回走的时候，听得台上的丫鬟正在泪水涟涟地喊着"小姐，小姐，小姐……"苏红回过头来，嘴里吐出了四个脏字：去，你，妈，的。

回来的时候，苏老师正用热毛巾敷着额头，躺在客厅的沙发上。苏红问他是不是发高烧了。苏老师点点说，之前洗完头，听到外头有声响，以为是你们回来了，赶紧去打开门，头发一下子被风吹开，感觉有一股冷气直往骨缝里钻。天气到底是冷了，你改天有空去集市的话，就给我买一顶绒帽吧。苏红去换热毛巾时，苏老师忽然走到我身边悄声问道，今晚的戏演得可好？我说，还行，看的人挺多的。苏老师说，其实他是喜欢看戏的。

第二天一大早，苏红就去了集市，但一时间找不到绒帽，就买了一团羊绒毛线回来。苏红说，我要亲手给阿爹织一顶绒帽。过了几天，苏红果然就给父亲织了一顶绒帽。苏老师把帽子戴在头上，试了试，说，正好。再过几天，苏红又给他织了一条围巾。傍晚时分，乡里要举行收妖送佛仪式，我带着照相机出门时，看见老人正戴着一顶紫色的绒帽，披着围巾，斜坐在院子里，抬头望着天上自聚自散的流云，那一刻，晚风灌园，夕阳满地，老人的背影把我心底里的什么东西猛地触动了一下。我举起照相机说，苏老师，我给你拍一张照片好么？苏老师整了整帽子，摆好了姿势。透过这个单反相机的镜头，我仿佛看到了父亲穿着白衬衫的模样。

收妖送圣仪式仍然在娘娘宫前举行。道士把缠在柱子上的纸扎的蛇妖拘到纸船上，拖长音调念了一句：驱邪迎祥——送圣回

当代中国最具实力中青年作家书系

宫——几名乞丐便上来扛起纸船。此时的乞丐，不能叫乞丐，而是要称他们为"西行先生"。西行先生把蛇妖一直押送到江边，那里早已有一艘小船候着了。几名西行先生扛着纸船上船，送到江心，就焚了蛇妖之类的妖魔鬼怪。看到江中红光闪耀，江岸边顿时欢声沸腾。

苏老师说病就病了，病情比我想象中的要重。吃晚饭的时辰，我无意间瞥见桌子上摆放着一本厚厚的《圣经》，就料想到苏老师这一回定然是病得不轻。在我老家，谁若是带着一本《圣经》上医院看病，身上准是出了大问题；若是再带上几本赞美诗之类的书，这问题就更大了。但苏红说，苏老师一直有病，只是，久病之人与各类疾病打了长时间的交道，总能处之泰然，只有那些偶然患病的人才会大呼小叫唯恐天下人不知。有些病是可以轻易地打发掉，有些病，很固执、很有耐性，它可以花很多年时间不动声色地盘踞在那里，时间一到，它就跳出来，给人以致命一击。苏老师病倒后，四肢瘫软，似无还击之力。苏红给他洗脚时，发现他的双腿已经出现了浮肿，手指一按，表皮就凹进去，没有一点弹性。我不知道苏老师跟她说了些什么话，苏红突然抱着他的腿哭了起来。苏老师伸出颤抖的双手抚摩着女儿的头发，久久不语。

俗话说，病来如山倒，但我更愿意把它比作流水，当它在一个人的体内溢出时，就将灵魂席卷而去。父亲去世的时候，我未能赶上，因此，苏老师闭上眼睛的那一刻，我感觉眼前死去的老人与我是有血缘关系的，而苏红哭喊的仿佛就是我的父亲。慢慢地，应该属于她的泪水就在我的眼睛里流淌出来。

仿佛是冥冥之中出现的呼应，一阵急雨从山那边猛地扑过来，不过片刻，又向另一个山头奔去。我把头靠在墙上，默默地倾听着远去的雨的余声。大厅里除了我和苏红，没有别的人。突然发觉，死就是身边的事，是触手可及的。

我说，苏老师去得太突然了，好像是眼看着好端端一个人在路上走着走着就倒下了。

苏红说，其实他早就得知自己得了绝症，只是一味地隐忍着。

我说，这么说，他去城里看你时，应该是早有一种不祥的预感的。

苏红点点头说，这么多年来，我都没有关注过他，而他却在默默地关注着我。我把钱汇到家里让他盖房子，他就一直在试着探听我这些钱的来源，他总是担心我在干什么投机倒把或贩卖毒品之类的非法营生。因此，盖好了房子之后，他就偷偷来到城里找我，结果发现我开的是一家兼营色情服务的大浴场，气得大病一场，而且不肯就医。我哄他说，我只是临时帮朋友打理这家浴场，过些日子就离开。好说歹说，他才住进了医院。一检查，发现是癌症晚期。他知道自己已是无药可救，就让医生瞒着我。没过几天，就跑出来，谎称自己的病好了，要回去。我也怕他长时间呆下去，迟早会发现我的真实状况，就索性送他回老家，陪伴他走完人生最后一段路。

我说，苏老师好像也听人说起过你的闲言碎语，因此他后来很怕跟村上的人聊天。

苏红说，这么多年我在外头流浪，做过小姐，做过妈咪，做过夜总会的老板娘。这一切，阿爹后来全都知道了。但他在临终前告诉我，他已经原谅了我。可我无法原谅自己，我是一个下贱、无耻的女人，一个死了就该下地狱的罪人。

当代中国最具实力中青年作家书系

我说，我也是一个罪人，我父亲在临终前恳求神宽恕我，但我跟你一样，从来就没有原谅过自己。很多年前的一个夜晚，我喝醉了酒，开着一辆卡车，把一个只有五六岁的小女孩撞飞了，我见四周没有人，就开着卡车逃逸了。这件事一直没被人查出来，但从此以后，我无论做什么事都很背运。有时我想，我应该像个真正的男子汉那样，回老家去投案自首。我需要的只是一点勇气，可我办不到。

　　苏红说，一个人知道忏悔，证明他的良心还没坏透。一个女人最大的悲哀就是，她做了那么多无耻的事，却没有感到脸红。而我就是这样一个女人。现在，你就鄙视我吧。

　　现在，我说，你也可以鄙视我，朝我脸上吐一口唾沫。

　　话音未落，苏红果然朝我脸上啐了一口。我也朝她脸上啐了一口。我们都没有抹去脸上的唾沫。

　　办完丧事，苏红把父亲的遗物检点了一遍，有些留给自己作纪念，有些送给二叔和三叔，还有些就烧化给父亲了。这里面有一本日记，对苏红来说尤显珍贵。里面记的都是一些家居琐事，平素零星支付亦必细录，最后一笔记下的，是女儿给他织了一顶绒帽与围巾的事。苏红捧着这本日记，就像捧着父亲的骨灰盒。

　　她脸上的泪水被冬天的寒风一点点吹干之后，才抬起头来跟我说，我要回城里去了。我问，你还是回城里重操旧业？苏红说，我不回城里去还能做些什么？你呢？现在要去哪里？我伸出一根手指在空中画了一个圈说，也许是这边，也许是那边，我也不知道去哪边。苏红说，如果你觉得自己实在没地方可去，就在我家再住上一阵子，我把钥匙交给你，你想什么时候离开，就什么时候离开吧。分手在即，我们突然间都有些不舍。苏红说，我们去竹林路那边走走吧。

现在，竹林路已经通车了。车子从隧道那边一进来，小孩子们和一些家畜就避让一边，有些懂事的小孩子向旅客们举手致意，这些文明举止想必是学校里的老师教他们的。等车子带着令人厌恶的尾气绝尘而去，那些小孩子和家畜又跳到路中央，嬉笑打闹。村上的小孩子们素习跟家畜打交道，在他们的调教之下，狗儿能起立行走，鸡鸭能歌，猫儿善舞，一幅人畜欢呼的闲乐景象。竹林路南边有一条岔道，通往村外的一座土庙，一条石板路被雨水洗得发白，如同穷苦人的旧衣裳。

我们沿着这条石板路，向一片空旷、冷寂的田野走去。阴冷的空气中弥漫着烧过的泥灰的气味，凝冻的泥土间尚留一些植物的残根。石板路尽头就是一座土地庙，另一头还是田野。我们站在田埂上，远远看见一座砖窑前有两个人正在搬运砖块。一个是大人，拉着一辆满载红砖的板车，另一个是小孩，在板车后面使劲推，寒风呼呼地吹着，她的身影显得益发孱弱。苏红指着两个缓缓移动的身影说，是我三叔和小念。

我们走到砖窑前，三叔用一条脏毛巾擦了擦额际的汗水，带着羞愧的笑容说，阿叔没出息，让你见笑了。苏红说，前阵子砖窑不是关掉了？怎么又想到要开张了？三叔指了指村子里插着一面红旗的地方说，莉莉家要盖洋楼，比你那栋还要大。她在外头发了财，人都变了个模样，出手也大度，造房子的砖块全让我包了，价钱还让我一口说了算。

我轻声问苏红，莉莉是谁？

苏红哼了一声说，像我一样，一个曾经靠卖身发家的酒店老板娘，在外头赚了一些钱，就在这块穷地方显摆了。

苏红走到小念身边，掏出湿巾擦去她脸上的灰土，转头对三叔说，都说女儿要娇养，你怎么老是让小念也跟着你干这种粗活？

三叔说，我们穷人家，只要能有口饭吃，也不分活儿粗细了。只是这孩子跟着我，真是受累了。前阵子我本来想让这孩子跟了戏班的老板去学戏，往后好歹也能混口饭吃。谁知那个老板晚上答应了，第二天就说他这个草台班子不景气，不愿接收了。我担心的是，要是有一天我喝酒喝死掉了，也不知道这孩子怎么办？这样说着，我们都有些黯然。掠过田野的风声听来如同从老人胸膛间呼出的喘息，一阵紧似一阵。

苏红把小念拉到身边，摘掉她那双早已破损掉线的手套，抚着她手上尚未愈合的伤口问，疼么？小念咬着嘴唇，不让一个"疼"字轻易地说出口。泪珠在她眼睛里直打转，仿佛荷叶上的露珠，只要一阵风吹过便会簌簌滚落。苏红把她的双手捂在自己手里，又问道，想不想跟姐姐去城里？小念茫然地看着田野中堆得整整齐齐的砖块，没有回答。三叔抢过话说，你能带小念出去是再好不过了。苏红按住小念瘦削的双肩说，那好，明天让三叔跟你老师说一声，姐姐这就带你走。小念看着三叔，眼角汪着的泪水一下子就搅碎了。三叔蹲下来，捏着她冻得通红的鼻子说，小念，去城里好好干，往后赚了钱，也给阿爹起一座小洋楼。

苏红把小念带回家里，让她把双手洗干净，又给她涂上了防裂膏。小念一直没说话，独自一人站在窗口，手指抠着玻璃，默默地注视着田野中那个缓缓移动的身影。苏红收拾了衣物之后，对小念说，小念，你听着，姐姐现在要带你去一个很远很远的城市，让你在城里最好的学校念书。

苏红要离开了，我应该是有些伤感的，或者是装成一副伤感的样子。可我没有。我把她和小念送上车的时候竟忘了挥手，忘了送上一句祝福的话。该走的都走了，我独自一人留在空荡荡的屋子里。屈指算来，我在苏庄已经住了一个多月。在这里，时间变成了一种不值钱的东西。它不能给我带来什么。这日子，既不快乐也谈不上痛苦。偶尔会有一些小小的不快，但可以用睡眠来安抚。白天，我唯一要做的一件事，就是坐在苏老师坐过的那张椅子上，看着天上的流云。直到把白云看成一大片乌云，直到乌云变成雨水，吧嗒一下落在我的脸上。然后，我就把椅子搬到走廊上，继续看雨。天黑了之后，我就在屋子里静静地躺着，听着雨声，直到天明。这屋檐上的瓦片、屋后的竹叶，都是世间的无情之物，但被夜雨打过之后，就变得有声有色，有情有味了。

当代中国最具实力中青年作家书系

东先生小传

一

你坐在这里做什么？

我在等那条狗。

狗呢？

在车子底下睡觉。

你可以把它唤醒。

日头这么毒，它好不容易找到一块阴凉的地方睡午觉，我怎么忍心唤醒它？

它是你家的狗吗？

不是。

这就怪了，既然它不是你家的狗你为什么还要坐在这里等它？

我怕车主来了，没注意到这条正在酣睡的小狗，倒车时一不留神就把它给碾扁了。

你真是一个心地善良的好人。不如这样吧，你留一张字条夹在雨刮上，车主来了自然会看到。

这不行，万一车主没看到怎么办？万一他看到了不在乎一条狗命怎么办？

这个嘛——

所以，我就坐在这里。要么等车主过来，要么等狗醒来。我是个大闲人，坐在这里或那里还不都是一样闲着？反正这里有一棵大树，正好可以乘凉。

老先生，我不知道该怎么称呼您？

我姓东，你就叫我东先生吧。

我们现在要介绍的这位东先生，白脸长身，神情温和，略带点疲懒；说话举止，也总是那么散淡、纡徐。早年间，认识东先生的人都说，他像一位教书先生。年岁大了，他的一头白发就变成了智慧的象征，仍有人将他当作退休教师，左邻右舍偶尔会带孩子过来，向他请教一些书本上的知识，或是请他教孩子们写几个毛笔字（东先生写的是正字，颜鲁公体，让人看了会心生庄重）。东先生是位好好先生，见了好雨、好孩子、好字以及好文章，都要欢喜赞叹。

有一阵子，邻居的孩子们不仅喜欢东先生，还喜欢东先生家的狗。东先生与狗的故事暂且搁后再说，先说说那些孩子吧。到东先生家里来玩的大多是一些外地民工的孩子，他们身上有一股难以管束的野气，说话带脏字，大小便随地解决，吐痰也不看场合。但他们在东先生家呆了一阵子之后，就改掉了这些坏毛病。大人们都不免惊讶于孩子的急遽变化，一问，才知道，东先生给他们上了一堂课。讲些什么？孩子们一律闭口不说。东先生也不说。其实，东先生只不过是给他们讲了几个鬼故事，比如，有一种食唾鬼专吃孩子的口沫和痰液，有一种食粪鬼专从孩子的粪堆里觅寻粪气吃，还有几种带异食癖的鬼，东先生讲得绘声绘色，煞有介事。孩子们听了，忽然觉得鬼无处不在，有所敬畏，就不敢再随地吐痰或大小便，讲话也文明了许多。因为孩子们被告知，鬼话不能乱传，否则鬼会找上门来咬他们的舌头，所以他们都不敢把东先生的话透露分毫。

然而有一天，不知是谁，无意间了解到了东先生的身世，据说他坐过三十几年的牢。这事传开后，邻居的孩子们就再也没有到东先生家玩耍了。大人们即便见了东先生家的狗，也要避而远之。东先生早年干过些什么坏事？他们不甚了然，但一个人坐过三十几年的牢，想必是非奸即恶，不能不防了。东先生极少跟人谈及往事，尤其是四十年代那一节。有些朋友过来闲谈，偶尔问起他坐牢的原因，他就沉默了，不再多说一句话。

抗日战争刚爆发那一年，东先生二十五岁，因为蓄了一撮胡子，所以就显得有点老相，看上去像是四十岁——那时候的读书人大多有一种蓄须明志的癖好，东先生自然也不例外。日本人打到上海的时候，东先生正准备写一本与自然名物有关的书。屋外炮声隆轰，屋内灰土迸散。东先生愤然写下八个墨字：老实读书，不怕炮弹。写毕，张贴门口，然后返室，沐手，焚香，从书架上抽出一本书，读了起来。读的是明朝遗民张宗子的文章。里面有一篇文章写鹿苑寺方柿，东先生读着读着，便想起故乡的柿子。不过，故乡的柿子是圆柿，确切地说，是椭圆形的。东先生咂了咂嘴，用老家的土语念了一段张宗子。念到"余向言西瓜生于六月，享尽天福；秋白梨生于秋，方柿、绿柿生于冬，未免失候"，心里忽然泛起一股酸味。他觉得自己就跟冬天的方柿、绿柿一样，也是生不逢时。东洋留学归来，原本以为自己可以一展抱负，但现在，除了长出一大把胡子，似乎也没有干成一件像样的事。好不容易在商务印书馆谋到一份闲职，等着次日去上班，却碰上了战乱。给他介绍工作的世伯没有被半夜侵凌的炮弹击中，却在睡梦中活活给吓死了。昨暮还是人，今旦已成鬼，东先生站在一间草草搭就的灵棚内唏嘘了许久。上海看来是不能呆了，他思谋着找个偏远地方，依草附木，把自己藏起来。此间，东先生曾托一位老乡去买一张船票，打算从上海回到老家东瓯城内，但过了好些日都没有老乡的音讯。翻看近日的报纸才知道，那条航线的轮船目下已移作他用，近期暂且不开通客运。老乡拿了钱，也不知去向了。

上海的硝烟味刚刚散去，脂粉气和香水味便又从狭长的巷弄里飘了出来。吃过晚饭，东先生原本喜欢去空阔的地方走走，看看马路边的摩登女郎，但现在哪儿也不想去了。这靡丽繁华的夜上海在他看来也是满眼荒凉的。有一天黄昏，一个约莫十来岁光景的小男孩找到了东先生，颤抖着递给他一张皱巴巴的船票。小男孩转身欲走时，东先生叫住了他，问他那个买票的老乡去了哪里。小男孩说，他是我爹，今天买了船票回来，一枚炸弹正好落在我家门前，阿爹紧紧地抱住我，我感觉自己被什么东西弹了出去，醒来时，才发现阿爹身上全是血。阿爹知道自己已经不行了，从口袋里摸出这张船票，叮嘱我一定要送到先生手中。东先生问，你家还有别的什么人？小男孩摇了摇头。东先生把他拉进门，说，你以后就跟随我吧。小男孩姓杨，东先生就叫他小杨。他给小杨煮了满满一碗面条，然后坐在灯下，默默地看着他大口吃面。小杨一边吃，一边流泪。他说阿爹煮的面条也很好吃。东先生说，明天一早，我就带你去那边买一具白皮棺材，把你爹送到郊外埋了。这一夜，东先生都没有合眼。但凡遇到什么看不惯的事，他的思想就会飘开来，目光也飞升到了高处。凡事从天上往下看，再大的事也只是小事。比如这片蔓延到上海的战火，放在地球上，不过是星星之火；而地球呢？也不过是宇宙间一颗渺小之至的星球。这么一想，战争也就不那么可怕了。那头的仗照样打，这头的日子照样过。而且，淡芭菰是断断少不了的。

春天来了，有一位女老师来信，约东先生在某个礼拜天去外白渡桥看一江春水。但东先生似乎也没一点这方面的热情。上海的杂与乱，以及无聊，让他厌倦透了。到了夜晚，有些地方不能乱逛了。而且，春寒似秋，他也懒得出去。索性关起门来继续读书、抽烟、吃茶，偶尔也给上海的报纸或杂志写点小文章，换些柴米油盐。然而，这样的日子眼看着也不能过了。一天深夜，远处一条巷子里忽然传来一阵清脆的枪声。狗吠，无人点灯。有脚步声朝这边飞掠过来。东先生披衣起床，听得邻舍响起当当的敲门声。有人报上自己的名字，但主人偏偏在这一刻睡得很死，没有出来开门。那人又拢着嘴，用低哑的声音喊了几句。听其口音，像是东北人，眼下的遭遇可能与远处那一阵枪声不无干系。东先生隐约听到一个孩子的哭声，就生了恻隐之心。悄然打开门，向那团模糊的影子招了招手。东北汉子会意，背着一个小孩子，跌跌撞撞地进了屋子。那人站定后，忽地跪在东先生跟前。身边是一个高鼻深目的小男孩，脸上仍带着一副惊魂未定的神色。东先生扶起东北汉子，问道，方才发生了什么事？东北汉子指着小男孩说,他是犹太人,父母在上海经商多年,我是他家的仆人。今晚,有两名德国佬突然冲进我家主人的房子,二话没说,就开枪杀死了所有在场的人。我不知道是怎么一回事,背起萨布拉斯就逃出去了。萨布拉斯,快来给这位好心肠的爷磕头谢恩。那个名叫萨布拉斯的小男孩立马跪了下来,用中国话说,我是犹太人,小名萨布拉斯,也就是仙人掌的意思。东先生扶起萨布拉斯说,外国人不讲究这种礼数的,萨布拉斯,以后你若是没有去处,就躲在我这里吧。东先生走到东北汉子跟前,拍着他壮实的肩膀说,天下的义士多出蓬户之间,你就像古时的程婴。东北汉子摸着后脑勺问,程婴是谁?东先生让他们坐了下来,讲了一个赵氏孤儿的故事。东北汉子听毕,说道,既然你称我是程婴,那么,你就是那位公孙杵臼先生了。东先生望着屋外暗沉沉的青空,觉着那种久远的侠气真的是可怀的。

自此,东北汉子与萨布拉斯就在东先生家住了下来。东北汉子胡子浓密,头发稀疏,给人一种草盛豆苗稀的感觉。平日里东先生就叫他大胡子,两个孩子(萨布拉斯和小杨)也跟着叫开了,通常是后缀一个叔叔,表示尊敬。大胡子叫什么名字,大概除了东先生,无人知晓。

东先生留下大胡子的另一个原因是,他能做一手好菜。但南人、北人、犹太人,口味不一,生活习性也大不相同。四人住在一起,就不免闹些笑话了。有一回,小杨和萨布拉斯买木炭回来,东先生嚷道,大胡子,快给孩子们烧一锅洗面汤。大胡子应了一声,好嘞。没过多久,大胡子就端出了一锅素面汤。东先生愣了一下,说道,我是让你烧洗面的汤,你怎么端来一锅面汤。大胡子摸着秃脑门说,这就是下了面的汤呀。东先生做了一个洗脸的动作说，我指的是这个，你懂吗？洗面，嚓嚓嚓。大胡子恍然大悟，这叫洗脸，怎么叫洗面呢？没错，东先生说，你们北方人叫洗脸，我们南方人叫洗面。东先生又指了指锅里的面汤说，我们管烧开的清水也叫汤。大胡子继续摸着秃脑袋，嘟嚷了几句。

如前所述，东先生的邻居是大胡子的东北老乡，平日里抬头不见低头见，但东先生和大胡子从未跟他打过招呼。有一天，几个日本宪兵从邻居家出来，朝东先生这边伸脖子张望了一眼。东先生赶紧让大胡子和萨布拉斯躲藏起来。上海这地方，除了瑰丽与阴暗，还隐藏着一丝凶险。东先生感觉自己越发呆不下去了。岁入年末，东先生决定回东瓯老家过年。祭灶那天，东先生变卖了所有值钱的家当，带着大胡子、萨布拉斯和小杨坐上一辆旧卡车，从上海一直乘到鄞县。沿途大雪纷飞，固然很美，但每隔一段路看见道边雪地上横七竖八躺着一些死于饥寒或疾病的难民，东先生就无心看风景了。由于气温过低，那辆卡车的发动机坏掉了，陷在雪地里寸步难行。东先生等人只得以步代车，打算走走歇歇回老家。岁暮路遥，他们等不到车，不得不留在鄞县一家旅馆过年。按旧俗，过年要吃鱼，这一点，东先生就免了，大家围炉吃山芋，也算是求个年年有余。正吃得有滋有味，屋外忽然传来砰的一声巨响，孩子们不觉股栗、手抖。大胡子说，是爆竹声，别怕。东先生一边卷纸烟，一边慢条斯理地说，炮火即便烧到我的唇边，我也要先用它点一支烟。对东先生来说，一日三餐可以断，烟不可断。饭后一根烟，让肚子里沉甸甸的食物突然变成了一种类似于精神的东西。

过了年，鄞县境内依旧是兵乱不断，东先生也不管黄历上说宜不宜出门，就收拾行李及早登程。这一路上东先生又收养了三个孤儿。

　　其中有两个孤儿都是小女孩。大的那一个叫阿梅，小的那一个叫阿菲。两人都梳着羊角辫，穿着红布袄，在东先生眼里，她们就像是一副充满喜气的春联。阿梅十岁，已经出落成一个标致的小姑娘了。前阵子，日机频频在鄞县投放炸弹。战事吃紧，当地政府奉令向老百姓强收军谷，民间没有余粮，饿死甚众。阿梅一家八口饿得面色青白，眼放绿光。除夕那天，父亲不知从哪里买来了一斤糯米粉，于是抟成汤圆，煮熟了分给每人一大碗。一家人都饿慌了，囫囵吞下，连一滴汤汁都不剩。父亲见家人都吃下了，抹了抹嘴角，十分镇定地告诉他们，他之前已在汤圆里下了毒药，今晚，他将带着儿女们一道与死去多年的妻子团聚。孩子们听了，突然大哭起来。哭声与风声混在一起，一直持续到他们四肢疲软、眼睛发昏。慢慢地，他们都进入了睡眠，唯独阿梅依旧睁大眼睛盯着天花板。说来也巧，大家吃汤圆的时候，阿梅恰好肚子疼，自己那一份还没来得及吃下，就被几个哥哥弟弟哄抢着瓜分掉了。阿梅捡回了一条命，但从此成了一个孤儿。她想投靠姑妈，不承想姑妈一家也过着流落街头的日子，她只能在寒风中漫无目的地走着，直到身体支撑不住，瘫倒在地。迷迷糊糊中，她以为自己就要死在路边了，后悔当初没有吃下汤圆。过了许久，她才发现自己竟躺在一张床上。当她瞥见东先生的面影时，疑心这是梦境，便带着几分谵妄喊道，先生，先生，你听到了吗？外面的风在呜啦呜拉地吹着。不，东先生说，那是死神吹着口哨离开了。正是东先生，把阿梅从死神身边拉了回来。从此，她也就认东先生做了义父。

　　说起阿菲，东先生总是要掉眼泪的。阿菲家贫，母亲生下了一个小弟弟之后，家里更显窘困，常常揭不开锅。当父亲要把姐姐卖给一位异乡人做童养媳时，姐姐哭闹着要跳井。阿菲心下一横，就央求说，要卖就卖我吧，我做事比姐姐麻利。父母犹豫了许久才算同意了，第二天一大早就把她交付给了那位异乡人。他们走到半路上，日本人的飞机突然在天空出现，一枚炸弹落下来，把那个异乡人炸成了肉块。落在身后的阿菲被一股气浪冲击，掉进了一条土沟，总算幸免于难。东先生路过此地，听到哭声，就刨开灰土，把她抱了出来。那时候，东先生说，她就像是一只从灰烬中重生的凤凰。

最小的孤儿叫阿岛，是一个六龄男童。东先生初遇他时，他就坐在临海县城一家小旅馆门口的石阶上，脸被寒风吹得一片青紫，眼睛定定地望着门外那条布满车辙的黄泥路，像是快要掉出来了。东先生进出两回，见小男孩都一直僵坐着，就问他坐在这里等谁。小男孩说，等妈妈，她说她要去海边滩涂找些可以吃的东西，去了整整一天都没回来。东先生把他带到房间里，从包裹里掏出两块芝麻饼递给他，小男孩接过饼后，居然很懂礼貌地向他鞠了一躬。到了夜晚，小男孩的妈妈还是没有回来，东先生就让他跟萨布拉斯和小杨同睡一床。窗外飘起了大雪，东先生看着这个熟睡的小男孩，心里掠过不祥的预感。次日一大早，东先生发现小男孩不见了，下楼四顾，只见小男孩依旧坐在门外原来的位置上等着妈妈归来。照理说，东先生即日就要启程，但他还是决定在此逗留一天。不久，有人来，说是昨天上午看见有个小妇人穿着阔太太的睡袍，背着一个枕头，朝海滩那边走去，他跑过去想看个究竟时，她已经被海浪卷走了，隐隐约约还能看见她的手在挥舞着，好像是有点不甘心自己就这样死去。那人瞥了一眼店堂外的小男孩，低声说，我听人说有个小男孩在镇上苦等着妈妈，想必是他了。东先生走到门外，弯下腰对小男孩说，你妈妈恐怕回不来了，你不如跟我走吧。小男孩望着白茫茫一片雪地，无力地点了点头。东先生在旅馆的柜台前结账时，顺便把自己的通信地址记下来，反复叮嘱掌柜，倘若有人过来找这个小男孩，务必把这张纸条交给对方。

东先生的前脚刚到东瓯城，日本人的炮弹就跟了过来。东先生跟一位前来给他接风的朋友说，我们是来避乱，不承想这里也是一片乱世景象。因为是在战时，东先生花不多的钱就在城里买下了一座老宅（连带屋后的废园）。大伙把里里外外收拾一遍，就草草安顿下来了。

兵荒马乱的年头，春天总是姗姗来迟，好像是北方的冬天把一部分寒气分留给南方的春天了。及至风暖，天也放晴了，大胡子便在屋后的大片空地辟了一块菜园。而东先生也没闲着，在菜园边上种了几竿竹子。东先生说自己跟东坡先生一样，宁可食无肉，不可居无竹。事实上，东先生本来就不吃肉，故而也就无所谓"食无肉"了。东先生在上海的时候，身上还有些"乡气"；回到乡下，却保留了几分上海人的做派，比如吃下午茶，比如饭前读报。东瓯城毕竟不如上海，不能靠卖文为生，东先生只好重拾画笔，描摹一些旅途所见的世相与物态，然后交给城里的朋友帮他打点，换些大米。偶尔也仿效八大山人的笔法画些残山剩水，标了润格放东瓯街的"古榕轩"卖。

大胡子烧菜煮饭之余就跑过来，看东先生画画、写字。东先生捋着胡子说，你胡子长得蛮漂亮，可以随我学画画、写字，以此谋生并不一定要靠天赋，有时候就靠这一把胡子。你看我，早前人家说我胡子长得好看，可以去当算命先生，我还真的在路边摆过几天算命摊子。大胡子也捋着胡子说，这年头，兵荒马乱的，谁还会有兴致写字、画画？东先生说，你可以设个摊子替人画容呀。这年头，死人多，稍稍有点钱的人家还是要给自己先人留下一幅遗像挂在中堂的。大胡子想了想说，我只想烧好我的菜。烧一盘菜可以填饱肚子，画几根菜能行么？东先生无语。

东先生的字画也确乎卖不出个好价钱，一家人七张嘴，也就大可忧虑了。城西小学的一位校长听说东先生早年留过学，有一肚子学问，就聘请他做国文老师。收到聘书后第二天，东先生就夹着几本教科书去学堂，刚到校门口，忽然看到有一片阴影从头顶掠过，未及抬头，前头已传来轰然巨响。粉白的高墙内顿时升起一缕黑烟，东先生和身边的大树都猛烈地摇晃了一下。一架飞机掉头远去，天空似乎一下子变得倾斜了。东先生扭了扭脖子，才算将它摆正了。随后，防空警报响了起来。东先生掸掉衣上的灰土和落叶，继续沿着那片灰绿色的林荫小道走进校园。校舍坍塌了，校长被一根横梁当场压死，还有几个学生受了点轻伤，他们见到东先生，便抹着鲜血，哭喊着，先生，我是不是要死了？我是不是要死了？东先生撕掉长袍的一角，给他们一一包扎伤口。孩子们坐在草场上，彼此看着，似乎有点不敢相信自己还活着。东先生看了，跟一位女老师说，这年头，活着的人常常会以为自己已经死掉了，你说是不是？说这话时，他的脑子里浸透了春天的朝雾，手脚是虚软的。

没过多久，学堂里的孩子都被父母先后接回家了，只剩下五个寄养学堂的孩子无家可归。眼看天色就黑下来了，眼看这些孩子不知道何去何从，东先生咬了咬牙，对他们说，你们如果愿意，往后就跟着我吧。孩子们收拾好行李，瑟瑟缩缩地跟在他身后。东先生不说话，昂首穿过那堵炸开的断墙，走到外面的马路上，看着那些突然被风吹响的树叶。

　　从此，东先生家变成了一座孤儿院。每天都有一群孩子跑进跑出，尘土飞扬。东先生按照齿序，称他们阿大、阿二、阿三，余者以此类推。十二个人，十二张嘴，十二副碗筷，每天让他头疼的就是吃饭问题。贫困让他们坐到了一张桌子，有时一起喝汤粥，有时一起喝西北风。但他们到底还是快乐的，他们的笑声常常从尘土间散开，从树上摇落。十个孩子，如鸭之放养，自然需要一个孩子王来统领全局。这件事，也就落在年龄最大的小杨身上。

　　从阿大到阿十，都有一个习惯动作，那就是端裤子、抹鼻涕。阿大的裤子是由东先生那条灯芯绒裤改制而成的，阿二、阿三穿的是阿大前些年穿过的裤子，依次类推，到了阿十那里，不是裤长，就是腰宽。对这些孩子来说，有裤子可穿就不错了，哪里还会计较什么合不合身。有几个孩子没有两身换洗衣裳，下雨天，淋湿了，只能穿着一身湿衣裳；太阳出来了，立于太阳底下，等着晾干；若是冬天，常常会冻得嘴唇发紫，两腿只打哆嗦。这时候阿大发挥了大哥的作用，帮他们借衣裳。有时向这个借一条内裤，有时向那个借一条毛衣。七拼八凑，淋湿的人就有了一身干爽的衣裳可穿。

　　至于抹鼻涕，大约是天寒时节衣裳单薄所致。有些孩子冬天抹惯了鼻涕，直到夏天还改不了这种积习，没有在鼻子下面抹一下就不舒服了。比如阿六（也就是阿岛），是常年流鼻涕的。东先生常常摇头笑道，这孩子把鼻涕佛长年供奉在两个鼻孔之下、一片嘴唇之上，怎么就没有不舒服的感觉？鼻涕垂得太长了，阿六就伸出舌头猛地吸溜一下，跟吃面条似的；有时直接用袖子十分利索地抹一把，袖口是一片亮白。

这些孩子中，东先生最喜欢阿六。阿六原本很少说话，从来不跟任何人谈起自己的身世。他讲的虽然是东北话，但大胡子说这口音怎么听都不够地道。东先生说，阿六的口音很特别，甚至有点近似于日本的关东腔。大胡子笑道，你们东瓯话听起来更像日本话，我至今只听懂"洗面汤"三个字的意思。闲时，东先生教阿六一些东瓯歌谣，他居然很快就学会了。东先生常常对人说，阿六这孩子，我总觉得是我失散多年的亲人。

阿六还有个绰号，叫"王金彪"。王金彪是东瓯街头的把戏师傅，兼卖一种黑乎乎的药丸。阿六时常把身上的污垢搓成圆圆的一小颗，称这是包治百病的药丸。他一边搓，一边唱着东先生教给他的歌谣：阿大一颗，阿二一颗，阿三阿四各半颗。吃了药丸，病痛全消。阿大拍手笑，阿二拍手叫，阿三阿四还想要。阿六搓好了"药丸"，问他们，要不要吃？众皆摇头。阿大把手伸进怀里使劲搓了几把，突然掏出一颗"药丸"，兴奋地说，我的比你的大。阿六自愧不如，就继续往怀里揉搓污垢。

多年来，阿六的内心一直固守着一个秘密。时间久了，连他自己差不多都快要忘掉了。然而有一天，一个关乎身世的秘密却在无意间流露出来。那晚，大伙一起洗澡的时候，东先生教孩子们唱起了东瓯的歌谣：虎蚁王王，夜里爬起烧汤。无点灯，照月光；无脚盂，破水缸……洗了澡，一身清爽，大伙便围坐在一起，照例要听东先生讲故事。东先生说，你们离家有好长时间了，心底里一定很想家吧，今天暂且不讲故事了，就让每个人唱一首家乡的歌谣。从阿大开始，大家轮流唱。这些孩子，不是生在上海，就是生在江浙一带，唱的歌谣大都有吴语味道。唯独阿六唱的一首歌谣与众不同，略带一丝凄凉。东先生听着听着，脸色就变了。

打这以后，东先生就格外关注阿六了。

有一天，东先生看见阿六正津津有味地舔着胳膊，就问，这上头也有鼻涕么？阿六说，不是鼻涕，是血。东先生抓起他的胳膊一看，果然有血。又觑了一眼他的嘴，唇角、牙缝里也有血迹。你为什么要吸这血？东先生喝问，你应该去找一块布包扎起来。阿六笑眯眯地说，没事的，我喝的是自己身上的血。东先生见血就犯晕，不忍再看，挥挥袖，走开了。

渐渐地，孩子们当中就有人效法阿六，开始流行吸血了。但凡有谁干农活时割破了手脚，流出血来，就直接把嘴凑上去舔干净。这段时间，也不晓得为什么，阿六常常弄伤自己，然后就在那里舔血。东先生不忍见血，见到阿三，就嘱咐他，去找一块干净的纱布，把阿六的伤口包扎起来。吃晚饭的时辰，东先生见阿六胳膊上的伤口没有包扎，就向阿三问责。阿三翻着白眼说，他都已经把自己胳膊上的血吸掉了。

入夜，东先生起来巡房。孩子们一个个相互枕藉，睡相奇丑。东先生给他们一一掖好被子，就退出门外，走到院子里。大胡子也没睡，正坐在树下的石凳上看月亮。

大胡子说，阿六这孩子近来有点怪怪的，半夜里尽说些听不懂的梦话。东先生说，他在说日本话。大胡子咧嘴笑道，他那话听起来倒真像是日本话哩。东先生说，我没有跟你开玩笑，他说的就是日本话。什么？！大胡子嘴里喷出一口热气，把胡子都要掀开了，难道这孩子是日本人不成？！东先生说，他的确是日本人

当代中国最具实力中青年作家书系

的孩子。大胡子腾地立起，说，那就让他滚回日本去。东先生说，孩子是无辜的，更何况，他死了父母，无家可归，我们既然收留了他，就要帮他隐瞒身份，让他在这里能呆多久就呆多久。大胡子猛砸一下石凳说，日本鬼子丧尽天良，他们的孩子也必定是坏种。东先生沉默不语，过了许久，才缓缓吐出了一句：话不能这么说。

大胡子说，我前些日子听孩子们念，人之初，性本善。我就不相信人性本善。

东先生问，何以见得？我倒要听听你的高论。

大胡子说，我是个只会做饭、种地的粗人，哪里会有什么高论？不过，要说人性本善，在我看来只是你们读书人在书本上说说而已。我见过租界里一位买办的小儿子，也就四五岁光景，人倒是很聪明，可就是喜欢学大人的样子对家里的仆人指指点点，他要是上幼稚园坐人力车，仆人不许陪坐，须得跟在车后跑。这样的孩子，你能说"性本善"么？

东先生说，你所说的，只是个例。

大胡子说，你再看看我们这里的"小日本"，他近来时常吸自己的血。

东先生说，这情形我也见过。

呀，大胡子问，你说日本人是不是生来就嗜血？

东先生说，我只知道萨布拉斯的族人有不吃动物蹄筋的习俗，没听过日本人有吸血的传统。

大胡子垂下头来，一副强抑悲恸的样了。东先生拍了拍他的肩膀，走进了自己的书房。这一晚，东先生没有睡好。他已经决定花掉整个夜晚的时间把一些问题弄清楚。比如，血的问题。

东先生最怕见血，即便是有人杀鸡、宰猪，他也是避而不见。早年留学日本，原本抱定学医救国的思想，后来看到开膛剖肚、鲜血淋漓的手术场景，便为之觳觫，不得不改修生物学。血之于他，有一种神秘感。尽管如此，他还是试着翻译了英人一本关于心血运动的小册子，而且对欧亚人种的血液构成做过交叉研究。他在古希腊人写的书中看到这么一种说法：人的体液分为四种，包括辛液、胆液、粘液，而血液是其中占比重最大的一种。还有人甚至认为：血液若是与其他几种体液处于均衡状态，那么它只能造就平庸之辈；若是失衡，那么它造就的不是疯子，便是天才。因此，东先生时常怀疑：日本人如此好战，是否因为血液与其他体液处于失衡状态？东先生近来读杂志，偶尔读到了一位叫张君俊的学者写的一篇与体质人类学有关的文章，谈到血型时他这样说道：江浙两省抽样 A 素与 B 素皆不旺，但血清内不含凝集素的百分比却很高。也就是说，这两省人的血比其他各省人的更纯净。东先生不知道这种说法是否确切。为什么独独说江浙人的血纯净呢？

这些天，东先生隐隐感觉大胡子的举止有些异常。种菜烧饭之余，大胡子时常会掏出一张泛黄的全家福照片，用阴郁的、近乎悲愤的眼神打量着照片上的每一个人。中午吃饭的时辰，大胡子喝了点酒，突然指着阿六的鼻子，开始气势汹汹地骂起日本人来，那一刻，眼中深藏的两点寒灰里迸出了仇恨的火星。阿六吓得脸色苍白，赶紧用双手捂住脸，不敢吱一声。东先生劝慰道，你骂只管骂，别冲着孩子来。大胡子想跟大家说什么时，东先生就打断了他的话。

天色将晚，大胡子扛着锄头从地里回来。一进门，见几个孩

当代中国最具实力中青年作家书系

子学东先生的模样，坐在院子里写字，便嚷道，你们连饭都不煮，一个个倒像先生似的。

阿五指着那边的墙头对大胡子说，你看，他才是先生。

阿大像一只秃鹫那样蹲踞在墙头。他的目光集中在某一点上，因此他的身体绷得很紧。阿大很少帮大胡子干农活，他身上运动最频繁的部位就是眼睛和手。在外人看来，他的工作就是把眼睛所看到的东西用手抓过来，然后就在一张白纸上涂涂画画。他称这活儿叫绘画。有时还加上一个高雅的说辞：艺术。大胡子叫了他几声，没反应。大胡子来到墙根，冲着他悬空的臀部骂开了：蹲在墙上，拉屎啊。阿大回过头来，嬉皮笑脸说，我要是拉屎，你岂不是站在茅坑底下吃屎了？反了，大胡子跳起来，举起手中的锄头，做出要追打他的样子。阿大像雄鹰展翅般掠向墙外的草地。大胡子悻悻地走进屋子，吼叫着：人呢，都死到哪里去了？！

我在，我在哩。阿七和阿九不知从哪里突然蹦了出来，紧跟着，阿四和阿五也从镬灶间里跑出来。大胡子带着一脸神秘说，你们统统过来，我告诉你们一个秘密，我们当中有一个人是日本鬼子的儿子。大家听到这话，一下子就怔住了。他们喊喊喳喳地追问，究竟谁是那个小日本？大胡子招了招手，他们就围了过去。

东先生依旧坐在一隅，批改作业。他抬头叫了声阿四，阿四不应；再叫阿五阿七阿九，也不应。

忽地，孩子们跟风中的草蓬那样散开，走到院子里，挥动着拳头一迭声地喊着：打倒小日本！打倒小日本！

东先生听到喧嚷声，就掷笔站了起来，走到大胡子面前，跟他对视了一眼。大胡子翻着白眼说，现在大家都已经知道阿六是日本人的坏种了。

这时，阿三跑过来，告诉东先生，阿六正在吸血，这一回他吸的是别人的血。大胡子冷笑一声说，坏种，我说他是坏种就是坏种。东先生咕噜了一声，立马掷下手头的画笔随同阿三来到大街的拐角处。只见阿六俯伏在阿二的大腿上，咝溜咝溜地吮吸着。东先生从背后抓住阿六的衣领，提了起来，叱道，狗畜，滚一边去。阿六吐掉了嘴里的血，怔怔地望着东先生那张因为愤怒而扭曲变形的脸。东先生不由分说，就给了他一记耳光。阿二听到巴掌声，先是呻吟了一声，然后解释道，先生错怪他了，我方才被毒蛇咬伤，是他帮我吸出毒液的。东先生低头细看，阿二的大腿上果真有一道一字形的伤口，周围已肿胀起来。东先生当即解下他的裤带，把他的大腿扎紧，以免毒液蔓延。再回头，阿六已经不见踪影了。东先生吩咐阿七和阿九，快去，把阿六找过来，让他赶紧吐掉血液和蛇毒，用井水漱漱口。这时，大胡子也闻声赶了过来，对阿二的伤口做了一些简单的清洗处理。大胡子说，这是火毒，一时半刻无法排出毒液，我这就去后山采些草药。傍晚时分，大胡子带来了满把的山胡椒和山马兰。东先生捣草药的时候突然想起阿六，就问阿七和阿九，有没有见着。阿七说，阿六不晓得跑到哪儿去了，连个影子都没见着。此时日头短了，树影长了，东先生的心里又添了一层灰暗。厨房那头，大胡子正咋呼着让孩子们提前半小时吃饭。为什么不等阿六回来？东先生咕噜了一句。大胡子没有回答，但他的嘴角分明露出了一丝冷笑。东先生连饭也不吃，就趿着拖鞋跑出去了。

　　东先生沿路向人打听阿六的去向时，有个熟人说，他之前似乎看见阿六去了西斜街。东先生吓了一跳，西斜街可是宪兵日本队（原称日本宪兵队）的驻地，莫非这孩子早已知道在那里可以

当代中国最具实力中青年作家书系

找到自己的同乡？东先生穿过一片梨园，过了一道板桥，就走进了一条荒寂的老街。那里虽然也有本地人居住，但天黑之后，人们就不敢出门了。东先生静立片刻，顾盼无碍，就放胆朝前走去。远远地，他听到有人拍球的声音，继而传来一个男童的嬉笑声。东先生趋前几步，躲到一尊石翁仲后面，循声望去，街腰凹进去的地方有一片道坦，地面晃动的树影，屋檐间闪烁的一线银光，让他禁不住打了一个寒战。没错，那个拍球的男童就是阿六，纤小的身影在月光下来回滑动着。几个日本兵站在一边，看着他拍球，有说有笑。黑暗中，那一排排牙齿闪烁着森冷的白光。东先生谙熟日语，听得出那些人说的正是日本话。阿六拍累了，就坐在一名日本兵的膝盖上，跟着他们唱起了歌谣。东先生听得分明，这是日本的古歌谣，唱的是旅人的春水般的哀愁。东先生正待转个身时，右脚踢到了一个马口铁盆子，空寂里发出哐啷一声响。随即，从那边突然齐刷刷传来拉动枪栓的声音。东先生知道自己已经暴露了藏身之处，只得举起手来，从石翁仲后走出来，用日语跟他们会话。一道手电筒的强光打到他脸上，他下意识地眯起了眼睛。一片蓝得发黑的天空从两排屋檐间斜斜地竖了起来。东先生不动。阿六喊了一声“东先生”，就飞快地跑过去，抱住了他的双腿。日本兵收起了枪，其中一个老兵走到他跟前，鞠了一躬说，原来你就是他刚才提起的那位东先生。东先生环顾四周，整条街上阒无一人。他把手放在阿六的头顶，顺着倒毛旋抚摸了一圈说，我是错怪你了，你之前吸了毒液现在没事了吧？阿六拍拍胸脯说，我是吸一口，吐一口，不碍事的，而且，我还跑到河边漱了漱口。这个法子是我爸爸教会我的。东先生问，你爸爸是——他爸爸是一名军医，老兵抽出一支烟，给东先生点上说，今天晚上，这孩子突然跑过来告诉我们，他的父亲叫大岛俊太郎，是一位军医。说起来，他父亲还救过我们很多人的性命。多年前，他因为抢救了一名中国病员，被长官就地正法，他的夫人听说后来也蹈海自杀了，真是不幸。不过，大岛家族总算是留住了这一脉。老兵说到这里，仰面吐了一口烟，又继续说道，无论如何，我们都要想方设法把大岛君的孩子带回日本，送到他祖母身边。东先生默默地抽完纸烟，没说什么，就跟阿六话别，独自一人沿着铺满月光的老街往回走。走着走着，他就感觉自己的双腿犹如被寒风吹动的树枝。

　　这以后，日本兵偶或在东瓯城内举办中日亲善大会时，也会把东先生请过去吟诗作画。东先生只是做些不痛不痒的诗，画些残山剩水、枯枝败叶。此间，他跟阿六见过几次面。不出几个月，这孩子长得比先前似乎胖了些，也红润了些。阿六一度准备搭顺风船回日本，但那边传来消息说，由于东京遭遇美军大空袭，阿六的祖母和舅父一家全部葬身火海。阿六便如同一只断了线后挂在树枝上的风筝，飞不上天，也下不了地。有一天清早，几个日本兵带着米谷管理委员会的主任，走进东先生的大院，丢下两袋大米和若干药物。其中一名日本兵对东先生说，近日局势紧张，你不能再跟大岛（阿六）联系了。从他口中，东先生得知，阿六很可能会在近期离开东瓯城。这以后，东先生再也没有见过阿六一面。又一日清早，外头传来消息，说日军败象已露，驻扎东瓯城的宪兵也不得不仓皇逃离。临行前，他们怕有人追击，又在东瓯城外的码头小镇上投放了几枚炸弹。其中一枚炸弹落在一条老街上，烧了几家纸马店。街坊都说，纸马店烧了，就算是烧给死人的。另一条街上炸死了几个老人和小孩，人们照例把他们埋了。末了，照例以一句"阿弥陀佛"了事。日本兵一撤，街头就出现了中国兵。有消息灵通人士放言，抗战一结束，可能还有国共之间的一番恶战。总之，这世界不得太平。东先生抛下报纸，叹息一声道，先前舜爷弹弹琴，唱唱歌子，天下就太平了；圣人和明君治大国如烹小鲜，也是轻轻松松的活儿；现如今的世道，哪是世道呀。到处都是打打杀杀、吵吵嚷嚷，也打不出一个清明世界来。

正当东先生为未来的国运深表忧虑时，抗战胜利的消息传遍了东瓯城，人们跑到了街头，在一片饱含激情的南风中痛哭流涕，用最大的嗓门呼喊着。但对东先生来说，真正的灾难才刚刚开始：当天下午，几个腰间别枪的军警走进大院，带走了他。后来人们才知道：有人检举东先生收留了日本人的孩子，还跟几个日本兵串通一气，祸害同胞。检举东先生的不是别人，正是大胡子。东先生写了一份材料，为自己辩诬，但没有人相信他说的话。东先生被列入汉奸名单，虽不至于枪毙，但也难免牢狱之灾。至于东先生收养的十来个孤儿，无人照看，也都散落各处了：阿大被国民党拉去当兵，在国共内战中充当了炮灰，只留下一幅自画像，托人带给了东先生；阿二跟随大胡子流落到上海，找到了一位族叔，终于回到了自己的家；阿三做了别人家的童养媳；阿四带着阿五在一家药铺打下手；阿七和阿九进了别家孤儿院；阿八和阿十没了下落；至于阿六回到日本后怎么样，没人知道。东先生满以为自己会在牢狱中终老，但他没料到，一九八一年春，有个名叫萨布拉斯的以色列商人来到中国，四处打听他的下落。萨布拉斯在外交部的帮助下，与东先生在某座牢房里见了一次面。萨布拉斯告诉他，大胡子出卖了自己的救命恩人之后，一直十分愧疚，在萨布拉斯回到祖国之后，他也回到了自己的故乡，在家人墓前的一棵树上上吊了。东先生深深地叹息了一声说，我何尝不知道他心里面的仇恨？萨布拉斯走后没几日，东先生就无罪释放了。后来有几位报社记者采访东先生，竖起拇指，称他是"东方的英雄"。我什么都不是，我还是我，东先生说，我收留了一个日本人的孩子，有人就说我是汉奸；我收留了一个犹太人的孩子，有人就说我是英雄。为什么会这样？我也不明白。我不是什么汉奸，也不是什么英雄，我只是一个很平常的人。这一辈子，我写好了那一撇，却没有写好那一捺。

二

东先生，车主来了，唔，狗也起来了。

噢噢，这样我就放心了。

可是，你看这条狗又钻到旁边这辆车子底下了，怎么？它要继续睡懒觉不成？

是的，这条狗看起来很疲倦，走路的样子都带病相。

果然，它又睡下了。

它是一条流浪狗，风吹雨淋，一定是病倒了。

你怎么晓得？

实不相瞒，我是收养流浪狗的。

东先生在自家的院子里养了二十几条流浪狗，门口挂着一个木牌，上书：流浪狗之家。这些流浪狗，品种较杂，但以土狗居多，土狗中又以老狗、病狗居多。有些狗是别人送过来的，有些狗是东先生在半道上救治后带回家的。但凡流浪狗进了这个院子，第一日要注射疫苗，第二日就得做绝育手术。早前拉到宠物医院做这种手术，公狗要交五十元手术费，母狗要交一百元。东先生看了几回，就自己动手给狗做绝育手术。如此，春秋之间，狗就不会发情了。东先生的院子里有一块黑板，上面记着捐助物资情况。除了夏天的时候有人送防雨布、电风扇，冬天的时候送御寒棉被之外，平日里也有人送来一些狗食。还有一些人甚至还愿意做义工，帮助东先生给狗洗澡、剃毛、包扎伤口。前些日子，有位乡下的杂货店老板来到东先生的流浪狗之家，说是要认领一条狗护家。东先生挑了一条头顶平实、两耳下垂的黄狗。依旧例，东先生让他在认领之前与狗合个影。那人的嘴角微微翘起说，跟畜生合影，还是头一回呢。他又抚摸着黄狗脑袋上的一块瘀肉问，这狗的脑袋似乎被人敲打过，往后会听主人使唤吗？东先生一边抽着烟，一边答道，你以为自己比狗聪明么？未必，你跟狗说话，狗常常都能听懂，可狗跟你说话你就未必能听懂了。所以，你不要在狗面前摆出一副高高在上的模样来。你看看人家，明明比你知道得多，却仍然趴在地上，一副谦逊的模样。那人听了东先生的一番话，似乎明白了一些事理。交了两百元押金，牵着黄狗走了。东先生心里有些不舍，但他意识到，自己已经老了，指不定哪天突然走掉了，而那些流浪狗迟早是要送人的。

东先生，我要等的那辆车过来了，你就在这里继续等吧。

那人临走时，东先生忽然问道，你说说看，狗之初，是性本善，还是性本恶？那人迷惑不解地望着东先生，反问道，你说呢？东先生说，狗之初，性本无知。

那人跳上了车，走到一个靠窗的空位前，透过车窗，怔怔地看着东先生，一脸茫然。

天色就要黑下来了。又一辆公交车在这个简易站台稍停片刻，就卷起灰土吐着废气轰轰然走了。我们若是从高空俯视，那辆公交车犹如一块厚墩墩的抹布，一下子就把几个黑点抹去了。东先生和狗，也包括在那几个毫不起眼的黑点里面。

让我们再把时间拉长一点，看看八十四年前发生的一桩事吧。那一年，有位英国循道公会的牧师来到东瓯城。有一天，他去乡间布道，看见道边有两条细瘦的流浪狗在一个弃婴的身边逡巡不去。牧师走过去，把婴儿抱起来。他来到附近的村子，向一位信徒要了一碗稀粥。村上都是穷人家，没有人愿意领养这个孩子，牧师就打算把他带到教会。半道上，孩子撒了一泡尿。牧师慌了手脚，赶紧将自己黑袍的一角撕下一块，垫在孩子的屁股底下，边上围观的信徒问，你这么做，岂非亵渎了上帝？牧师说，上帝会宽恕我所做的一切。又有人问，这孩子叫什么名字？他们似乎有些担心牧师会给这个黑头发黄皮肤的孩子起一个怪兮兮的洋名。神父看了看那两条依旧跟随着他的流浪狗说，他跟那些狗一样，没有自己的名字。既然我是在东方捡到了这个孩子，就赐给他东姓吧。这个姓东的孩子长大后，人们都称他东先生。

当代中国最具实力中青年作家书系

某年某月某先生

　　某年某月某日某先生跟人谈起自己在山中的一段算不上艳遇的奇遇。

　　某先生是谁？这里不便透露，也没有必要坐实姓名，姑且就叫他东先生吧。

　　东先生除了教书之外，平日里喜欢写诗、画画，偶尔也翻译一点斯蒂文斯与布考斯基的诗（他从来没有向人解释自己为什么会喜欢两种风格反差极大的诗）。这么多年来，他既没有搬家，也没有换工作，而是一如既往地过着单身生活。在私生活方面，他一直保持隐秘不宣的态度。他喜欢在微信圈里跟陌生女人聊天，也结交了若干异性网友，但他从不上网寻找性猎物；于房事，他不算热衷，但也不至于疏淡（在这方面，他的表现就像南方的秋天，温而不厉，威而不猛）。认识东先生的人都知道，他收入稳定，饮食有度，没有什么不良嗜好，甚至可以把生活中一些不可调和的事处理得恰到好处。然而，他也不是什么事都可以搞定的。比如最近，他老是觉着生活里会冷不丁地出点什么让人无法解释的事。四十岁以前，东先生感觉自己没有什么不正常的。年过不惑，居然就迷惑起来了。东先生也说不清那些让人迷惑的事出在身体上还是脑子里。一个月前，他做过全身体检，除了胃神经紊乱，实在找不出别的什么毛病来。但过了一阵子，胃神经紊乱带来的胃痛之后，又出现了生物钟紊乱带来的头痛。二症并发，把他的神经折磨得像他诗里面写到的钨丝一样纤细。

事情是从某个夜晚开始的：半梦半醒之间，远处突然传来低钝的敲打声。他疑心这急迫的声音来自家中那个五斗柜。那一刻，仿佛有人正急着要从柜子里跑出来。他想伸手去开灯，身上却没有一丝力气。只能半睁着眼睛，努力辨识声音的来源。他听说宇航员进入太空之后，有时也会听到一种木槌敲打铁桶的声音。其时意识模糊，很难说清这声音是外部传进来的，还是发自身体内部。东先生听到的，正是那样一种无法解释的声音。

是否还有人在那一刻证实那一种声音的存在？没有。

东先生醒来的时候，突然想紧紧地抱住什么。然而，他身边没有女人。

东先生从来不会把女人带到家里睡。通常，他会在宾馆里开个房间，在一张陌生的床上不紧不慢、不冷不热地完成一件在他看来必须完成的事。东先生从来不买春。这些年，他仅限于跟三个本城的女人发生关系。其中两个已婚（一个是中学语文老师，一个是服装设计师），还有一个未婚，年纪略轻，有男朋友，但在韩国留学。每个礼拜，他会跟她们当中的一个联络，开好房（一般情况下没有固定的宾馆）。值得一提的是，他与任何一个女人单独相处，从来没有超过三天时间。他的理由是：自己与一个女人相处的时间如果超过三天，就会产生留恋之情。在这一点上，东先生固执己见：对女人，只欣赏，不贪恋。这也是东先生坚守单身的原因了。最近，三个女人不知何故突然间都消失了。她们之间互不相识（至少在东先生看来是如此），背地里联手捉弄他的可能性几乎很小。但这件事终究让他放心不下。

　　某年某月某日东先生在南方某座山中遇到了某女士。山名就不必介绍了，在东先生看来，所谓山，就是几块石头与树木的奇怪组合，这一座山与那一座山在本质上没有什么区别，唯一的不同是那种看山的感觉。

　　那时应该是暮春傍晚，也是山气最温淡的时辰。东先生循溪而上，走进一座幽深的山谷，及半，就看见一座石拱桥，桥边有一棵高壮的银杏树，树冠呈伞状。四周也有树，但跟它在一起就显得不像树了。站在大树底下，东先生的目光顺着树枝一点点朝上伸展，好像在目测树的冠幅。直到他听得身后传来咔嚓一声时，才转过头来。一个高个子女人正手持照相机，半蹲着，身体略微后仰，长焦镜头像炮筒那样一动不动地对着他。他先是一怔，继而微微一笑，缓缓举起了双手。

　　高个子女人放下相机，露出略带歉意的笑容作为回应。在那顶果绿色宽边草帽的遮掩下，她的目光显得有些深邃，仿佛仍然在透过镜头看人。

　　随后，路那头便有十几人鱼贯而至，纷纷举起相机或手机，对着那棵古树狂拍，给人一种举枪齐射的感觉。高个子女人好像不太喜欢闹哄哄的氛围，很快就穿过一畈随山陂陀的梯田，转到了竹林那边。东先生不敢贸然相随，他只是站在桥边，远远地打量着。那儿有成片成片的竹林，大家好像熟视无睹，独独一棵古树却引来那么多人争相观赏。

吃晚饭的时候，东先生在山中一家客栈的露天餐厅里，再次与高个子女人不期而遇。她跟一群人坐在同一张长桌上，静静地等候上菜。边上堆放着旅行包和随行雨具，看样子，其中有几位是刚刚从外地赶过来的，未及登记入住。一名光头男子站起来，一手拿着本子，一手握笔，让一圈人作自我介绍。听到有人自报姓名，他就在纸上打一个勾。介绍完毕，他们就开始闲聊。有几位一边捻着手串佛珠，一边侃侃而谈，谈的是多元宇宙、六道轮回、五维空间之类的话题。东先生注意到，那个高个子女人没戴草帽，头发扎成了一束马尾。

　　对东先生来说，他们的身份像黄昏的光线一样暧昧不清。可以肯定的是，这群人不是那种来山里搞野外拓展训练的创业团队，与普通的旅行团也不一样，他们穿布衣，吃素菜，说起话来总是显露出一副谈吐不凡的模样。他们身上有一种略显相似的气味，但东先生也说不清楚这气味是什么。那一刻，他的目光有意无意地落在她身上。她是那群人里面的一个。了解她，也许就能了解那一群人。

　　吃过饭后，大家散开来，坐在庭院中那些错位摆放的藤椅、木椅、石凳、草垫上，吹着凉风，喝茶聊天。服务员收拾盘碗的玲珑碎响，在山里听来格外清脆。东山之上，破云而出的月亮跟刚刚清洗过的银盘似的。东先生背着晚风，依旧坐在一棵桂树下自斟自酌。而他的目光每每因为那个高个子女人的身影和笑声而游移不定。不过片刻，她突然起身，走到一面悬挂着老照片的石墙前，一步步地挪移，一幅幅地看过来。老照片的题材无非是晚清民国年间的地方风土和人物，保留了当年玻璃底板直印的蛋白照片那种棕褐暖色的调子，因此也就有了古旧的味道。她从墙的

当代中国最具实力中青年作家书系

那一头移步到这一头时，散碎的银光和斑驳的树影恰好落在她身上。听到一声轻微的咳嗽，她就转过身来。

能喝一点？他把一个倒扣的空杯子翻转过来。

不，我现在不喝酒，我在脱脂。

你看上去一点儿都不胖。

可我觉得自己还不够瘦，她指着空杯子问，你好像在等一个人？

我独酌时习惯于在面前搁一个空杯子。

看起来好像是要表示点什么。

也没什么，习惯而已。他呷了一口酒问，你们来这里做什么？

我们？她回头看了看那些散乱的人影说，其实我们都是网上认识的，彼此之间也没有见过面。不过，我们会在微信群里聊一些灵修、禅修之类的话题。

根据她的描述，他才了解这些人大致迷恋那种神秘的难以解释的事物，其中就有瑜伽行者、禅修者、净土宗居士以及身份可疑的仁波切弟子，等等（据说还有一名修行者是追踪一只白琵鸥至此的）。东先生不喜欢故弄玄虚，不喜欢谈禅，但他不会拒绝跟人讨论那些在他人看来或许还吃不准的话题。

那么你呢？东先生问，你也对神秘主义感兴趣？

神秘主义，我可不懂这些高深的道理。我只是想在这里过几天清静的日子。

过一种静观的生活，是这样？

你总是把一件很平常的事说得那么有诗意，不过，也可以这么说。

看来我们来这里的目的是一致的。他抚摸着那个玻璃杯说，在空山里，放空自己的杂念，把自己变成一个透明的空杯子。

你说话就像一个诗人。

我本来就是诗人。

　　把山中的时间拉长也是不无可能的事了。早晨醒来后，东先生对自己说，我在山里面，我要比太阳迟两三个小时起来。他就这样赖在床上，可以去太阳底下做点什么的想法很快就在上一个哈欠与下一个哈欠之间消失了。如果此时外面恰好有雨，他会等雨停了再起来；如果雨一直在下，他就一直这样躺着。因为在山里面，时间仿佛也都是自己的。有阳光从东窗照进来，已是八九点的光景。东先生觉着实在没有赖床的必要了，就起来洗漱。吃过早点，他就朝南山走去——在上午的懒洋洋的风里，他高一脚低一脚地走着。就在山回路转的地方，他又看到了她的身影，因为背光，加之宽沿草帽的遮挡，使她的脸部表情显得有些阴郁。她身后是一片竹林。竹子的颜色、竹子的气息，似乎能让人慢慢静下来。走近时，东先生夸赞说，你昨天穿的那件绿裙子很好看。她听了，竟流露出惊讶的表情：昨天我穿的是绿裙子？我从来没有穿过这样的裙子。东先生反问，昨天你在竹林里，穿的难道不是绿裙子？高个子女人解释说，也许你眼睛里看到的是白裙子，脑子里浮现的却是另外一个女人的绿裙子。东先生突然笑道，也许是我看竹子看得入神，把你也当成竹子的化身了吧。高个子女人也咯咯笑着说，果然是个诗人，什么事经你一说，就是另一种样子了。

　　她站在阳光里，整个人好像开始一点点变得透明起来，一件小碎花雪纺长袖衫领口微露，脖子以下尤显光洁的那一部分分布着淡雅、纤细的筋脉。但东先生的目光只是小作勾留，就很得体地移开，向远处一抹淡蓝的山脉延伸。

你是一个人来的？她问。

是的，他说，我从来就是独来独往的。

东先生接着告诉她，他每隔三个月都要去外面旅行一次，喜欢找一个安静的角落，坐在那里，什么事都不做，什么问题都不想。就是坐在那里。最后，东先生说，其实我是在找一样东西。

找什么？

与其说是找一样东西，不如说是找一个地方。嗯，一个地方。东先生说，你可以知道月亮落在哪儿，但你不知道自己明天会在哪儿。正是这种莫名其妙的焦虑迫使我走出去，寻找一个真正属于我的、可以终老的地方。

你找到了？

现在还没找到，也许我一辈子都找不到。也许呢？我要的就是这个寻找的过程。结果对我来说并不重要。

这一路上的一番畅谈，使他们对彼此有了更深的了解。吃过午饭，她回房换了一件衣服，出来后他们又走到一起，坐在溪边的茑萝藤架下，接着之前的话题，漫不经心地谈着，直到手指间的阳光一点点温热起来。

我跟你认识这么久了，还不知道你叫什么名字呢。

我们认识很久了？她说，我们就这样聊聊天不是很好？何必要互通姓名、籍贯什么的？

东先生轻轻地咳嗽了一声说，那么，了解职业不算冒昧吧？女人微微一笑，抢先问道，你从事什么职业？东先生答，教书。她嗯了一声说，如果我猜得没错，你应该是一位大学老师。东先生故作惊讶问，你怎么知道？她微微一笑说，从谈话里面感觉得出来。嗯，你在女生眼里一定是很有魅力吧？

东先生笑了。

学校的老师也都说，东先生身上有一种可以称之为风流的气质。常言道，走下同一条河流的人总能遇到新的水流，东先生每年开学总能遇到新的女生。不过，东先生的风流比起一般人，又多了一分蕴藉。至于"蕴藉"这个词应该作何解释，就得请教他的那些女学生了。这么多年来，东先生在女生中间，目既往返，心亦吐纳（吐故纳新），好像从来没有发生过什么事，但好像又发生过什么事。

我从来没有摸过任何一个女生的手，东先生说，哪怕是她们把手递过来。

你是怎么想到来这里？知道这地方的人并不多，知道在这个时节来这地方的人更少。

是一个朋友介绍的，一个写诗的朋友。

据东先生描述，这位写诗的朋友是个邋遢汉，有一阵子失恋了，经常在微信群里发诗（因为诗这东西，东先生说，原本就是可以群、可以怨嘛）。有一阵子，他又忽然消失不见了。接连数月没有他的消息，诗友们免不了要打听了。后来才知道，诗人忽然有了出世的想法，跑到山中追随一位来自西域的仁波切去了。一个月后，诗人回到城里，又老老实实地做起了祖传的手艺活。前阵子，东先生与诗人喝酒聊天时，说自己最近出了怪病，耳朵里偶尔会出现一种莫可名状的声音。诗人便告诉他，他在山中遇见过一位高人，能用催眠术帮助人治病，很灵的。东先生对诗人的话向来是姑妄听之，所谓的高人要么是神汉巫师之流，要么是江湖骗子。如此而已。事实上，让他突然间对这座山心生向往的，是诗人在不经意间说出的一句话：山里面很安静，每天坐在房间里可以听到树叶落地的声音。就冲这一点，东先生来了，山里面果真是安静的。虽然，早已过了落叶纷飞的时节。

东先生有足够的时间观看一片树叶飘落的过程。一片，或两三片树叶，在倦怠的春风里，无声地飘落。这样看着，时间也就仿佛在不知不觉间慢了下来。前面有两条岔道，一条是水泥路，能看到一些家禽在阳光照到的地方走动；另一条是古道，堆积着厚实的枯叶，不知道它的暗沉沉的尽头究竟是什么。我在山里面极没有方向感，高个子女人说，即便有太阳，我也不辨东南西北。东先生指着古道边的一条溪流说，如果你找不到方向，很简单，你只需要看流水。顺着溪流，你就能找到那座客栈。我翻看过地图，山里面只有这么一条溪流。

前面就是依山而筑的客栈，但他们绕到了另一条幽僻的、已近荒废的古道，漫无目的地向前走去。这里没有人迹，只有流水潺潺的声音。人像是在路上漂浮着的。古道愈转愈深。人在大山的深处，能感受到一种圆整的、未被损毁的寂静。他们深深地吸了一口气，仿佛寂静本身也是可以呼吸的。

这里真安静啊。她把"啊"这个尾音拖得很长。

是啊，东先生也附和着感慨道，静得让人感觉像是去了另一个星球。

如果人类有一天迁移到外星球，不知道是否还能忍受那种绝对的寂静。

我之前看过一个节目，测试一个人在绝对的寂静中最多能呆多长时间。

我试过的，在那个无声世界里，我只待了四十五分钟。如果谁能待上一天，谁就是神了。

东先生的目光从流水间收回来，看着她，感觉她的眼睛里藏着清澈的忧郁。昨天傍晚，他在树底下看到的，就是这样一种眼神。

能否冒昧地问一句，你是做什么的？

之前做过电视台的 DJ，现在是一家酒吧的 DJ。

你是一个喜欢清静的人，能忍受酒吧里面的噪音？

我工作的时候通常戴着耳机。如果不戴耳机，我就戴上一个耳塞。唔，好听的音乐分贝再高，也不算噪音吧。

你说得对，我曾经在英国人写的一本关于声音生态学的书上看到这样的说法：如果你不正确使用刀叉，那么刀叉声也是噪音。

的确是这样，难听的音乐声音再低也是噪音。

她说，她住在郊区，离上班的地方有点远。好处是，那里房租便宜，环境清幽。她上的是夜班，下午三点之后坐着公交车进城，通宵坐班，一大清早又坐着第一班公交车返回郊区。那栋楼里租住的大都是上班族，大白天空荡荡的，就像夜晚。她关紧窗户、拉上窗帘，蒙上被子，就可以睡个好觉。

那时候，我喜欢静静地躺在床上，聆听大海的声音。

你租住的地方在海边？

离大海不算近，大概有两三里吧。

这么远，也能听得见？

我说这话的时候就知道你会有这样的疑惑。但事实上不是这样子的……

事实上是怎样的？东先生很想听她谈谈她自己。

她小时候就住在海滨小镇，那里除了大风大浪，终年寂静。每天清晨醒来，总能由近及远地听到闹钟里面指针走动的声音、一个早起的人从清冷的石板路上走过的声音、浪涛拍岸的声音、远处海面上渔船马达的声音，以及各种带有地质属性的混合的声音。直到有一天，她突然听到了一些平常难以听到的声音。

起初，这种声音来自自己的身体内部。肠子蠕动的声音、气息吐纳的声音自不必说，倘若没有杂音的干扰，她还能听到心跳的声音、血液流动的声音。她的耳朵构造并无异样，但她能听到别人无法听到的声音。她跟小伙伴们一起玩耍时，每回说自己能听到苍蝇拍动翅膀的声音、虫子破土而出的声音时，居然没有人相信她的话。后来，她就再也没有提起这事。她喜欢独自一人，聆听外面的世界发出的声音：一颗露珠因了微风的吹抚从草叶滚落滴在石阶上的声音、猫从巷子那头走过的声音、雪花落在窗台的声音……

长大了之后，她就开始怀疑自己了：这究竟是一种超常的听力，还是一种异常的幻听？她曾找过一位医生，医生给她做了一个简单的常规性测试：他在隔壁跟人说悄悄话，如果她能听得见，就证明她的耳朵具有某种特异功能。结果是，她什么也没听到。这是什么缘故？她不得而知。而医生得出的结论是：她很有可能患有某种精神方面的疾病。她听了，很是羞愤，从此就再也没有找过其他医生或类似的专家。很多人活了一辈子都无法认识自己。她却不同，她常常在跟自己对话，尝试着把自己所听到的一切自然或非自然的声音都一点点弄明白。后来她了解到这种听力也有其局限性，那些属于常人听力范围之外的声音并非她想听就可以听得见的，换言之，声音这东西是自行越过一道道障碍跑进她的耳朵，仿佛她身上的某根听觉神经与外部世界的某一部分会突然发生脐带式的联结。这些年来，她虽然自觉怪异，也曾为之困惑良久，但终究还是能安于这份怪异。

这是一个不一样的女人。东先生想，一个不一样的女人让人有了一种不一样的感觉。她说话的声音很低，低得好像只有把耳朵贴近才能听得清楚，山谷里的风大一点，就能把她的话吹走。根据他的观察，她走路时也是轻手轻脚的（而且，她说自己从来不喜欢穿高跟鞋，那种橐橐的脚步声会让她听了十分难受。她平常穿的，就是那种柔软的平底鞋，走起路来悄无声息，就像一只安静的猫）。

不知不觉间他们已经穿过了一座山谷。

如果我记得没错，前头还有一棵古树，可以看看的。高个子女人指着接近山顶的地方说。

这条路，你好像来过。一朵乌云从头顶默默地飘过，他突然压低了声音。

我来过好多回，但我总是记不住路线，像是第一回来过似的。

恰恰相反，我跟你虽然只是初次见面，但我感觉我们之间仿佛已经认识多年。

认识多年，却不知道彼此姓名，这是不是有点像匿名聊天的网友？

不知道对方是谁，反而能让双方更坦诚地说话，难道不是这样？

也许是这样吧。

前面是一座石头搭建的路廊。一名穿POLO衫的功法修炼者腾的一下从蒲团上站起来，一边抱怨起山里面的信号，一边举着手机走过来，急吼吼问道，你们的手机可有信号？很抱歉，高个子女人摇摇头说，我没有手机。那人转而又问东先生，你的手机可有信号？东先生掏出手机看了看说，也没有信号。但他随即捡起地上一块光滑的小石头，放在耳边，叫了几声：喂，喂，喂。那人怔怔地看着他问，你这是什么意思？东先生说，在这个地方，手机没有信号，就跟石头一样了。那人若有所悟，说，我坐不下去了，看来我还得回客栈上网去。收起蒲团，走了。

他们坐了一会儿，正打算继续前行时，外面下起了零星小雨。于是又坐下，等着雨歇。

你是怎么认识他们的？

说来话长，我跟他们这一路人认识，是因为三年前得了一种奇怪的病。

一种奇怪的病？

是的，一种奇怪的病。

三年前，她突然感觉头晕、手麻、步态不稳，就去医院做了一个 CT 检查，结果发现脑子里面有一个白鸽蛋状的东西，后来即便做了核磁共振，医生也无法确诊它是囊肿还是肿瘤。经过会诊之后，医生建议她做一个开颅手术，但她断然拒绝了。她问医生，如果脑部是恶性肿瘤，她还能活多久？医生摇摇头说，这个不好回答。她出了门，就把那一沓影像资料统统扔进垃圾桶里。第二天，她辞掉了电台 DJ 的职务，背起行囊，开始了没有目的的漫游。有一天，她在网上结识了一群过修行生活的朋友，得知这些人每年都会在同一个月份同一个地方聚会、交流，因此也就贸然报名参加。来到这座山里，她没有把自己的病况告诉任何人。人生苦短，在山里面安安静静地呆上一阵子，或是在适当的时刻找一个陌生男人过过一夜情的瘾，未尝不是一种及时行乐的法子。想到这里，她也就有了试一把的念头。"艳遇"这个词，平日里只是当作玩笑来说的，没承想，说碰上就碰了。对方是一个摄影家，长得瘦长、白净，神情略带忧郁。他们是在溪边那棵古树下相遇的。他的镜头对着她拍下第一张照片后，双手突然猛烈地抖起来。放下相机时，她发现他的脸色异常苍白，近乎失态。之后，他跟她说话时眼圈发红，声音略微有些变调。她不知道那一瞬间究竟发生了什么，她很想跟他聊下去，但他只是仓促地向她要了一个手机号，以便发送图片。然后，他们就跟陌路相逢的人那样挥手道别。原本她以为，他们之间就此擦肩而过，是不会再见面了。但过了几天，她居然接到了他打来的电话。他开口说话时，声音仍然有些颤抖，好像要说什么，突然又忍住了。因为沉默的时间有点长，她感觉电话那头好像是一个漫长的黑夜。在对话过程中，她的耳边就隐约传来另一种复合的声音。她放下手机，屏息静听，那声音竟然就是从另一个距之不远的房间里传来的。如前所述，她的听力有异于常人，只要集中注意力，哪怕是极其散漫微弱的声音，她都能捕捉得到。她试探性地问了一下他现在所在的地方。果然没听错，他跟自己就宿在同一家山中客栈。于是，他们各自报了房号。从房号来看，他们之间仅隔两个房间（而且是空房间）。奇怪的是，那个摄影家后来一直没有过来找她。

一种近乎无耻的渴望被睡的感觉在那一瞬间竟那样恣肆地冒了出来。她再次给他打了一个内线电话，邀请他来自己的房间。如果他是个聪明人，也应该可以猜测她的意图了。她向来都是个安分守己的女人，脑子里突然跳出这样一个古怪的念头，未免把自己都吓坏了。但她已打定主意，仅仅是要跟他发生一夜情，谁也不欠谁。当然，他也应约过来了。如果非要她说出自己喜欢他的原因，大概就是喜欢他身上的某种气息，一种说不出来的淡淡的气息。根据她的描述，他们之间并没有发生什么关系。他们只是躺在床上，盖上了被子，像两个婴儿。确切地说，像两个无知无觉的双胞胎。她的表现是主动的，而他那脸上几乎没有什么表情，眼睛里也没有一点内容，以至于她觉得自己所面对的仿佛是一片白茫茫的大海或空荡荡的山谷。不过，她可以确定，他不是那种性无能或男同性恋。

而之后发生的事就让她糊涂掉了。那天早上，摄影家回到自己的房间不久，她忽然听到了他跟另一个人说话的声音：我把你带到这个陌生的地方，你喜欢？现在我累了，决定把你留在这里，你愿意？她听到这话，就立马感觉他是在跟一个女人说话。她再次侧耳倾听，但没有听到有人跟他搭话。她带着疑惑走到他的房间门口，敲了几声。他打开门，她便毫不客气地走进来，目光很利索地扫了一圈，什么也没有发现。但问题就在这里，她居然什么也没有发现。

我们能谈点别的什么？她突然像怕冷似的用手臂抱住自己的胸口，对坐在身边的东先生说。

为什么要突然转移话题？难道你不想告诉我，那个房间里的神秘女人究竟是谁，她为什么要避而不见？

我不知道自己为什么会跟你讲这些事，也许是触景生情吧。她这样说着，就戴上了墨镜，好像是要把眼角那一缕细微的忧伤小心翼翼地隐藏起来。

真的不想说了？

不想说了。

他们就这样静默着。大约是风的缘故，这里的雨拐了个弯，就落到山那边去了。远处凝集着一团浓重的云雾，越滚越远。他们迈出路廊，继续沿着古道前行。天色在转瞬间放晴，山景也在拐个山角之后豁然开朗。他们抬起头来，果真就看到了半山腰处一块略微向外凸出的岩石上一棵冠幅很大的银杏树。树下围绕着一群正在闭目打坐的功法修炼者，虽然之前被雨淋成了落汤鸡，但此刻依旧凝然不动。阳光一照，个个都仿佛有了仙风道骨。他们没有再走近那棵树，而是远远地打量着。云是白的，雨后的树是鲜绿的，给人一种清洁感。在东先生看来，这样的树，跟天上的云一样，也是可看可不看的。

还记得石拱桥边那棵银杏树？她问。

当然记得。这里的人都管它叫白果树。

知道树龄？

只知道它是一棵古树，有多老，没打听过。

听山里人说它已经活了五百多年。

一棵五百年的老树仍然可以结果实，不能不说是一个奇迹。结果实的白果树应该是雌树吧。

是的，每年十月它会结一次果。

那么，眼前这棵树应该是雌株还是雄株？

当然是雄株。这一带，我还没有发现第三棵银杏树。

难道说，它们隔着一座山也能传播花粉？

就像你刚才说的，这是一个奇迹：一棵树即便隔着一座山也能找到另一棵树。

我小时候在植物学课本上就看到过这样的说法：风传播花粉，

当代中国最具实力中青年作家书系

肉眼是无法看到的。那种风媒花呈陀螺状，可以从相隔几十里外的地方飘过来，把花粉落在花蕊上。

做一棵树多好，每年开一次花，结一次果，就这样不知不觉活了五百多年。

树没有神经末梢，开花结果它不觉得快乐，正如它落叶时不觉得痛苦。

树有树的活法，谁知道呢？

这时候，一团云在这座空旷的山岗之上懒洋洋地逡巡着。你看见了吗？高个子女人指着一排杂木林说，从这边数过去第九棵树，你看见了吗？三年前，我把自己的手机埋进了那棵树底下。现在它应该已经像土豆那样烂掉了吧。

为什么要把手机埋掉？

我也说不清楚为什么，也许是因为那时候觉得身上的东西太多了。

身上的东西太多了？嗯，我明白了……

天色渐渐暗了下来，一些鲜亮的颜色融入灰色，一些有棱角的石头变得柔和起来。入夜之后，山谷间偶或响起寂寞旅人的弹唱。东先生无意于融入这群人里面，因此，他看了一会儿书，就早早睡下了。过了十时许，客栈里外人与动物的声息都静了下来。在山里面，寂静仿佛呈漏斗状，漏进树叶的幽微的沙沙声，漏进虫子的唧唧声，漏进地窍深处发出的嘶嘶声，和一些植物饱吸夜气的声音。

三更时分，东先生无缘无故地醒过来。那种奇怪的声音又开始出现了，以至于他感觉自己好像被什么奇妙的力量抛进了另一个维度的世界。但此刻，他十分淡然。找那些高人治疗的想法早已抛诸脑后，他觉得自己也无须为此烦恼。人这一辈子，总会遇到几件让自己费解的事。与其惶惶不可终日，不如从容应对。他曾看过一部戏剧，说是有人突然发现自己身上得了一种莫名其妙的隐痛，到处找医生或专家诊断，可没有一人明白无误地告诉他，这种隐痛是如何来的，又将如何消除。耳朵里面出现的怪声，大概跟身体上出现的隐痛是一样的。

那种奇怪的声音持续的时间很短，但他之后就了无睡意，只得闭着眼睛挨到凌晨五点多，恍恍惚惚间，一缕幽暗的天光从窗帘的缝隙间照进来。他感觉这样躺着实在是百无聊赖，就下了床，拉开窗帘。在晨光里，山与人骤然相遇，让他心中忽生一种相敬如宾的感觉。他喜欢这样的山，空空的，好像什么都没有，又好像什么都有。他推开了窗，让晨风带着明亮的空气吹进来。窗子对着清寂的后院，一只早起的野狗正在一棵银桂下刨着泥土，不知道要刨些什么。他突然间像是想到了一件紧要事，从上衣口袋里掏出手机，匆匆瞥一眼，随即关掉，放进一个塑料袋，然后穿上衣服，拎着这个塑料袋，走到楼下，沿着两栋楼之间的一条青石板路，来到那座后院。狗见了生人，立马从墙洞里隐遁。他在银桂下的一张石凳上坐下来，随手捡了一块小瓦片，继续把那堆被野狗刨过的泥土挖开，挖到两指深时，就把那个装着手机的塑料袋扔了进去，然后，又用四周的泥土把小土坑掩上。天已破晓，他在石凳上呆呆地坐着。太阳又跟老朋友那样，渐渐从云层间露出一副温和的老面孔。从后院的一扇小门出来，他沿着一条青石板路来到前面那座铺花砖的小庭院，那里，树木掩映的拐角有一张阴暗、逼仄的小楼梯，沿着楼梯向右走四扇门是东先生的房

当代中国最具实力中青年作家书系

间，向左走七扇门是高个子女人的房间。东先生本该向右走的时候，突然改变方向，走到她的房间门口。静静地站了片刻，又踅返，下了楼。穿过庭院里的月洞，他来到观景台，竟又看见了她的身影，感觉像是绕地球一圈之后又碰到了。世界还是原来的样子，但她好像不是原来的她了。很奇怪地，他越是走近她，越是不敢看她的脸。那一刻，他必须把目光落在别处——比如，一棵树，一块石头——内心才能平伏下来。

昨天我失眠了。

为什么？

因为你。

因为我？

因为你昨天讲述那位摄影家的故事时无缘无故地中断了。

我从来不认为这是一个故事。如果你抱着听故事的心态来打听别人的隐私，我也就没话可讲了。

你没把话说完，对我来说就像酒没喝够，总是惦念着。如果记得没错，你还没告诉我他在房间里跟谁说话呢。

为什么你要打听这些？

还是因为好奇嘛。

我说的一切也许会让你觉得不可思议。

生活中本来就有许多不可思议的事。

好吧，你不妨当作一个故事来听。

那时候她的确怀疑摄影家只是存心在玩弄自己的感情，不过，她想到自己可能不久于人世，也就不在乎这些东西了。她之所以想探知摄影家房间里的人，只是出于好奇。准备跟他告别之前，她还是很有礼貌地给他打了一个电话。他过来之后，神色略微有些异样。她跟他说出了自己的心里话，也没打算保留自己的猜疑。他听了之后，就把她带到了自己的房间，打开一个旅行箱，里面除了几件衣服，就是一个黑木盒。一见到这东西，她手上的鸡皮疙瘩立时就跟阳光里密布的尘粒那样一下子冒了出来。这里面装着什么？她问。他说，是骨灰，是他妻子的骨灰。出门转了一个多月，他一直把它带在身边。因为他曾答应过妻子，一定要把她埋葬在一个安静的山谷里。问到他妻子的死因，他说，她死于白血病，他是看着她像一朵花那样慢慢枯萎的，不过，她死在他怀里，非常地平静。她听了这话，益发伤感。想到自己如果得的是恶性肿瘤，也许只能孤身一人在异地的病床上凄凉地死去。因此，她抚摸着骨灰盒，用舒缓而平静的口气说，这不是死，这叫"归"。女人这一辈子有两次"归"，一次是出嫁，叫"之子于归"；还有一次，就是大限到了，没有大悲大喜，心里面平静得很，这叫"视死如归"。

也就是那一刻，摄影家告诉她，他第一次在那棵古树下遇到她，从镜头里注视她的面孔时，突然感觉亡妻的面影从眼前飘过。就在按下快门的一瞬间，他如遭电击。事后翻看那张照片，他发觉她跟自己的亡妻其实没有多少相似之处，只是，嘴角那一抹淡然的微笑，让他有点难以释怀。她望着他那沉浸在某段回忆中的惘然眼神，确信他所说的并非虚妄。

一种绝望之后的突然放松，迫使她做出留下来的决定。他们在山中一起呆了一个月，到底还是没有发生任何肉体上的关系。她也没有告诉他，自己患有某种疑似脑肿瘤的疾病。他们在一起，只有淡淡的欢喜，没有那种令人不安的生理性反应。下山之后，

当代中国最具实力中青年作家书系

他们各走各的，没再碰过面，也没有电话联系。两个月过去了，半年过去了，她一直在一个又一个陌生城市游荡，奇怪的是，脑部也没有出现什么异常。因此，她又鼓起勇气重新做了一次核磁共振检查，结果发现：脑部那个白鸽蛋状的东西居然莫名其妙地消失了。在外漂泊既久以至身无分文的她不得不回到原来的单位。主管领导听说她的境况之后也深表同情，不仅让她恢复原职，还额外预支她三个月的工资。但她待满了三个月时间，又莫明其妙地辞了职，跑到了一座海滨城市，在那里的一家酒吧找到了一份DJ的工作。

为什么要寻找一座海滨城市？

因为它离大海更近一些。

后来有没有再见到他？

没有。一直没有。

现在我明白你为什么要去山那边看那棵树了。

你说得对，我找不到那个人，因此我想看看那棵树。人是活的，树是死的。树总不会挪吧。但我有时候想，有一天如果真的遇见他又会怎么样？不如不见，留一份念想。

这时候，东先生没再说话。一阵风吹过来，他只想抚摸她的头发。

某年某月某个春日的清早，东先生再次去敲她的门。没人应声。随即下楼，在木梯边的石凳上坐着，沉默以待。整整一个上午都没见着她的身影，他有些怅然。屈指算来，跟她在山中也不过是呆了短短三天。此刻，东先生的脑子全被她的影子占满了，这就让他害怕起来了。为什么害怕？他也说不清。从前，东先生不是这样的。

吃过早餐，他问登记台里的伙计，是否见过那个高个子女人。伙计说，她已经退房了。去了哪里？伙计说，不知道。东先生望着门外云遮雾绕的山谷，心里也是一片空茫。过了片刻，他转过头来问，她叫什么名字来着？伙计说，她是我们老板的一位朋友，因此没有用身份证登记。我也不知道她叫什么名字。

她每年这个时候都会来这里一趟？

是的，如果我记得没错，她已来过三回，不，四回。

听到这里，东先生突然低下头来，把身上所有的纽扣数了一遍又一遍，似乎要借此平复心情。慢慢地，他走出客栈，走到一座观景台上。他扶着栏杆，再次眺望着淡蓝的远山，风吹过来，情绪微微有些起伏。这地方，好是好的，但留下来、终老一生的想法他是断然没有的。他对自己说，到任何一个地方，生留恋之心都不是一件好事。不为什么而来，也不为什么而离开。这样子就行了。

他这样想着，又缓步踅返，来到那座种着一棵银桂的后院。四周无人。淡淡的阳光从山那边飘洒下来，一排滴水瓦把齿状的影子投射到草地上。他喜欢那株孤单的小树，晨风中向他举手致意的柔嫩的枝条，以及那块没有修剪过的草地。他蹲了下来，从树底下拣起一块小瓦片，刨掉了一块微微隆起的泥土，取出一个袋子，打开。手机完好无损。开机之后，他就听到一连串未接电话的提示音。真是奇怪，三个女人居然会在同一天同一个时间给他发来了三个内容相似的短信。他静默了片刻，又关掉了手机，把它直接扔进那个小土坑里。用土填平之后，他稍稍使了点劲，在泥土上踩了几脚。剩下的事，就是把左手插进左边的口袋，把右手插进右边的口袋。

空椅子

　　三个人，公务员、电子商务师、东先生，他们坐在同一间酒吧，品尝的是同一种牌子的啤酒，谈论的是同一个话题：女人。我们都知道，从亚当与夏娃谈恋爱以来，女人是一个永远绕不过去的话题。

　　公务员喝了两瓶啤酒之后，就表明自己已经深深地厌恶这种酒精的气味了。他最痛恨酒的时候，大约也是最爱酒的。公务员长着一副扑克脸，虽然酒气有点上来了，脸色却没有因之而活泛起来。坐在对面的电子商务师显得委琐而又憔悴，他有一个北方情人，刚刚分手，他有点离不开她。他喝酒的时候目光里总是汪着一团接近液态的忧伤。他抚摸着一张永远摸不到的脸，而那张脸仿佛就在酒沫中泛起，沿着杯口流溢，然后消失。东先生，一位哲学老师（自称是"爱智慧的愚人"），手中夹着一根烟，面对一个空杯子，品味着虚无：他需要的不是满溢的酒，而是空杯子的安宁。因此，与其说他是来喝酒，不如说是来抽烟、发呆、高谈阔论。东先生说话时，喜欢轮流使用左手和右手打手势，他那样子像是坐在车上打方向盘。他总是牢牢地控制着一个话题的走向。

你可以跟我们谈谈那个女人？东先生对电子商务师说，我们都很好奇，是怎样一个女人让你变得这样失魂落魄？

电子商务师讲到他跟那个女人初遇的情景时并没有交待具体的时间，但可以确定，那是一个凉爽的夜晚，而地点是在一个名叫布尔津的北疆县城。那里有一条穿城而过的额尔齐斯河，河堤上散落着一些夜市小摊。人们散步至此，喝一杯俄罗斯的卡瓦斯，吃几口羊肉串或烤狗鱼什么的，是常有的事。他也不例外。在凉风的吹拂中，他一边啜饮，一边摇着手机，很快就摇到了一个陌生人的微信号，对方离他只有五米远。他下意识地环顾四周，恰好看到一个穿灰色茧形上衣的陌生女人朝这边来投来目光，只是浅浅一触，便挪开，像是不经意的一瞥。这样的目光他曾碰过无数次，在脑子里过一下就可以快捷删除。但这个女人的目光不一样，它是有话要说的。不多久，他就看到手机屏幕上跳出一行字：今晚看到月亮就想哭，也不知道为什么。他抬起头来，猛然看见空中浮荡着一枚月亮。月亮很圆，河流很长，冷水鱼不腥，羊肉不膻，这样的夜晚还有什么可抱怨的？他跟她在手机上聊了片刻，就坐到了一起，继续聊。女人说，她小时候是在江边长大的，每逢月圆之夜，泪水分泌就会比平时多些，想来是跟潮水什么的有点关系。他们聊的话题不算深入，但也算开心。女人提议喝点酒，他也乐得对饮。喝的是一种酒精含量不低的果酒。知道今晚的月亮为什么这么美？她自言自语地说，因为今晚是七月半。他吞下一口酒，打了个寒战。女人的一只眼睛被酒红色头发半遮着，另一只眼睛透着一股冷光。这样的夜晚，她说，她特别渴望得到一个男人实实在在的拥抱。他的手臂虽然不够粗壮，但布尔津的酒、月亮与河流足以给他们带来一个美妙而疯狂的夜晚。跟一个陌生女人躺在床上，他有一种去远方旅行的感觉——这是他第一回体味到一夜情的滋味。第二天早晨醒来之际，女人已经不告而别，也没有留下只言片语。发微信，才发现微信号也被对方一并删除了。窗外的额尔齐斯河流向北冰洋，那个谜一样的女人却不知去向。他为此而有了几分莫名的伤感。若干年过去了，他有时候还会想起她。想起她那酒红色头发，想起她唇角的酒味、眼睛里流露出的夜晚的迷惘。有一天，他跟一名网店代理商在一座南方小县城的酒吧小坐闲聊时，无意间看到有一个女人的侧脸跟布尔津遇到的陌生女人十分相似，于是就试探着走上去，跟她搭讪。果然是她。这一回，她的梨花头虽然染成了栗色，但她脸上的倦意和眼中的迷惘跟多年前是一样的。我真想哭。她碰到他的第一句话还是多年前说过的。那一晚，他记得，恰好也是一个月圆之夜。我们都知道，从亚当与夏娃生儿育女至今，已经有一千亿人（这个数目也许并不精确）在这世上存活过了，一个男人跟一个原本不相干的女人两度在不同的城市相遇，这样的概率相当于一条额尔齐斯河的鱼跟北冰洋的鱼分别在不同的水域遇见两次。他认为这就是命中注定属于他的缘分。那阵子，为了可以跟她生活在一起，他把一笔线上与线下的业务转移到那座小县城来做，有时候也帮她一起打理一家兼卖工艺品的画廊。他们可以像别的情侣那样，每隔两三天就见一次面。在她面前，他呈现的是一个好男人的标准形象：衬衫总是一尘不染，裤线总是与地面垂直，会赚钱，脾气不错，对感情专一，喜欢正常体位，几乎没有什么不良嗜好。这一切，她都看到了。直到有一天，他跟她谈到结婚的想法时，她却显得有些惶然。那一晚她独坐一隅抹着总是掉不完的眼泪。我就是想哭，也不知道为什么。她这样解释说。过了些日子，他发现她性情大变。她开始说一些自轻自贱的话。她说自己当过坐台小姐，他说他不介意。她说自己脾气有点坏，他说他也不介意。一切都会慢慢好起来的，他这样安慰她说。他疑心她身上分别有一个天使和魔鬼，互不相让。更多的时候，是不讲理的魔鬼占了上风——除了在手机短信里莫名其妙地说些刻薄的话，她居然还会当着他的面在电话里跟别的男人打情骂俏。不可思议的是，有一天深夜，他醒来的时候，看见她正坐在一边剪他的内裤，那种咔嚓咔嚓的声音让他禁不住打了一个深深的寒噤。他见识过这样一类男女：爱到极致时，会把伤害自己或对方的变态行为当作是一种异常快乐的感官体验。显然，她也有这种倾向。除此之外，她还有一些让人不可理喻的嗜好：比如喜欢闻森林里面的霉菌气味，喜欢喝一种掺和了咖啡因的啤酒，喜欢在悲伤的时刻做一件堪称放浪的事。他虽然不能理解这个女人究竟想干什么，但他毕竟经历过几次恋爱，对人情机微也略有洞察。他知道他们之间的关系不会维系太久，只是希望这一切不要来得太快。有一阵子，他独自一人回到省城去住，她又有些不舍，深夜时分突然哭着鼻子给他打来电话，说是无论如何他得过来一趟。他狠了狠心，决意不见。在这种胶着状态中，彼此冷却一下也未尝不是一件好事。他认为。一个礼拜后，女人又打来电话，说她像吸血鬼渴望吸血那样渴望见他一面。他故意延宕了一晚，第二天处理了一应杂事才开车来到她租住的公寓。推门进去的时候，他看到她正仰面横躺在床上，一头长发从床沿垂挂下来，双腿曲弓，微微向两边张开，再细看，两腿之间有一个大秃瓢。他咳嗽了一声，两人突然惊坐起来。他听到女人嘴里发出一声短促的讪笑时，握紧的拳头

当代中国最具实力中青年作家书系

突然松开了，而眉头也只是微微颤动了一下。他很有礼貌地说了声"抱歉"，就掩上门，走开了。貌似路过，什么事都没发生。他怀着异乎寻常的平静心情走到外面的大街上，吃了一份牛排，理了个头发，然后又回到之前租住的工作室，看了一场欧洲杯足球赛。他喜欢的那支球队在最后的点球大赛中落败，球员们带着落寞的背影向场外走去时，他也决定离开了。那座小县城里除了她之外，他几乎没有别的什么可以谈谈心的朋友，自然也就没有人相送。早晨的天空看起来没有像往日那样明亮，他在淡薄的晨雾里漫无目的地开着车。车子拐上一条通往邻县的省道时，他从后视镜里瞥见了一支长长的送葬队伍。衣冠是白的，树叶是黄的。那一刻，天地间忽然有了一股肃杀之气。他感觉这些人是来送他的，但他不知道自己应该去哪里。

直到现在，电子商务师说，我有时候手握着方向盘，却不知道自己应该去哪里。

爱情这东西常常会让人迷失方向，不过，东先生说，照我来看，这个女人并非什么尤物，你犯不着为她这样意乱情迷。

有很多次我曾试着从她身上发现坏的一面，但结果是我反而更加迷恋她那种与生俱来的坏女人的魅力。很奇怪，跟她分手之后，也没有一个女人可以取代她在我脑子里的位置。

突然上来的爱情不过是一种性冲动，而持久的性冲动却是一种爱情。可爱情这东西，说穿了就是性冲动的别名，结局嘛，终归是圆满的破碎，顺理成章的混乱。

东先生像依旧坐在讲台上那样，一边打着手势，一边用略显费解的一通话给电子商务师的一段恋情做了概括，然后就像沉浸在自己的语调所营造的氛围一般，深深地吸一口烟，对那位长着一副扑克脸的公务员吐出这样一句话：我之所以把他请过来，就是让你看看被人抛弃的痛苦。接着又转过头来，对电子商务师说，我请他过来，也是让你看看，想要抛弃别人同样也是一件痛苦的事。而你们最大的不同之处在于：一个知道自己痛苦的原因，另一个却不知道。

是的，我就是感到痛苦。长着一副扑克脸的公务员皱着眉头说。

可你能否告诉我你痛苦的真正原因？

公务员没有做出回答。

东先生摸着修剪齐整的胡子——无聊的时候他就喜欢这样漫不经心地摸着。他看起来有点迷恋自己的胡子。这样的胡子如果短了一公分，他的魅力恐怕就会减少一分。

你想知道我痛苦的原因？公务员猛地抬起头来说，我可以告诉你，可你不许笑。

当然。

我发现自己不会笑了。

笑是人有别于动物的特点之一，东先生打了个表示无奈的手势说，一个人不会笑，的确是一件痛苦的事。

公务员沉默有顷，又接着说，自从进了县府机关之后，他就发现自己变得越来越沉默了。之前他跟同事或熟人之间见面，彼此都要点点头然后微微一笑。后来，他渐渐觉得嘴角的肌肉绷得越来越紧，一收一放之间，仿佛有什么胶水粘着。于是他开始走到镜子前或陌生人中间练习微笑：随着嘴角那条弧线的延展，他意识到自己的颧骨也微微耸动了一下，努力形成一种被人们称为微笑的表情。这样做，仅仅是为了证明自己的脸部肌肉并没有跟微笑脱离关系。然而，糟糕的是，有一天，妻子看见他冲着自己微笑时，突然流露出惊恐的表情。

那一刻，我感觉自己蒙受了巨大的羞辱。公务员说。

你的性格适合做一位诗人，可你却偏偏做了公务员。东先生分析说。

你也知道，我早年也是偶尔写过几首诗的。可是我现在脑子里没有一点诗意的东西了，工作像一件不合身但又无法脱掉的外套。

公务员谈到诗，就像是偶尔跟人提起自己的初恋情人，眼睛里忽然泛出了微光。在写诗的年头，他曾梦想着有一天能跟北岛们坐在一起谈诗饮酒，但生活迫使他低下头来，老老实实地写那种迟早要变成废纸一堆的工作报告。经过多年的磨炼，他好歹也成了此中老手（比如，每隔两三页就会在报告中出现一两个专供领导订正的病句或错别字）。除了写材料，他也兼做一些行政方面的杂事。久而久之，一种公务员的形象就在他身上凝固起来了：世故，谨慎，刻板，缺乏必要的激情。在单位里要保差事，他向来不敢胡乱说话，也不苟言笑。笑这东西，一天天离他远去了。他坐在一个朝北的终年不见阳光的办公室里。没有阳光照到，脸上的阴影就多了一些。也许阴影还投到了心里，像落叶一样，一层又一层地厚积起来。

我现在连笑一下，都无能为力。这是不是很糟糕？

你已经有多少年不曾笑过了？

我也记不清确切的时间了。但有一回，我却在不该笑的时候笑了。

不妨说说。

公务员指着电子商务师说，刚才他谈到自己在大街遇见了一支送葬的队伍，让我不禁想起多年前的一场葬礼。我忘了是哪一年，反正是一个大冷天，我的一位同事死于心肌梗死。在追悼会上，我受死者家属委托，作为同辈朋友代表发言。他们之所以选中我，无非是因为我跟他住在同一个小区，而且又在同一单位工作。一句话，我们身上的确有不少相似之处。

公务员的同事当然也是公务员。我们不妨把那个已经死去的公务员称为公务员甲，把那个依然活着的公务员称为公务员乙。公务员甲喜欢喝酒，公务员乙也喜欢喝酒。公务员甲有一个笃信基督教的妻子，每次丈夫在外头喝到烂醉之后，她都能凭借神的指引找到那张埋在灯红酒绿间的猪肝脸；而公务员乙的妻子不管丈夫在外头喝得有多醉，她都置之不顾，她总是这样嚷着：让他喝死算了，让他喝死算了。公务员乙羡慕公务员甲有一个温柔解人的贤妻，而公务员甲却说，这些年来，他一直很想跟妻子离婚，不过，想到自己再找一个女人结婚实在没多大劲时，也就懒得提"离婚"这个词了。反过来，公务员甲则羡慕公务员乙可以每天坐在空调房里写点材料，不必像他那样三天两头外出执行公务，而公务员乙却说，他其实很想辞职，但想到自己再找一份工作或许同样没劲时，也就把辞职报告压到抽屉里去了。总体来说，喜欢喝酒的人多少会有一些相似之处。比如，他们外出喝酒时，往往不会带上手机或手表之类的东西。又比如，他们喜欢在下雨天喝酒，喜欢在雨声里长久地沉默着。通常情况下，他们会把自己喝到舌头失灵，肢体麻木，脑子断片。然后死而复活，又回到正常的工作状态。有一回，公务员甲喝着喝着，突然用低沉的语调说，在酒杯边倒下，是最好的死法。公务员乙认为，这话听起来像一句诗，而且还是押韵的。就此记下了。

没承想，一语成谶。

对公务员乙来说，公务员甲的死，让他突然觉出一个凡事都按规矩来的公务员的悲哀。在追悼会上，半是因为天气寒冷，半是因为内心悲痛或紧张，他居然把一段文字念得七零八碎。念着念着，公务员乙猛然想起公务员甲当年在婚礼现场被众人喝哭的情景，最要命的是，公务员乙的嘴角竟不经意地滑出了笑声。他想努力忍住不笑，可他还是笑了，而且笑得连自己都觉得有些过分。那时他真想抽自己两耳光。他还没念完，耳朵里已经响起了一阵阵表示不满的嘟囔声，他一直不敢抬头观望底下那些哀悼者。他忘了自己最后是否念完稿子，也忘了自己从台上下来时是否向死者鞠过躬。他所知道的情况是，从此以后单位同事就用异样的目光看着他。

你们也许不相信，公务员说，那一回我虽然笑得不合时宜，但毕竟是我唯一一次笑过，真的，后来我就没有再发现自己笑过了。

你看看我的脸，现在还能找到一丝微笑？电子商务师也凑过脸说。

电子商务师脸上有两道极深的法令纹，一颗黑痣就长在左边一道法令纹上，仿佛在那里打了一个死结。他说话的时候，常常会无意识地伸出舌头，似乎要舔一下那颗痣，但每回都差那么一点，舌尖即刻缩回，又像是有点不甘。这是一张带着苦相的脸，公务员从他那双眼睛里仿佛看到了自己益发黯淡的影子。

我们都是病人。公务员咕咚一下喝掉一杯酒。

说穿了，我也是一个病人，东先生说，三年前，我做了汉密尔顿心理测试，最终被诊断为重度焦虑症患者。

你……怎么可能？电子商务师和公务员几乎是异口同声地说出这句话。

东先生面色红润，脸上时常挂着微笑，看不出一丝忧虑的神情。不过，像他这样的人向来是把自己藏得很深。即便是暮色般浓重的焦虑笼罩着内心，他脸上还是保留着一抹晨光。

东先生说，这些年，他坚持长跑，为的就是缓和焦虑症所带来的身心方面的痛苦。每天，当他感觉哪里不对劲的时候，第一个反应就是跑步。他总想让自己跑得更久一些、更快一些，好像只有这样才可以把所有的痛苦都远远地甩到身后。起初，东先生只是很散漫地跑，不拘快慢，也不计里程。但自从结识了几位"马拉松"发烧友之后，他才发现，跑步并不是一种简单的双腿交叉运动。他开始像那些跑友那样戴上运动手表，从距离练习中掌握了匀速跑步的技能。东先生中学时期是一名长跑运动员，尽管其间二十多年里没有再跑过，但他仍然可以从五公里的迷你马拉松起步，然后是十公里，几个月后，他就能试着跑起"半马"了。他之所以没有跑"全马"，是因为他认为半程马拉松足以让他获得双倍乐趣。东先生说到底只是一个"半马"爱好者。

马拉松跑一半，如同饭吃半饱，花看半开，也是人生的一桩乐事，你们说是不是？东先生从"半马"，谈到了人生的某种境界，脸上露出朗润的微笑。你太优雅了，公务员说，你他妈的能不能俗一点，给我把半瓶酒干掉？说着就把一瓶啤酒往东先生跟前一推。东先生也不推辞，倒了半瓶酒，一饮而尽。电子商务师也掺进来，非要跟东先生再干上一杯。东先生照例干掉剩余的半瓶啤酒。饮毕，东先生把杯子反扣桌上说，我下周要参加"半马"

比赛，饮食上必须以清淡为主，酒是真的不能多喝的。他又接着补充解释说，有一次，他喝了点葡萄酒，第二天在跑友的陪伴下跑"半马"时，身体出现了不适，先是胸闷，于是停下来，根据自己掌握的一些常识试着压压左胸，但还是感觉输送到肌肉的能量和氧气已经越来越少。这样的事，东先生说，至今幸好只遇到过一回。

公务员伸了个懒腰说，我每次早上起来都想跑步，但出了门，就立马改为散步。跑步这样一件简单的事，抬起脚来就可以办得到，我却只是想想而已。

东先生说，对我来说，脑袋里的焦虑已经缓缓下移，只要我感到双腿按捺不住，就会想着迈出门去。好像只要我愿意跑，前面就是一条无穷无尽的跑道。

跑步果真能治愈你的焦虑症？

是的，东先生说，当我一次又一次蛮有把握地跑完"半马"之后，我发现自己已经把焦虑症慢慢甩开了。打个比方吧，就像当年我试着从一个又一个女人身上甩掉初恋女友给我带来的痛苦。

这么说，你现在是以跑步代替做爱，也要试着甩掉一些什么。

也不全然是这样子的。对我来说，跑步就是一种宗教仪式。只不过，我是用双腿代替舌头做祈祷。直到有一天，我的焦虑却在睡梦中出现了。

现实中的焦虑转移到梦里去，也许就是焦虑症的另一种表现。

也许是焦虑症的后遗症吧，我对此也没有深究。确切地说，我是常常为一个同样的梦境所苦恼。

梦见什么？

梦见自己在跑"全马"，跑呀跑的，却怎么也跑不到终点。好像我白天跑不够，夜里还得继续跑完剩下的路程。每次做完这样的梦，我都是大汗淋漓。我把这个梦告诉我的跑友之后，他根据配速计算，认为我可以试着去跑"全马"。事实上，我是一点儿都不想跑"全马"的。

有人说，跑"全马"才是真正意义上的"马拉松"。

中年男人可以把玩的东西已经不多了，跑"全马"对我的体能是一种极大的挑战。我明明知道，跑"全马"没有给我带来任何乐趣，可我还是硬着头皮跑。好在我的跑友是世界上最好的跑友，他愿意陪跑，我就没有什么后顾之忧了。一路上，他就像我的影子，一会儿在前，一会儿在后。

东先生的跑友曾经是一名飞行员，长得人高马大，肌肉壮实，蓄着两撇双角自然下垂的八字胡（其理由据说是没有胡子，说话无味）。跑步之前，他也会跟东先生聊一些发生在天上的趣闻。东先生曾经问过这位跑友，为什么会迷上长跑？因为孤独，跑友说，从小到大，他的亲人们像是受了什么诅咒似的，一个个离他而去。年纪越来越大了，人就渐渐有了一种"西出阳关无故人"的感觉。他是一个不太合群的人，可他又不想一个人老是在家中呆着。于是就莫名其妙地选择了长跑。起初，他在奔跑中总是有意无意地跟所有的人保持一种若即若离的关系。这样跑了一阵子，他就结识了一些朋友。只有跟大家在一起奔跑的时候，他才会感觉自己不致太孤独，有时候，一种慢慢到来的疲倦还会引发一种幻觉：某一瞬间，死去的亲人仿佛又回到了他身边，他可以一个个追上他们。东先生听了，觉得有些不可思议。但后来回想，他的跑友的确是把长跑当作一种非同寻常的享受。有好多次，跑友明明可以跑得更快，但他还是慢下来，陪着东先生慢慢跑。

当代中国最具实力中青年作家书系

人的一生就像一次长跑，能跟你一起跑的人并不多。东先生顿了一下，又接着说，跟我的跑友略有不同的是，他总像是在追寻什么，而我总像是在摆脱什么。

那么，你有没有在奔跑中出现幻觉？公务员问。

我第一次跑出三十公里的路程时，全身虚脱。跑友发觉我有点不太对劲，就指着前方的行人问，前面有几个人？我说，三个。跑友点了点头。过了一会儿，跑友又问，前面有几个人？我已经不能出声，只是举起五根手指。跑友说，不对，明明只有四个。于是我们就停了下来。经过三个多月的距离练习，我决定冒一次险，跟我的跑友一起报名跑一次"全马"。结果，一件不幸的事发生了。

一件不幸的事？

嗯，的确是一件非常不幸的事。那天，我和我的跑友一起参加"全马"比赛。他明明可以跑得比我快，但他还是不紧不慢地跑在我前头。经过一段柏油马路时，不知为什么，他突然栽倒了。我停下来，问他状态怎样，他坐在地上，说不碍事，让我继续跑。随后就有人用担架把他抬走，那时候我竟然不知道他在半路上就断了气。而我还在惯性的驱动下，依旧向前跑着，有一阵子甚至感觉我的跑友又回到我身边，似乎还能听得到他嘴里发出粗重的喘息。那天阳光充足，我的双腿比平时更加有力。渐渐地，我追上了一群人，加入了他们的行列，向终点跑去。现在想来，那条长长的队伍，又何尝不是一条奔跑着的送葬队伍？

东先生说完这句话后，公务员和电子商务师突然都变得沉默了，仿佛他们也是那支长长的送葬队伍中的一员。

东先生瞄了一眼手表说，时间已经不早了，我们什么时候结束？公务员说，每回我喝酒时听到有人说时间已经不早了，我就很沮丧。时间已经不早了，时间已经不早了，为什么你们总是说时间已经不早了？公务员的脚下已经排起了六个空酒瓶。在灯光下，他的眼睛变得越来越细，像一只正午的猫。时间已经不早了，公务员又咕哝了一句。

你家住在哪里？趁你还没烂醉的时候可以把地址告诉我。东先生带着关切的口吻问。

不必，公务员挥挥手说，我喝酒就是为了找不到家。

看样子，你在家里很压抑。

在单位里也同样压抑。

据公务员描述，他家住城东，单位在城西，相隔不算太远。从东边步行至西边，也就半个多小时的路程，直来直去，方便得很。不过，每天去上班的时候，他走的是直线；下班的时候走的却是曲线。这是他多年来养成的习惯。他总想去哪儿绕上一圈再回到家中。只是转一个弯，这一天就好像有那么一点点不一样了。他对那个称之为"家"的地方怀有一种说不出的厌憎。周末的时候，他通常会找个热闹或不热闹的去处，独自斟酌。喝完了酒，就不知道自己应该去哪儿，仿佛眼前就是世界的尽头。那一刻，他会问自己：我在哪儿？我要去哪儿？而内心做出的回答是：去哪儿都行，就是不想回家。于是，他就像流浪狗那样在街头晃荡着。

你看上去很平静，而事实上一直处于晃荡的状态。东先生接着分析说。

公务员抬起一只手说，我坐在办公室里写材料或是坐在餐厅里吃饭的时候，目光常常会落在自己手上，就那样一直看着，渐渐地就会觉得这只手是另一个人的。有一次，我把这只手放在一个陌生女人的乳房上，突然感觉它跟我好像没有什么关系。我的手在抚摸着一个肉质的球状物，而我的灵魂好像在另一个地方飘浮着。直到事情结束后，我把手放在自己的口袋里，才确证它就是我的手。自始至终，除了抚摸女人的身体，我什么也没有做。

你知道性冷淡是什么意思？

不，我觉得非要给自己找一种病名，那就是，冷漠症。

冷漠症？

是的，冷漠症。心太冷，我就得把酒浇下去，让它燃烧起来。

没有一个女人能让你的心燃烧起来？

没有，以后也许不会再有了。从前没有一个女人这日子就没法过，现在跟自家女人天天在一起这日子同样没法过。有一次，我跟她站在一块山崖上，我对她说——呃，别说女人了，话题绕了半天，还是绕到女人身上。公务员这样说着，不耐烦地把杯子往边上一推。哐啷一下，杯子落地。一名服务生闻声过来，没问什么，就俯下身来小心翼翼地收拾着玻璃残片。

公务员向后一靠，拍拍自己的肚皮说，你们瞧瞧，我身上装满了太多的酒，总有一天会像一艘破船那样慢慢沉下去的。

沉到哪里？电子商务师眼睛一轮问。

沉到地底。公务员跺了跺脚，好像地底会有什么声音做出回应。

东先生把两只手搭在他们的肩膀上说，今晚我让你们坐到一起，就是让你们从一杯酒开始，彼此认识。你们如果喝嗨了，我不反对。我可以负责送你们回家，或者把你们拉到宾馆也行。

空椅子 87

公务员与电子商务师碰了碰杯，各自咕咚一声饮下。东先生说他有点疲倦，想要一杯咖啡。公务员突然指着对面墙壁上一行被醉眼般的灯光照亮的中文花体字，发出了嘘的一声。东先生眯缝着眼念道：我是卖酒的，不跟你谈咖啡。

东先生笑了。然后就是沉默。

已过零点。窗外是一片黑暗。落地玻璃窗上爬满了凌乱的雨线。坐在酒吧里的人们依旧用酒浇灌着舌头。在水彩般厚涂或薄染的灯光里，那些面孔模糊不清，如同漂浮着的水母。

东先生穿过酒气弥漫的吧台，拐了个小弯，走进洗手间，看见公务员和几个饮酒者并排站在尿池边。他们的立足点是一块高出平地的台阶，瓷砖表面布满了尿液和痰迹。有人从台阶上摇摇欲坠般地下来后，另一个人又跟着上来，公务员却迟迟没有下来。东先生走过去，站在尿池边，两根手指十分优雅地夹着那根玩意儿，就像是夹着那种他喜欢抽的雪茄。

公务员忽然转过头问，怎么？像你这样优雅的人还要做这种俗事？

当我站在这里，拉开裤裆的拉链，你就应该知道，"优雅"这个词放在我身上是很不得体的。

这么说，我跟你是没什么区别的。

我们之间本来就没什么区别。

公务员站在尿池前面，一只手撑着墙，另一只手捂着腹部。哇的一声，他发出了一阵干呕。又是哇的一声。他的手指索性伸进嘴里使劲挖。还是不管用。东先生上前拍拍他的后背，跟他开了一个轻松的玩笑，试图减轻他的内在压力。公务员猛地转过身来，恶狠狠地回了一声：滚开。然后又继续干呕起来。东先生露出了表示理解的笑容，并且退到了门口，不慌不忙地点燃一支烟，对着公务员的后背说，男人流泪、排泄或呕吐，都需要背对别人。可是，痛苦是要面对朋友的，尤其是像我这样的朋友。相信我，我能解决你的痛苦。

我是卖酒的，不跟你谈咖啡。公务员重复了一句酒吧里的广告语，转过身来，径直走向水龙头，漱了漱口，洗了一把脸。他望着镜中的自己，眼中布满了像是沿着血管爬上来的血丝。

你可以试着哭出来。东先生说。

我哭不出来。

也许是你憋得太久了。

我既哭不出来，也笑不出来。

过了许久，公务员才转过身来，向东先生要了一支烟，跟他聊开了。有一次，他用低沉的声音描述道，我跟妻子站在一块山崖上，我对她说，我没有勇气跳下去，你来推我一把，让我们彻底结束两个人的生活。她不敢，她也没有这份勇气。你不知道我有多可怜，其实我并不是想要摆脱她，而是想摆脱眼下这种糟糕的处境。可我觉得自己很软弱，我一直无法摆脱她。

我明白了，东先生进一步分析说，你并不是要抛弃她，而是要抛弃你自己。

公务员什么也没说，只是让手指作枪状，顶住自己的胸口。

公务员仍然什么也没有说。

东先生说，有时候表达自己内心某种想法的，不是一句话，而是一个手势。一个手势就够了。这样说着，他也让手指作枪状，顶着自己的胸口，然后重重地打了一个酒嗝。

然后，他们就像受伤的士兵那样搭着肩膀一摇一晃回到原来的位置。低语般的酒吧音乐尚未息止，浓烈的酒气尚未飘散，灯光还是那样的倦怠。

三个人，公务员、东先生、电子商务师，他们围着一张小桌子，继续品尝着同一种牌子的啤酒。电子商务师依旧跟东先生谈论着那个北方情人，东先生依旧摸着修剪齐整的胡子，而公务员像是沉浸在梦里，别人的话语他都似听非听，偶尔掺和几句，也像梦呓。夜已深，酒吧里的灯光越发幽暗了，酒客也渐渐少了。窗外隐隐约约传来告别的语声，和汽车引擎发动的声音。再见，再见，明天见。他们不知道此刻就是"明天"，依旧挥手喊着，明天见明天见。是谁在跟我说话？公务员突然打了个激灵，扳直身板，茫然地望着前方。没有人跟你说话，东先生说。公务员眼珠子一轮，放出一道浮光来，仿佛一栋漆黑的大楼里突然亮起了两盏灯。没有人？公务员惊讶地问，你们三人还要喝？东先生咧嘴一笑说，我们总共只有三人，怎么还平白多出一人？公务员徐徐抬起手臂说，我眼前的确坐着三个人。一、二、三。是的，就三个。

东先生和电子商务师顺着他手指的那张空椅子，仿佛真的看到了什么……

当代中国最具实力中青年作家书系

酒徒行传

老魏的"自由国"

会喝酒的人往往先吃半碗饭，肚腹温实了，再开始饮酒，据说这样可以保肝护胃。也有人，喝了点白酒，再喝啤酒，说是"漱漱口"，然后饮茶，把酒气一点点冲淡。老魏不是这样的，他喜欢空腹喝酒，黄白杂进，荤素不忌。酒足之后就无须吃饭了。

老魏喜欢喝黄酒，往往是一斤打底。之后能喝上多少，谁也说不清楚。坊间曾有传言，说他一次能喝十斤黄酒。是否真有其事？很多人见了面总要带着好奇心，向他求证。的确喝过，他说，不过，酒坛子五斤，酒五斤。他也从来不拿自己的酒量向人炫耀。跟人喝酒，他一不劝酒，二不斗酒。别人喝与不喝，是别人的事。别人不喝了，他还在喝，一个人喝。浑身酒气弥散开来，将他包围着。

老魏住酒坊巷。从前，那里有家酿酒作坊，老魏的祖父便是一位名气不薄的酿酒师傅。他的手艺活传到老魏的父亲手里，正值五十年代公私合营兴起，酿酒作坊维持几年，就日见衰落了。老魏没有继承父业，但无师自通地学会了品酒。

有传言说，老魏好酒，就把女儿跟我们镇上一个酒厂老板的儿子订了娃娃亲。这酒厂老板的儿子叫邹童童，就是老魏女儿的同班同学。逢年过节，邹童童就会提着两埕好酒拜见未来的岳父大人。

同学们就这事问过邹童童。邹童童说，这是大人们开的玩笑，难道你们还当真不成？

老魏与邹童童的父亲是发小，一起放过牛，种过田，闯过江湖，打过群架。更铁的是，他们还一起坐过牢。这事是因老魏而起，确切地说，是因酒后失言而起。那年"文革"刚闹开，老魏跟老邹在酒馆里喝到兴头上，就旁若无人地聊起昨晚收听的"敌台"新闻，说毛谈林，也不避讳。谁知隔墙有耳，有人竟跑到革命委员会告密。没多久，就有人先后带走了烂醉如泥的邹、魏二人。不过，老魏很讲江湖义气，谈话时，把"反革命收听敌台罪"都揽到了一个人身上，因此，老邹拘留了半月就放了出来，而老魏依旧羁押在狱。老魏在牢里面壁思过，得出的结论是：酒喝多了，不好；话多了，更不好。这世道，酒好喝，话难说。从此闭嘴。第二年冬天，老魏从监狱里出来，没有径直回家，而是敲开了老邹家的门。老邹开了门，问，回家见过嫂子了？答，没有。问，先来我这儿，一定是要借米吧，我已经给你准备好了。老魏说，我还要借一样物什？问，什么？答，棉裤。大冷天，前列腺坏了，屌冷。老邹讲义气，当即脱下自己的棉裤送给老魏，还附送一壶酒。老魏知道，老邹家也穷，只剩下这一壶酒了。老魏先自灌下几大口酒，咂咂嘴说，这酒喝得手脚有些发热了，抵得上

当代中国最具实力中青年作家书系

一条棉裤。二人围炉喝酒，不觉间浑身发热。老魏把鞋袜一脱，鞋里就开始冒白烟。老邹挥挥手，嫌脚臭。老魏嘿嘿一笑说，我这一路可是脚踏白云过来的。老邹说，你喝完了这一壶酒，脚就更轻了，穿上鞋，赶紧走，嫂子还在家等着你呢。

老魏喝了酒，便提着一袋米，腾云驾雾般地走上街头。看到街头的红联和灯笼，心里便是一阵慌。掐指一算，除夕将近，蜡梅枝头的花朵都喧嚷开了。料想家中闹穷，无心赏，就在路旁折了一枝蜡梅，打算带回家去，插在陶罐里，也算应个景。

回到家中，他才发现老婆早已带着孩子回娘家去了。已至岁末，家家置办年货，吃分岁酒，唯独老魏家一派清冷，咳一声嗽都有回声。老魏呆不住，添了一件毛衣就跟急着要甩掉什么似的跑出去了。外面是一条阳光照不到的老巷子，只有零星几个行人，青石板上响着呼呼寒风和跺脚的声音；他又从冷寂的巷子跑到大街上，往阳光更多的地方走去。街头摊边，看见阳光底下一个乡下妇人正掏出白花花一坨肉来奶孩子，他便摁住咕噜作响的肚皮，直把目光黏在妇人那坨肉上，妇人惊觉，立马放下衣服，拿目光狠狠地剜他两眼。他也是微微一惊，走开了。因为冷，他在阳光里走得飞快。走着走着，又碰上了老邹。老魏咧着嘴说，明晚有空来我家吃分岁酒啊。

第二天就是除夕，老邹来了之后，发现老魏家里的餐桌上除了灰尘，什么都没有。透过窗户的破洞，依稀能看到邻家温暖的灯光，还能闻到一股随风飘来的肉香。老邹没有坐下来，因为唯一的一张椅子只有三条腿。老魏说，人家过的是年，我过的仍然是日子。你既然来了，我就请你痛痛快快地喝一顿。喝什么？老魏打开了窗户，说，喝西北风呀，喝西北风呀。老魏说，我已经喝了半吨西北风，抵饱了。老邹扫兴，做了一个把杯子放下的动作说，我也喝饱了，抹抹嘴，走了。

之后几十年间，邹童童的父亲只要喝了点酒，就不厌其烦地跟人重提这些陈年旧事。连老魏都听烦了。

邹童童生日，老魏请邹童童和邹童童的几个同学吃酒。照例是在醉贤楼。

老魏自称"老鬼"，去掉一个酒字；喊邹童童"小鬼"，也去掉一个酒字。

他是小鬼，魂魄还没长全，喝起酒来，能教大人胆寒。老魏说，这小鬼，长大了准是个有魄力的人物。

虽然伴酒伴茶的只有两碟蚕豆和花生，但大伙依旧聊得很开心。老魏也讲一些跟自己有关的酒事。有人说他是酒鬼，老魏是极不高兴的。在老魏看来，酒鬼与他不同的地方就在于，酒鬼只是酒鬼，而他能把酒喝出境界来。邹童童的同学问过老魏，你能喝多少斤酒。老魏说，我喝多少斤酒不重要，重要的是我能喝多少年酒。又问，有没有醉过酒。老魏说，不曾。邹童童说，他吹牛的，有一回听我老爸说，他喝醉了酒，竟稀里糊涂地走进火车站，坐上了去外省的火车。老魏点点头说，有这回事。我睡得正酣时，一名检票员发现我是逃票的，就在中途停靠时把我轰了下去。

还有一回，老魏接着说，他喝醉了酒，被人塞进了一辆板车，隐隐约约听得有人问他，去北京？老魏扳了扳手指，两千多里路，愁远，就回一声，不去了。继而又听得有人问，那么你要去哪儿？老魏说，去杭州，去杭州的岳坟边睡一觉。于是，他就梦见自己穿州越府，走了很远的路。醒来时，他发现自己已躺在家中的床上。老魏说，这是一件很有意思的事。我在梦里走了好几百路，而事实上呢？只是被人用板车拉着穿过两条街。

大伙跟老魏在一起，常常觉得他不是在说酒话，而是梦话。邹童童和邹童童的同学们也像在说梦话，没大没小的。

在日落与日出之间，老魏至少要吃一顿酒。生活境遇好了之后，他这一习惯很少有所改变。有意思的是，他从酒场回来或是去赴酒宴的时候，从来不说吃酒，而是说吃茶。为什么这样说？大概跟他惧内有关。

有一阵子，老魏突然宣称要戒酒了。

于是改成吃茶。有一回，他吃了好几碗酽酽的浓茶。吃完之后，碗落地，人就趴在桌上睡去了。有人以为他生了病，后来才晓得他是把自己吃醉了。几个酒友用三轮车把他送回家，老伴见了，又开始数落，说不喝了，不喝了，现在又喝上了。酒友们解释说，他这回是被茶吃醉的，不是被酒吃醉的。可老伴不信，撇撇嘴说，我一里外都能闻到他一身的酒气，骗谁呢？酒友们说，酒气是我们搀扶时传给他的，吃茶人身上是没有茶气的。众人把老魏扶到床上，他却猛地坐起来，吐了一地的茶水。这一刻，老伴才相信，老头子吃进去的果然是茶。

老魏说，这世上再也没有比喝茶更叫人难受的了。从此也就没有再喝茶。酒当然是喝的。为了讨好老伴，他常常把酒喝了，酒食带回家。即便如此，老伴也没少唠叨，不过，唠叨之后还是给他泡一碗暖胃的姜汤。老伴怕老头子在外面酒喝多了出事，就给他下了一道禁令：吃酒，可以，但必须限于家里头。

他家有一个大酒缸，缸上有一块木板，权当桌子。客人来了，就围坐大酒缸吃酒。这是效仿北方人的吃法。不过，北方酒馆里的大酒缸只是桌子的替代物，里面没有酒的。而他家的酒缸里非但有酒，还有好酒。有人说，老魏喝酒太急，就像是吞什么东西。一口酒吞下，喉咙里居然也没发出咕咚一声。随后，一些不合时宜的话也就出来了。

　　老伴到底还是失算了。老魏酒喝多了，有时也不安分，会趁她不注意溜到外边。一条街荡过来荡过去，逮住谁就跟谁聊开，谈风月，也谈国家大事。那时节，"四人帮"早已垮台，他就骂"四人帮"，连带骂一些看不惯的官场人物，常常是不避刀斧。老伴得知他又跑出去撒酒疯，必会手执扫帚到处寻找他的影踪。后来，老伴奈何不了他，就掷下一句"酒乱喝，话乱说，迟早要生祸害"，由他去了。

　　老魏有一肚子的酒，一肚子的不合时宜。每每喝完酒，天地在他眼前就显小了。山小了，如几块石头；树小了，如草芥；芸芸众生，也不过是蝼蚁而已。那时候，他是不能呆在屋子里的，一人独大，就嫌屋子小，容纳不了他。这大概就是他喜欢走到宽阔处、大声说话的原因。有人劝他回家，他大都是给个不理。有时在路边土堆上一坐，自称是"卧龙岗散淡的人"。

　　老魏最后一次喝酒，是在我们那条街上的醉贤楼。

　　那天，有位老朋友招饮，老魏瞒着老伴，称自己要去文昌阁听鼓词。外面风有点大。老伴提醒道，看样子要下雨了，还是带把伞吧。老魏指了指头顶说，这就是我的伞了。老魏有一顶好看的绅士帽，总能在阴雨天随遇而安。

　　天是黑的，像棺材那么黑的。认识老魏的人后来回忆起老魏最后一次喝酒时，都说那一天的天色确乎黑得有几分怪异。

老魏进了门，头件事就是要一壶黄酒。壶是锡壶，可以装一斤半酒。坐下后，他又要了两副碗筷。谁也不晓得老魏这一回请的是哪位。老魏给自己的酒杯筛了酒，缓缓抬起头来，把店老板叫过来，指了指墙上的一张红纸问，为什么突然想到要写上"莫议国是，不谈风月"八个字？店老板随即从柜台上拿来一张报纸，戴上眼镜，解释说，你看看，最近形势又紧了，听说上面要搞什么"严打"运动。老魏说，到面馆吃面条可以不谈国是，但在你这儿吃吃酒不谈国是，实在说不过去。店老板冷笑一声说，你现在想找个人谈谈国是，也没人愿意跟你谈了。老魏摇摇头，说，那么，谈谈风月总是可以吧。店老板说，也不行。为什么不行？店老板说，前几天，街口有个卖柴油的在对面那家酒馆里喝了点酒，跟几个朋友吹嘘说自己这半年内搞了一打女人，其中有一个据说还是镇长的女儿。他讲得口水四溅，边上听的人也是如痴如醉。这些话说了也就说了，不承想有人去镇里告发，公安就立马派人把那个卖柴油的带走了。老魏说，街口那个卖柴油的我也认得，平日里喜欢讲黄段子图个嘴上快活，人倒不坏的，难道嘴上说说也有人当真？店老板转身走开，丢下一句：坏就坏在那张嘴上。

说话间，有人推门进来。身后一阵风吹进店堂，厚重的雨幕撕扯成几片薄烟，从檐下飞立起来。那人看样子是个外乡人，身后背着一个旧兮兮的帆布包。他走到老魏跟前，点点头，坐了下来，也没有环顾左右，只是一杯接一杯地跟老魏对饮，仿佛这个店堂里只有他们俩人。过了片刻，那人起身，说了一句：跟我走吧。老魏挥挥手说，你先走，我还要喝点酒呢。

那人走了，店老板问老魏，他是谁？老魏说，我也不晓得他是谁，只记得有一回，我跟他喝了许多酒，他带我去山中闲荡，然后就告诉我，山那边有个国家，叫自由国。店老板有些好奇，就问，"自由国"是怎样的？老魏龇牙咧嘴说，你送我半壶酒，我就说给你听。店老板笑笑，居然真的送了半壶酒。

在醉贤楼，老魏一口气喝了好几斤绍兴酒，兴头来了，就在店堂里说了一些"自由国"的见闻，还发表了著名的"宣言"："自由国"无君无臣，人人都是无政府主义者，人人善饮，一日三餐就以酒代饭；国民不分尊卑贵贱，户籍不分城镇或农村；信仰自由，可以信奉各路神仙；言论自由，可以说疯话怪话鬼话不三不四话。等等。沉浸在酒气中的老魏脸同鸡冠花，姿态昂扬。店堂里的人听了他的一番话，都惊呆了，他们从来不知道，老魏的脑子里竟然会装着那么多古怪的想法。那一年正是一九八三年，"严打运动"来势正猛。有人听了老魏的"自由国宣言"，立马报告公安。

当晚，那个跟老魏喝过酒的外乡人在一家招待所里被警察抓捕。据说他是一个传播邪教的头目，犯有"历史反革命罪"与"现行反革命罪"。老魏跟他有过交往，也就难免受到牵连。第二天清早，有人造访，请他去县里面走一趟。老魏出门时，突然又踅返，找到那顶平日里常戴的绅士帽，扣在头上。老魏跟同行的人说，他戴这顶帽子不是要风度，而是突然觉着头顶上空有一场暴雨就要来临。

审讯是从深夜开始，直至次日中午。其结果是："邪教头目"被当地公安押解到省城，而老魏留了下来。那阵子，县里面"严打指标不够"，索性把他拉进去充数。这一下，老魏急了，问看守，他到底犯了什么罪，没有人回答，也没有公检法三家出来给他一次定刑。老魏就这样坐在牢里，忐忑不安地地等待着审判结

当代中国最具实力中青年作家书系

果。牢里的犯人成分复杂，有投机倒把分子、强奸犯、流氓犯，还有杀人犯。隔三岔五，老魏就发现同牢的犯人要么转狱，要么被拉去枪毙。老魏开始变得不安起来了。他托人给家里的带话，如果上头有消息说他哪一天要枪毙，无论如何得托人带酒来——肚子里先有一碗酒装着，上了黄泉路也就不怕了。

某日，老邹忽然带了一壶酒来探监。隔着一张桌子，老邹做了一个饮酒的动作说，我原本是来送酒的。老魏的眼中掠过一丝震颤，问，我要死了么？！老邹说，我没听到任何消息说你被判死刑。老魏转头问边上的看守，看守也摇头说，没接到任何消息。老魏长叹了一口气说，看来我这一回真的是在劫难逃了——噢，我明白，其实你们都在瞒着我。老邹说，我来看你，只是想送你一壶酒，实在没有别的意思。老魏问，酒呢？老邹指了指看守说，被没收了。老魏又转头对看守说，既然我要死了，能否让我抿几口？看守说，不行。老魏费了一番唇舌，最终还是没能喝上一滴。不行就是不行。老魏摘下塑胶眼镜，目光茫然地望着虚空中的某一点，伸出一条灰白舌头说，我的"自由国"是建立在舌头上的，也是毁在舌头上的，如果有罪，也是舌头之罪，跟酒无关。

老魏说完这话，就悻悻然回"笼"。

没有酒，老魏也就谈不上什么风度了。有时候，几根手指会莫名其妙地抖动，他想用另一只手摁住，整个身体反倒跟着抖动起来。有人问，你怕死？是的，老魏说，我身体里有两个鬼，一个是酒鬼，一个是怕死鬼。现在，酒鬼死了，怕死鬼就冒出来了。老魏对自己真是没有一点法子。

判决书迟迟没有下来，老魏整天都在不安的等待中度过。过了一礼拜，看守所里就传出消息说老魏死了——是割喉自杀的，舌头吐出来，极是骇人。

老魏临死前也没留下什么该说的话。

人已仙去，但他存储在地窖的十几坛酒却被吊客们拿去分享了，好像他们不是来吊唁，而是来举杯庆贺的。那些天，老魏家门前的街道上到处弥漫着一股酒香。出殡那天，邹童童和邹童童的同学也都过来了。邹童童问老邹，魏伯伯说的"自由国"你去过？老邹说，这世上哪里有什么"自由国"？都是他酒后胡扯的。不，邹童童说，魏伯伯带我们去过那地方。老邹一听这话，脸色煞白，赶紧捂住邹童童的嘴，环顾四周说，以后有人问你有没有去过那地方，你就咬牙说没有，记住了？！邹童童好像明白了什么似的，点点头。老邹不放心，又把邹童童的同学一并叫过来，拉到墙角，把他对邹童童说过的话重复了一遍。

老魏入葬时，家人特意在土里埋了一坛酒（他们似乎怕老魏的手够不着，所以埋得很深）。阴雨天，有几只白鸟在风里飘飞。灰影般的远山让人们的眼睛生出了几分迷茫。除了封龙门时响起的炮仗声和锣鼓声，山间几乎没有人声。走到山脚下，老邹突然驻足，望了望阴冷的天空，嘀咕了一句：老魏喝完了这壶酒，现在也该赶赴"自由国"了吧……

孤独的李

李先生很瘦。

李先生说，真会吃酒的人多瘦。只有那些大吃大喝的人才会胖得像猪。一个人，真正懂得品味酒，是不需要吃太多东西的。甚至，为了求得酒味纯全，可以不吃饭。又是吃饭又是吃酒，把胃里塞得满满的，那是酒囊饭袋。这种人，是不能跟我坐在一起品酒的。

在他，人生最痛苦的事莫过于没酒可喝，最痛快的事当然是有酒喝。看到花开了，高兴，他就想喝酒；看到花谢了，伤感、无聊，也想喝酒。居家过日子，可以居无竹，食无肉，但不能无酒。少了酒，之于他，喝水无味，喝茶无味，说话无味。碰到凶年，稻谷歉收，大家没饭吃，很多人都跑出去谋活路了，他却留下来，独守着家里三缸杨梅酒，每天靠喝酒度日。凶年过去，人们回来，发现他也没怎么见瘦。于是人们都说，他真是"酒仙"。

李先生常常跟人说，酒是最纯粹的水。李先生指的当然是好酒。

李先生也喝过劣质酒。实在无酒可喝，劣质酒聊胜于无。还有一次，喝到了假酒，明知是假的，照喝不误，这情形好比是病急乱投医。

他喝酒，或不喝酒，没有人管他。因此，喝多喝少，他都能做到心中有数。这么说，你就会明白，李先生没有家小。他栖身的地方是城南一座地主屋的毗舍。有人问他，一家几口？答，鸡犬在内，十一口。人一口，狗一口，鸡九口。这里头，狗跟他最亲近。他家的狗也能喝点酒，喝了就睡，也不会撒野发酒疯。

李先生在这个镇上几乎没有几个好朋友——在他眼里，能坐到一起通宵达旦喝酒聊天的人才算得上是好朋友。有一回，他下定了决心，打算回老家。票买好了，却没赶上火车。换作别人，定然会摇头顿足，而我们的李先生？一点儿都不急。火车固然是赶不上了，但赶上了好天气，他也就索性退了票，走出火车站，走到人越来越少、树越来越多的地方。在那里转了一圈，找到了一家小酒馆，独自消磨了一个下午。傍晚时分，他又慢悠悠地出了林子，坐上了一辆公交车。坐车过了头，也不着急，索性一错到底，继续在车上坐着，慢悠悠地欣赏陌生的街景。直到他觉得没什么可看了，就在某个站点下来，慢慢地走回去。

李先生嘛，镇上的人说，他就是这样一个怪怪的人。

所以，人们称李先生为"酒仙"，还有另一层没有说出来的意思——在本地话里面，这个"仙"字用另一种口吻读来就隐含着那么一点嘲讽的味道。

城南的酒仙与城北的酒鬼终生未遇。酒鬼是谁？就是老魏。人们说起来，都未免觉着有些遗憾。李先生尽管不曾与城北的老魏喝过酒，但他们似乎也曾听过彼此的一些酒事。老魏死后，有人让城南这位酒仙过去送葬。酒仙说，既然我们没能在同一张酒桌上相遇，也就不必在那样的场合道别了。他做他的鬼，我做我的仙。

事实上，李先生也有个可以坐下来通宵对饮的酒友。这在李先生一生中恐怕也是不可多得的。那时恰好是六十年代末，又是冬末。大冷天，那人坐一桌，他坐一桌，独饮。听店老板说，那人是从北方某座大城市下放到这里来的。有人说他是算命先生，也有人说他是教书先生。不过，他不戴眼镜，上衣口袋里也没有插笔。从面容来看，他有几分孤独相。脑门凸出，如有智慧。胡子也长，也乱，黑白相杂，像染了风霜，是一派散人面目。卡其中山装，洗得发白，有补丁，但很素净。二人对看一眼，吞下一口酒。依旧不说话。一团郁闷，化到酒里，在肚子里流转片刻，吐出来，便是一道白气。屋外，寒风逡巡不去。

他们不说一句话，居然就成了朋友。这个酒友是诗人，不过，

当代中国最具实力中青年作家书系

他很少跟李先生谈诗，对自己的诗更是只字未提。有些人喝了酒，就是白眼看人，一脸恶相，说话也没有好声气。他不是这样的。喝了酒，依旧静定。说话一丝不乱，举止也很正常，甚至可以称得上优雅。

诗人说，他的初志不是做个诗人，因为无聊，才会写诗。有一阵子，他过的是"痛饮酒，熟读《离骚》"的生活，酒喝了多少杯已记不清了，《离骚》读了多少遍也记不清了，结果发现了一个问题。这个问题有点大，说出来恐怕会得罪很多读书人。

李先生问，什么问题，有恁严重？

是的，诗人说，我发现《离骚》不是屈原写的。

李先生说，《离骚》是不是屈原写的一点儿都不重要。

诗人说，你果然也是个通达的人，我们可以聊聊的。

从此，他们每隔一周就在这家酒馆聚饮一次。酒浊一点，茶粗一点，饭淡一点，都不计较。

有一天，诗人喝了酒，从口袋里掏出一颗圆润的、类似佛珠的物什，说，这是我老师的舍利。

你老师是谁？

一个和尚，早年在日本留过学，琴诗书画，无一不精，有过一段风流倜傥的生活，中年出家，修习佛法，僧腊二十四年。

慢着，你说自己的老师是和尚，莫非你也是出家人？

是的，我原本是个和尚。去年这个时候，有人捣毁了我们的寺庙，烧了我们的经书，把我们统统赶出去。我除了带上老师的一颗舍利，什么都没带。这么多年过去了，我还是常常怀念我的师父，之前我们的寺庙里走的是"应门"的路子，替人念经做法，师父来了之后，就恢复了"禅门"的风气，那段清静的日子真叫人难以忘怀啊。

你既然是个出家人，怎么可以破戒？

我已经不是出家人了。一年前还的俗。

李先生发现，他的头发已经覆住耳根，杂而且乱，还带几分莫名的头油味，大概是多日不洗头的缘故。

之后几年，他们几乎每隔半月见面一次。照例是很少说话，照例是喝得尽兴。有两件事，他们一直坚持不变：每次必在固定的酒馆喝酒，每次必从午时喝到半夜。二是酒账轮流付，谁请谁喝酒，拎得清清楚楚。

有一天，诗人暴露了自己的真实身份，被红卫兵揪去游街。回来后，李先生发现他少了一只耳朵。那只耳朵？诗人说，半路上丢了，不管怎么说，丢了一只耳朵总比丢了一条性命好。于是做出一副很惜命的样子。不久后，诗人又被人拉到牛棚里，干脏活，写检讨。隔些时候，诗人又悄没声息地回来了，这回不仅少了两根手指，还瘸了一条腿。从此，诗人自称"缺翁"，把自己那间破屋称为"缺斋"。缺斋里面，椅子也是缺一条腿的，门也是缺一把锁的。生活里缺米少盐，人也就缺了精气神。而疾病总是赶在贫穷之后破门而入，把诗人打倒在地。一连几天，他躺在床上，动不了，也没人照看。李先生得知消息，提米和肉来，见他脸上布满病气，目光萧索，就知道不太妙。一把脉，脉息极弱。

这回是过不去了，诗人茫然地望着远处，念了一首诗（或者是偈），声音低微而模糊，李先生只听得"锣鼓歇""家乡"什么的，就接口说，有酒的地方就是家乡，喝酒吧，喝酒吧，喝了酒你就可以回家了。诗人听到"酒"字，突然挣扎着坐了起来。

你带酒了？

没带，我这就去买。

唔，"醒春居"还有一壶好酒等着我……

我这就去取，你等着。

为了能喝到这一壶好酒，我会尽量推迟与阎王爷会面的时间。

然而，李先生买酒回来时，诗人已断了气。

他不知道诗人的俗家名字叫什么，也不知道他当年出家的寺庙在哪里。

有一回，李先生行经一座寺庙，看见一些戴红袖章的年轻人不仅捣毁了佛像和供器，还把一箱经书扔进一方池塘。待他们走远之后，李先生找了一根竹竿，挽起袖子，把漂浮水面的经书捞了过来。洇湿的书也便跟白菜似的摊在地上曝晒。次日，革命委员会的人找到了他，以"现行反革命罪"把他带走。举报者据说是那座寺庙里的一名火头僧。收监之后，李先生最难耐的不是无聊，而是没酒可喝。平日里，他常常收拢手指作杯状，跟自己的影子对饮。有时渴念极了，就闭上眼睛，想象酒杯从远处飘来，嘴里随即发出吞酒之声。狱友都说，此人脑子出了毛病。不久，他就病倒了。有人把他抬到医院，原来是中暑，一位老中医给他身上抹了一点酒精，放了痧气，就没有大碍了。老中医走后，他躺在急诊室里，闻着酒精的气味，神经一下子就兴奋起来，见四下里无人，便偷了酒精，兑了点水，先是濡湿唇髭，然后抿了几小口，好歹也算杀馋了。

李先生从狱中出来，第一件事就是去酒馆。有人找他喝酒，但他总觉得喝不到一块。李先生喝到痛快时，便是得意忘言。意是醉意。言呢？是"普通话"。李先生"忘"了普通话，就用老家的方言说话，不管人家听懂听不懂，他都要说。他不是说给别人听，而是说给自己听；但有时又好像不是说给自己听，而是说给眼前一个看不见的人听。没有人知道他是哪里人，说的是哪方话。听者笑笑，说这是酒话。而酒话是不需要听懂的。

李先生要付酒钱时，老板说，不必付了，你那位酒友生前把一块玉当给了我，还嘱托过我，只要你来喝酒，酒账都归他的。

李先生听了这话，又端起了酒杯，怔怔地看了半天，好像酒杯里的酒有一潭水那么深，可以照得见自己的面影。酒把他与外面嘈杂的世界分隔开来，把他的魂魄与身体也分隔开来。他忘掉了端杯子的手，忘掉了被酒精浸泡过的舌头，忘掉了自己脚下踩的是坚实的地板还是蓬松的白云。他微闭着眼睛，说一声，过来。想象中的朋友仿佛真的就能招至眼前。

跟从前一样，李先生每隔半月都要来这家酒馆喝一次酒。照例是独饮，照例是很少跟人说话。他喝完了酒，喜欢在风里疾步行走。风往哪边吹，他就往哪边走。好像他喝了酒之后身体就变得十分轻盈，风一吹就会飘起来。从他行走的姿势你仿佛可以看到风的形状：他侧身行走的时候，风仿佛就是一扇窄门；他猫着腰行走的时候，风仿佛压得很低；他奔跑的时候，风仿佛就是一匹马。风泼在身上，他说，那种感觉真是好极了。但李先生毕竟是年纪大了，喝多了，也就没有那么潇洒了。

有一回，李先生醉酒，步态踉跄，到了村口，看见一头庞然大物伏卧地上，愕然，以为大狗，叫一声，我的妈哎，我从来没见过这么大的狗。转而又自言自语，这不是一般的狗，定然是神仙点化过的狗，得道的狗。于是上前一步，要请教仙乡。有人笑了，说这哪是狗，分明是牛嘛。牛似懂非懂地哞了一声。这牛的头角被人无缘无故砍了，显得很落寞。李先生背着手，叹息一声，一摇一晃地走开了，看上去有些不胜酒力。隔河几棵树在暮烟里飘动，他的身影在浓重的暮色中一点点淡了下去。

有一阵子，我们镇上的人发现李先生比先前更瘦了。有事没事，他还是会到"醒春居"坐一会儿，但他不再喝酒，也不说话。有时就在临窗的位置，呆呆地望着一棵树。一棵影子细瘦的树。树带秋色，人带病相，两相对照，让人觉出他晚境的凄凉。直到有一天，镇上的人发觉李先生的身影很久没有出现了。

有人说，李先生早年是个牧师，曾在老家（天晓得他的老家在哪里）一些颇为隐蔽的家庭教会传过道。某日，一群自称是"无神论者"的人突然闯进聚会点，捣毁器物，封锁大门，把几个护教的信徒一并带走。李先生有幸得脱，流落到了我们这个镇上。但我们镇上的人从来没见过李先生翻过什么《圣经》，或是跟人聊过一些与基督教有关的话。

他到底从哪里来、真名叫什么、有无妻儿，我们镇上的人都一无所知。

他走了之后，是生是死，也无人知晓。

第二辑

苏静安教授晚年谈话录

我听那些老人说：

"一切美好的东西

都像流水般地永逝了。"

——叶芝

去年初春一个礼拜天的下午，我在静安寺附近一家旧书铺淘书时，意外地接到了所长打来的一个电话。我合上了手机盖子之后，闭上双目，激动得几乎要喊出一句掷地有声的脏话来。我模糊地意识到，在我接完电话的那一刻开始，我的命运将会发生可以预见的变化。不，我并没有在那个研究所里得到提拔，也没有涨一级工资什么的。对此，我从未有过奢求。让我喜出望外的是另一回事。而这种事对一个书呆子来说是可遇而不可求的。回到家中，我仍然难掩兴奋之情。泡上一杯清茶，打开电脑，我在自己的博客上写下了这样一行没头没尾的文字：静安寺。苏静安教授。二者之间有什么必然的联系？

第二天上午，我就根据所长提供的电话号码，与那位素所仰慕的国学大师苏静安教授取得了联系，并且得到了他的首肯与接纳。也就是说，这一次我将欣然接受所里委派的任务：在苏静安教授退休之后，长期随侍左右。说起来，我与苏教授之间尚有一段不浅的文字因缘。读大学时，我就开始喜欢读苏静安教授的书。有一回，听说他要到历史系讲论中国古代神话史，我便夹着他的几本著作，兴冲冲地跑过去旁听。那时，苏教授还是六十刚出头的模样，头发半白，穿一身古雅而又素净的蓝布衫。上课之初，他劈头第一句就是：我上课，你们大可不必拘谨，第一，你们可以抽烟，因为鄙人也是爱抽烟的；第二，你们可以在半途逃课、打瞌睡，我愿意理解为那是因为鄙人的讲课内容枯燥乏味，你们根本就不想听；第三，我会留十五分钟时间，让你们提问或反驳。苏教授的课格外受欢迎，自始至终，笑声和掌声不断。苏教授给我的印象是：刻板而又风趣，放诞而又内敛。记得在那天课堂上，我还给苏教授画了一幅漫画：我在画中极力凸现的是一副大号的眼镜，一条热气腾腾的舌头，以及那根取代手指的雪茄烟。苏教授的书一直伴我至今，而且每一次重读都能获得新意。但凡他出了新书，我都会买过来放在床头。我甚至不想一口气把它读完，而是每天浅尝片刻，给次日留下些许兴味。去年年底，我在一家权威的学术期刊上读到一位著名史学家写的一篇文章，那位史学家对一个冷僻的古汉字妄加猜详，被我逮个正着，于是我就随手写了两千余字来阐释那个古汉字。我把文章发到那家刊物值班编辑的电子信箱，后来竟被原文照登，引起了不大不小的反响。有几位学者还通过电子邮件找到了我，跟我谈起高深的问题来。事实上，我只是侥幸比别人多认得一个冷僻字，人们却莫名其妙地在我的名字前面冠上了"资深学者"的称号。这让我多少有些羞愧。我们的所长偶然看到了我写的那篇文章之后，特地把我找来，花了一个下午的时间，与我兴致勃勃地探讨那个失考的古汉字。在交谈中，我毫无避讳地向他承认，这些学问其实都不是我的，而是得自苏静安教授的一部旧著。谈到兴头上，我还把一份关于苏静安著述的论稿拿给他看。苏静安，所长转动着手中的铅笔，带着回忆的口吻说，他早年毕业后就分配到我们这个单位，比我还早几年。他是一个怪人，有一段时间，他常常带着一把水果刀与情人约会；还有一段时间，他常常带着一本《微积分》来上班。刀与书，自然从未派上用场，但他喜欢把一些不相干的东西放在布包里。从所长口中，我听到了不少关于苏教授的掌故，这使我更激起了要去了解他私生活的兴趣。我没想到所长后来竟会帮我联系到苏教授，还给我安排了这样一份称心的差使。我随侍苏教授，既可以照拿单位的工资，又可以问学，实在是一举两得的事。从前，让我最头痛的事莫过于，在单位里做一些鸡毛蒜皮的事。有时我外出办事，偏偏会有人来找我。有时想偷懒都不行。好像我不是为自己而活，而是为那些找我办事的人而活。现在好了，单位里那些缠死人的破事，可以像穿烂的鞋子那样被我甩掉了。

第二天上午，我提前一个小时来到"梅竹双清阁"。苏教授跟夫人各据案角，正在一边看报纸，一边吃早餐。他让保姆带我先进书房稍待片刻。书房比我想象中的还要大，书橱中有很多书都外加蓝布书套，显得格外珍贵。除了书，最惹人注目的是各式各样的闹钟，它们的时间都不尽相同，有快点的，也有慢点的。其中只有一个闹钟的时间跟我的手表是吻合的，指向的是上午八点五分。走近细瞧，我才发现每个闹钟的一角还写有几个蝇头小字：巴黎时间、柏林时间、罗马时间、东京时间、纽约时间、布拉格时间、雅典时间、里斯本时间、阿姆斯特丹时间、马德里时间、伦敦时间、维也纳时间、布宜诺斯艾利斯时间……我如果记得没错，这些城市都曾出现在苏教授新近出版的一本游记中。在那本书的序言中，他还曾这样写道：有书的地方，世界就向它聚拢。这个书房与别的书房不同，它有着独特而又浓重的个人气息。它是苏静安的。每个闹钟里标示的国际时间、墙壁上悬挂的世界地图以及卷帙浩繁的外文版书籍，让人觉得他就生活在世界的中心，顾盼之间，可以轻而易举地看到世界每一个角落：一抬腿就可以横跨欧亚大陆，一伸手就可以触摸古希腊文明的源头。我翻书的时候，苏教授走了进来。他向我了解了一些个人情况之后，吐了一口烟说，我看过你写的几篇文章，还算不错，可是，你不要太得意。我连忙点头称是。苏太太也随后过来，递上水果，显得礼貌周全。苏太太要比苏教授小二十多岁，年近五十，身上却透着某位曾经为之动容的诗人所形容的"陶罐般的静美"。苏太太坐在我对面，让人感觉她就是老照片中的那种人物。阳光透过窗帘折射出一道淡黄的光晕，如同那种暧昧难言的目光，混合着清晨时分咖啡的奇异的苦香，仿佛那就是阳光的味道。苏太太原本是苏教授带的硕士生，曾在他的指导下翻译过马拉美、波德莱尔等人的诗。因此，我们的话题也就自然而然涉及法国诗歌。苏太太说她嫁人（苏教授）之后，已经有二十多年没读法文诗，也不谈波德莱尔之流。现在她谈得最多的是麻将经。苏太太搓得一手好麻将，而且在大学教授的太太们中间，是以牌风好出名的。苏教授见夫人跟我谈麻将，就不耐烦地挥了挥手，说，你还是去搓你的麻将。苏太太白了他一眼，就走了。

苏教授把一本新书塞给我，不屑一顾地说，王致庸的弟子真是没法治了，好好一篇文章都教他给歪解了。由于激动，他的嘴角出现了过多的唾沫，但他很快就用舌头舔掉了。苏教授接着就把原书拿给我作对照，并且要求我替其中一个篇章作些注解。我知道，他这样做是在试探我的深浅。对我来说，这是一件很叫人头痛的事。在印刷术越发高明的今天，横排简化字显得那么爽心悦目，若是有什么缺陷也是一目了然。但竖排、繁体、尚未断句的古书就显得格外烦琐。

笺校一篇之后，我就战战兢兢地把它拿给苏教授看。苏教授从头到尾看了一遍，满意地点了点头，然后很有耐心地指出其中一个脱讹之处。借此机会，我大着胆子向苏教授提了一个带有私人性质的问题：听说你早年跟王致庸教授在我们这个研究所共事过，后来好像因为某个哲学问题上的分歧而翻脸，有这回事？苏教授没有做出正面回答，他指着墙上的闹钟说，这道理很简单，一只闹钟可以准确地告诉我们现在是几点钟，但两只闹钟有时却无法告诉我们同一个准确的时间。在我的正对面，一只闹钟的指针指向的是东京时间，另一只闹钟指向的却是巴黎时间。

跟王致庸教授一比较，苏教授就来了精神。二人年龄相仿，都已经是年逾古稀了，但苏教授声称自己的老是"老当益壮"的"老"，而王教授的老是"老态龙钟"的"老"。他说这话时，脸上显露出了一种孩子气的老态。苏教授又作了进一步比较，今年年初，王致庸教授因为身体原因不得不向校方提出退休，而他，却是因为"要给后人留下几部大书"而主动提出退休。因此，苏教授认为自己的退休与王致庸教授不能同日而语。苏教授说，退休，对有些人来说，意味着一生的终结，但对他来说，人生的另一个阶段才刚刚开始。苏教授不能容忍这样一种晚年生活：独自一人坐在一个没有腥臭味的墙角，晒晒太阳，舒畅地呼吸；或者是与一大堆毫不相干的老人坐在老年宫里，搓几圈麻将，杀几盘棋。苏教授毕竟是苏教授，在我面前依然是一副神采奕奕、雄心勃勃的模样。

谈到工作，苏教授把自己的一份工作计划书交到我手中。我翻了翻，不由得大吃一惊。我还只有七十四岁，苏教授说，我可以花五六年时间重新梳理十三经和廿四史，在我八十岁那一年，我要花十年时间写一部中国思想史；在我九十岁的时候，我还要动笔写一部回忆录。照此计算，苏教授至少得活到一百岁，其间还不能生病。从那本计划书中我发现，苏教授把时间分成了几个大块，这些大块都是以年来计算；大块之中又分若干小块，以月来计算；小块之中再分小块，以日来计算；一日之中，有几个时间段是固定不变的：晨练、午睡、喝下午茶、做蓝布书套。其余大部分时间则被读书与写作占用。下午四点钟，也就是东京时间下午五点钟，巴黎时间早上七点钟，苏教授开始放下手中的书，关掉书桌前的台灯，转身来到厨房，把一壶煮热的咖啡提到书房，沏上两杯，然后又把其中的一杯递给我。半个小时后，苏教授又开始工作。他的内心仿佛有一个十分牢固的框架，可以把一些分散的事物框住，使之变得有章可循。

是的，苏教授是一个很讲究生活规律的人。他的昨天是怎样开始或结束的，他的今天大抵也就是怎样开始或结束的。他的一天始于咖啡，终于牛奶。他每天坚持的一些生活方式不会轻易改变。但退休之后，他的生活有了微小的改变。首先改变的是路线。他从前都是坐着地铁四号线，转三号线去学校上课，课后沿原路返回。现在退休在家，这两条线路就从他的生活中撤离出来了。起初，他有些不习惯，有时走到地铁口，一摸口袋，没见交通卡，才发觉自己已经不需要再去上班了。为了平衡这种不适感，苏教授每天太阳出来之后，就开始出门散步了。苏教授说，在我的前半生，写作带来的快乐是由双手赋予的；在我的后半生，散步带来的安宁是由双腿赋予的。苏教授的散步方式与别人不同，他是倒着行走。那样子就像是重新学会走路。苏教授早些年是一个"思想上要求进步"的人，现在却对"退"字颇有研究：退。退休。倒退。退一步海阔天空。敌进我退，敌退我扰。韩愈，字退之……苏教授每天倒退行走的时间要比前进的时间多。他从那栋"梅竹双清阁"出门，就开始倒退着从竹林路出发、途经音乐厅、科技馆、少年宫，一直走到大广场，然后又从那里按原路返回。整个过程就像录像中的倒带镜头。在笔直前行的时间中，苏教授坚持倒退着走回家中，那一刻，闹钟刚好指向七点。每次来回一趟，总得花上个把小时，这正好是太阳的能量抵达地球的时间。我问苏教授，为什么会喜欢倒退着走路。苏教授带着风趣的口吻说，前面就是死亡，我只好背过来看我的前半生。

周末傍晚，有位教授夫人打来电话，约苏太太到一家新开的菜馆吃饭，饭后照例要打通宵麻将。保姆小吴已烧好了二人的饭菜，不能浪费，苏教授索性就留我吃饭。我去厨房打饭时，瞥见砧板上插着一把明晃晃的菜刀，我想把它拔掉时，小吴阻止了我。

她轻声告诉我，苏太太每回出去搓麻将都要在砧板上插上菜刀。我不明白，搓麻将与插菜刀有什么必然的联系，也不便多问。

桌上全是清一色的素菜。我在苏教授的书中早就了解到，这些年他一直坚持吃素。苏教授问我是否吃得惯素菜，我说能吃上这么一桌可口的素菜，对我来说几乎就是一种礼遇了。苏教授听了很高兴，一边吃饭，一边向我介绍吃素的好处。食素者大都心气平和，苏教授也是如此。苏教授说，吃素食，养草木心，是可以益智的。我顺便问他，师母是否也吃素。苏教授说，我不信佛，但吃长素；老伴信佛，但平素吃荤，只有逢初一或十五的时节吃素，也就是我们乡下说的"朔望斋"。苏教授接着又指着一碟咸秧菜和豆腐乳说，我每餐都少不了这两样东西，我活到七十岁之后，口味越来越像我的父亲了。苏教授的父亲是一个乡下的菜农。

苏教授谈完了自己的家人之后，又夸起了保姆小吴。他说小吴虽然读书不多，但心灵手巧，什么事一教就会，像做素菜，就是他一手调教出来的。我向小吴请教做素菜的手艺时，小吴却避而不谈，好像做灶下婢原本就是一件不太光彩的事，她更愿意跟我谈论报纸上的逸闻趣事。

苏教授喝完一浅杯酒之后，带着微醺来到书房，关上了门。小吴告诉我，这个时候，苏教授又要开始做蓝布书套了。我见过那些蓝布书套，每一本都是有棱有角的。我问小吴，能否过去看他如何摆弄？不行，小吴代替苏教授答道，苏教授做书套的时候就像一个乡村裁缝，他总是关起门来，好像生怕别人学会了他的手艺。我笑道，这不奇怪，教会徒弟饿死师傅嘛。小吴竖起一根筷子说，你能教我写诗么？我说我只会读诗，不会写诗。小吴轻轻地噢了一声，接着感叹说，有知识真好，每天可以坐在房间里看看书、写写字，也不用去管蔬菜的价格。她说这话时目光中流露出一种对知识的崇拜，说得更直接点，她崇拜的是知识的化身，也就是苏教授本人。小吴说自己呆在苏教授身边倒是学到了不少知识。因此，她"宁愿做苏教授的仆人，也不愿呆在乡下做一群家畜的主人"。

我无意于探究苏教授的隐私，但每一次小吴的身影在我眼前晃动之际，我就颇费猜想了。我注意到，小吴一直在努力改变自己的形象，而这个形象跟一个知识分子家庭的背景是吻合的。拖地、择菜之余，她偶尔会向苏教授请教一些稀奇古怪的问题，而她对那些网络或电视稀释过的日常知识也有着异乎寻常的领悟能力。她用满口的"知识"平衡着手中的青菜和拖把，让人感觉她不是一个简单的乡下女孩。这个不简单的女孩子有着不简单的表现。渐渐地，我发现她在有意无意地拿自己跟苏太太作比较，她学会了苏太太抽烟的姿势，学会了她的慵懒和忧郁。有时一场绵绵细雨都能让小吴躺在沙发上忧郁半天，或是躲在厨房一角暗自神伤；有时来了兴致，她就穿上苏太太穿旧了的旗袍，软绵绵地斜靠在厨房的门口，冷不丁地吐出一句文艺腔十足的古诗。据苏教授说，这些其实都是苏太太调教的结果。我不明白，苏太太为什么会有闲情逸致，把一个乡下女孩调教成一个小文青，而且彻底改变了她的审美趣味：在轻松愉快的交谈中，她告诉我，她发现自己忽然喜欢上了老男人脸上的皱纹，在她眼中，每一道皱纹就是一段深刻的箴言。

礼拜天上午，苏教授给我打了一个电话，说是有几个得意门生结伴过来看望他，让我也过来结识一下。我进门时，屋子里已是一片谈笑声了。门口的一个雕花木架上搁着一盆百岁兰，两片修长的叶子犹如长须拂地。显然，这是苏教授的弟子们送来的。苏教授给我介绍了一圈之后，又把我介绍给他们。他们虽然高低胖瘦有别，但有一点却是很相似的：那就是跟老师一样，说话的时候通常喜欢舔嘴角。苏教授舔嘴角大约是为了清理唾沫，他讲到动情处，嘴角便跟螃蟹似的吐沫，然后飞快地伸出舌头舔掉，以免口水四溅。但他的弟子仅仅是为了舔嘴角而舔嘴角。即便没有唾沫，也要伸一下舌头。这已经成了一种遗传般的习惯。

苏教授的几位弟子大都留过洋，留过洋就不一般了，一室之内，谈的都是世界性的问题：美元，欧元，石油，股票，核武器，中东局势，美国五角大楼发布的最新消息，等等。有时夹杂几句英语、西班牙语或法语什么的。谈完了天下大事就开始谈国学，给学术界的几位老前辈评定甲乙。他们排来排去，总也忘不了把苏教授放在国学大师的行列。苏教授听了哈哈大笑，声称自己还不能位列仙班，真正堪称大师的，是他的老师朱仙田教授。论辈分，我们理当称朱老先生为"师公"。师公已有九旬高龄，前阵子得了肺癌。一个被学界称为"灵魂人物"的学者，不能容忍自己躺在病床上，成为病理学意义上的人，他渴望自己早日死去，化为一片精神的清风。苏教授谈起朱仙田先生，神情一片黯然。他说，朱老师是我大学时期的恩师，他一直过着清贫的生活，有一啖饭地，一栖身处，便可以埋头做学问了。从我进大学之后就知道他在学校后面的一座老院子里住着，至今未曾搬过。学校分给他一套小楼房，他也不要，他说人老了就变成树，一挪就死。朱老师还有一个怪癖，我当他助手时，发现他常常把一些重要或是自以为重要的东西放在一个小阁楼里，从来不允许别人窥视。他的腿即便坏了，也要单独一人拖着一条瘸腿，弄了很久，才翻找出自己所需之物。我至今仍然不知道他在那个小阁楼里藏了什么宝贝。说到这里，苏教授忽然把目光拉远，沉吟半晌说，朱老师对中国传统文化的沦丧十分痛心，我至今依然记得，他当年在先贤祠的庭院中抱着几块残碑痛哭流涕的样子。苏教授谈起老师的语调令我们十分动容。于是大家就提议去看望一下抱病在床的朱老先生。

我们坐车去医院的途中，有人打来电话，说朱老先生已于下午两点二十八分与世长辞。苏教授对正在开车的弟子说，你把车开回我家一趟。我们不知道苏教授为什么会半途而返。回到家中，苏教授进屋关了门。我们就在屋外的树荫下抽烟聊天，干等着。过了片刻，他就出来了，换了一身黑色的中山装。苏教授说，我穿上这样一身衣裳才合乎弟子之礼。

开往殡仪馆的路上，苏教授就坐在前排位置指指点点。让我感到惊奇的是，他对殡仪馆的路线居然十分熟悉，而且知道哪条路是捷径，哪条路可能比较拥挤。后来他告诉我们，他参加葬礼多了，也就把路线熟记于心了。苏教授一到场，一群守候多时的记者便簇拥过来。苏教授舔掉了嘴角的唾沫，对着麦克风说，我可以十分痛心地告诉大家，朱老师走后，有几门绝学也跟着他远去了。一个由他打开的古老世界，现在也由他关闭了。那个世界变得陌生而遥远，不知道要等多少年才会有人重新开启，也不知道它是否就将从此永远关闭。苏教授评价朱先生是中国屈指可数的"绝学大师"，他发愿要写一篇长文章来阐述先生的学术思想。采访完毕，记者们又向另一处聚集，围在中心的便是苏教授的同门王致庸。他是个考古专家，曾师从朱老先生研究过契丹文。但苏教授一直瞧不起此人，认为他做的是死学问、伪学问，尤其不能宽恕的是，他还抄袭过老师未曾发表过的文章。苏教授把我们拉到一边悄声说道，挖土挖得浅一些的，是种番薯的老农；稍深一些的，是掘墓人；再深一些的，就是那些考古专家了。王致庸什么活也没干成，只是把泥土翻了一遍而已。苏教授的弟子都很敬重自己的老师，反过来，凡是老师瞧不起的人，他们都一致鄙视。他们看王致庸的目光就是苏教授看王致庸的目光。

王致庸教授也看到了苏教授，出于礼貌，他上来打了一声招呼。说起近况，王致庸露出神秘的微笑，说自己近些日子转移了研究方向，开始研究喷嚏、饱嗝和放屁之类的医学问题。有时候，一个七十多岁的老人并不比一个十七岁的少年更成熟，他们活到这个岁数似乎都有点返老还童的意思了。如果不是有几位老教授过来插话，他们之间或许还会有一场激烈的口舌之战。就在苏教授跟大家谈论"五四"前后学术思想的变迁时，王致庸却在一旁面色庄重地谈论着自己对放屁的研究心得。苏教授捂住了鼻子，带着厌恶的表情转到了另一边。因为是群贤毕至，朱老先生的家人早已把笔墨纸砚准备妥当，请苏、王几位教授写几个字。王教授用契丹文写了一幅，苏教授用梵文写了一幅。还有几位老学者写的是吐火罗文、八思巴蒙文、东巴文、阿拉伯文。这些失传的文字仿佛在朱老先生死后忽然又复活了。我是一个字都认不得，有些羞愧，但我可以猜想这些文字都有着寄托哀思的意思。

上午九时，我刚踏进"梅竹双清阁"，苏教授就把一份报纸愤然地掷到我面前说，里面有一篇朱老先生逝世的小报道。我不知道苏教授为何动了痰气，就带着好奇把报纸拿起来看。报纸上长篇累牍都是有关欧洲杯的报道，而朱老先生逝世的消息只有一小块，放在毫不起眼的左下角。新闻标题赫然写着：著名语言学家朱仙田教授昨病逝。副标题：临终嘱托家人要把新书稿费两万元捐给慈善机构。正文还有一段文字，说某某出版社社长已经慨然做出允诺，要践行朱老先生的遗嘱。苏教授说，今天一大早，朱老先生的长子朱温故就打来电话，声称老人家压根儿就没有留下这样的遗嘱。临终前他仅仅是挥动拳头说了几句激愤的话，其间还夹杂着三两句粗话，谁也听不清他在骂谁。尔后便是昏迷，血压高达240毫米汞柱。苏教授立即找那位记者对质，记者着了慌，又把皮球踢给了出版社。出版社的社长说，朱老先生的稿费没有两万元，只有一万元，如果家属没有异议，他们会遵照遗嘱捐给慈善机构。至于那份遗嘱是谁发布出去的，只需质询一下朱老先生的次子就一清二楚。这里面的事有些蹊跷，苏教授不想深究下去，也不想插手多管。但这事显然没有就此了结，没过多久，朱温故又打电话给苏教授说，捐款的事虽然未经朱老先生本人和家属（主要是长子）的同意，但毕竟是捐给慈善机构，他们也不想为此跟出版社多加计较。再过了一会儿，出版社社长又打来电话，说朱老先生的长子这回不要那一万元的稿费了，可他不晓得从哪里了解到出版社还有一万元的版税未曾付给朱老先生。社长解释说，考虑到朱老先生的书出版之后估计也没有几个人能读得懂，因此限定印量极少。社长进一步解释说，版税是由图书定价、发行量、版税率决定的。一句话，是由市场这只看不见的手决定的。朱老先生的书没法在主流市场上发行，仅由国内少数几个图书馆和研究机构购买或收藏，因此他的家属今后也不会拿到多少版税。

当代中国最具实力中青年作家书系

苏教授开始压低声音，跟那位社长谈起了一笔交易，经过反复权衡，他们最终达成了一个口头协议。放下电话，苏教授只是一个劲地摇头叹息。他随后又给朱温故挂了一个电话，说他已经跟出版社交涉过，一万元的版税将作为一次性稿酬打到他们的户头。

此事敲定，苏教授走过来告诉我，朱先生当年曾在他最困难的时候接济过他，而现在，朱老先生一家老小的生活很不景气，他自然要尽己所能帮他们一把。眼下他唯一所能做的就是将自己的一本新书交给那家出版社来出，并且将由出版社划出他的一万元稿费汇给朱老先生家属。最让苏教授惋惜的是，朱老先生还有一些文稿尚未结集出版，以后恐怕也是难见天日。苏教授向后仰了仰头，长叹一声说，朱老师作古了，而我感到自己就像一个至今仍然活着的古人。早些年，我追随朱老师一起走进了古代，现在已经回不来了。哎哎，回不来了，回不来了……苏教授说了一连串"回不来了"之后忽然又问我，有没有看见我老伴回来过？我说没见过。苏教授陡地沉下了脸色，不知道嗫嚅了一句什么。他低头穿过客厅走向书房时，在一株百岁兰边上停留片刻，把烟头按在兰叶上，就像按住一个人的脑袋那样一直不松手，直到叶片烫出了一个焦黑的小洞。这是我第一次发现，苏教授的身上开始出现了温和的暴力。

天气闷热，苏教授却一直没有打开窗户，仿佛生怕一缕细微的南风搅乱内心的某种秩序。隔着一扇门，我依然能听到苏教授在书房里来回走动的脚步声，午后轻微的倦怠催人欲睡。保姆小吴刚刚换洗了杯盏，走过来轻声告诉我，苏教授方才想写一篇怀念朱先生什么的文章，只是写了开头两行字，就掷笔站了起来。一定是天气的缘故，她说，这样的天气又湿又热，连地板都不好擦，更何况写字？我们的小吴有点像唐诗中的那种怨妇，时常对眼下这种炎热的天气发表几句怨言。她肯定我也安坐不住，因此就在我身边坐下来，不厌其烦地跟我聊起自己的情感历程。她聊得最多的是一个又穷又懒的小白脸。那个小白脸也很无聊，居然借她的钱去嫖娼，被警察逮住了，还有脸哀求她拿钱去保人。她说到这里，不失时机地要求我对她表现出来的宽容和仁慈发表几句赞美之辞。她是一个对生活和男人都失去信心的女人。她觉得生活很无聊。她只是为了弄出点声音才跟我聊天。因为无聊而聊天，终归是无聊。就像我，因为无聊而读书，因为无聊而写点东西。

在朱仙田先生的追悼会上，苏静安教授作为大弟子兼治丧委员会主任发表了几句感言，感叹的也无非是天时人事的无常。轮到王致庸教授讲话时，他还没走到麦克风前，突然一个趔趄，重重地摔倒在地，继而四肢抽搐，人事不省。会场上顿时乱成了一锅粥，有人赶紧叫来了一辆救护车，把他送往医院救治。追悼会草草结束之后，我便陪同苏教授一起回家。天气闷热，我打电话让所里派车来接，但苏教授挥手拒绝了。苏教授说，从殡仪馆到家门口，只需要坐 3 路车再转 9 路车即可，不需要麻烦人家。于是，我就扶着苏教授上了电车。车上坐满了人，有个年轻人欠身让座，但苏教授看到座位上写着"老弱病残孕专座"的字样，就拒绝坐下了。那个年轻人嘟哝了几句，旋即又坐下了。因为我一手搀扶着苏教授，一手握住车上的扶手，所以一时间腾不出手来买票，售票员连续向我催喊了几声，声音里含有几分怒气。我费了很大的劲，才掏出几个零钱，递了过去。

下车后，苏教授望着绝尘而去的公交车，忽生感慨，他说，有两种人，是常常向人伸手要零钱的：一种是乞丐，一种就是公交车上的售票员。乞丐的生活是没有方向的，而售票员的生活呢？可以说是每时每刻都有方向的，但他们每天叠加起来的生活又会是没有方向的。我们何尝不是如此？每天看起来都好像是有事可干的，再回过头来，又觉得什么事也没做成，仿佛我们的一生都是无所事事的。我不知道苏教授为何突然要说这样一番话。他讲话的语调跟上午念悼词的语调有些相似，仿佛是在哀悼过往的岁月。

上午九点，我又准时来到"梅竹双清阁"。苏教授头发蓬乱，趿着一双拖鞋，正坐在沙发上埋头看报纸。见我来了，只是点点头，也不作声。我不敢拿正眼看他，悄悄走进了那个小书房。我把桌子擦了一遍才落座。小吴给我泡了一杯茶，搁在桌边，然后轻声告诉我，苏教授今早起来，脾气古怪得很，既没有出去散步，也没有吃早餐，就这样愣坐着看报纸。我透过书房的玻璃，刚好可以看到苏教授的侧影。他还在翻来覆去地看报纸，整个上午的慵懒和倦怠便深深地陷进松软的沙发。看样子，他昨晚似乎没睡好。这副情形是很少见的，苏教授向来是日食夜宿，生活有度，不敢有丝毫懈怠。因此，我疑心他是患了报纸上所谓的"老年抑郁症"。没过多久，苏教授忽然从沙发上弹跳起来，把一份报纸递到我跟前说，他发现报纸上有三个错别字。他从词源学的角度分析了三个字的来历与用法。得出的结论是：看报纸容易让人变得智力低下。尽管如此，他还在翻看报纸。而报纸上的错别字仿佛变成了鞋底下的一粒砂子、牙缝间的一片菜屑，让他觉着很不舒服。最后，他终于按捺不住了，向报社总编室打了一个电话，把他花了一个上午统计出来的错别字报告给一位编辑。

下午四点钟，苏教授没有准时去厨房泡咖啡。他仍然斜躺在沙发上，一脸的倦意。那一刻，我忽然想起苏教授本人说过的一句话：老年人力不从心，就以智取；智不从心，就索性做一个老年痴呆症患者。他那样子几乎就是一个痴呆症患者。我起身来到厨房，决定给他泡一杯咖啡。刚进门，就看见砧板上斜插着一把菜刀，把下午三点半的阳光固定在那里，含有一丝嘲讽的意味。这把刀让我想起了苏太太。我有好一阵子都没有见过苏太太了。我不知道她去了哪里，也不敢多问。但我看到那把菜刀之后，竟无端地想起昨天在报上看到的一桩谋杀案，那个男人用狗圈把妻子活活勒死，又用电锯大卸八块，装进袋子，然后封存在地下室的冰箱里。想到这些，我的手颤抖了一下，下意识地触摸到那个冰箱的把手，但我只是像握手一样，轻轻地握了一下，就走开了。

我拿着一杯咖啡，放在苏教授面前之后，又转到了小吴的房间，她正嚼着口香糖听耳机。她的一条腿搭在另一条腿上，有节奏地摇着膝盖。见我来了，她摘下耳机，跟我漫不经心地聊开了，她问我是否觉察到苏教授这些日子正在跟一个人怄气。我当然明白她指的是苏太太。从我进苏家那天开始，就已经看出苏教授和苏太太之间早已是貌合神离了。小吴神秘兮兮地告诉我，师母又回到前夫身边去了。我问她，师母的前夫是谁？小吴短促地笑了一声，说，是王致庸教授。这事我从未听所里的人提起过，也许是为尊者讳的缘故吧。但我不解的是，王致庸教授近来患了脑溢血，都抢救了好几回，苏太太过去服侍一个将死的老人岂不是自讨苦吃？小吴仿佛看透了我的心思，接着说，王教授跟苏教授一样，膝下没儿没女的，他一死，师母就可以名正言顺地继承遗产了。更何况，王教授曾对她说过，只要她愿意回来，他留下的一切家产都将归她所有。

小吴把王教授与苏教授的家产作了一番比较，最后得出的结论是，苏教授家除了书和几个破闹钟，几乎没有什么值钱的东西，而王教授家光是一把明代的座椅，就价值好几百万元。小吴说这话的时候，探头朝客厅里发呆的苏教授瞥了一眼，继而模仿苏太太的样子，斜靠在椅子上，哼出一句毫无新意的唐诗来。

临近黄昏时分，苏教授仍然坐在客厅里。眼前的电视机开着，声音很大，正在报道一场灾难事故。他的眉头紧锁着，脸上呈现的一道道皱纹仿佛就是因为内心的剧烈震动带来的裂痕。我隐约察觉到，苏教授从表面上看是在关注那场灾难事故，而事实上，是借用这种方式来转移或掩饰自己内心的痛苦。电视插播其他节目之后，苏教授便拖着疲惫的身躯走进了自己的书房。

这时，小吴端着满满一盘扁豆从厨房里走出来，脸上还残留着丝带般细长的睡痕。她坐到沙发上，翘着兰花指慢条斯理地抽着扁豆丝。在我看来，她仅仅是需要点什么东西来打发时日，才会想到抽扁豆丝的；而她那十根涂了指甲油的手指显得慵懒无力，似乎只能承受一根丝线的重量。因此，抽扁豆丝跟她平素穿针引线、清理分叉头发都是一回事。甚至可以说，跟我硬着头皮订校一些无聊的古代文献也是一回事。我隔着玻璃看到的，仿佛就是自己在生活中的另一种投影。跟我一样，她也在观察什么，偶尔抬起头来，朝书房那边瞟了几眼，目光背后似乎隐藏着一件她期待发生但始终没有发生的事。抽完了扁豆丝，她又探身向茶几上的一盆三色堇，把那些枯萎的花瓣小心翼翼地摘下，跟扁豆丝堆放在一起。也许是倦于做家务活，她又念了一首调子悲凉的诗，好像她学会念几首诗词之后就知道怎样抱怨生活了。

我正要提着包回家时，小吴叫住了我，附到我耳边，说苏教授近日心情很郁闷，她要跟他开个玩笑，让他乐一下。她打定了主意之后旋即走进苏太太的卧室，换上了苏太太的一身睡衣，蜷缩在沙发上，摆了个苏太太抽烟的姿势，问我，像不像？我只是微笑着点点头，但我心底里以为，苏太太的神韵她是怎么也学不会的：那是一个女人经历了身体的夏天与秋天所散发出来的圆熟和恬淡之美。不久之后，苏教授从书房中出来，看见一个穿睡衣的女人蜷缩在沙发上，以为是夫人，只是轻轻地哼了一声。过了一会儿，苏教授就拿着一瓶墨水走出来，走到沙发前，拧开盖子，兜头浇了下来。小吴忽然尖叫一声弹跳起来，疯了似的冲进洗手间。那一刻，我忽然觉得，苏教授这个粗暴的动作跟他那天用烟头烫兰叶的举动有着一丝隐秘的关联。

此后几天里，苏教授不晓得吃错了什么药，一反常态。他打破了生活中的规律和禁忌，整个人变得怪怪的：白天睡懒觉（有时手握电视遥控器躺在沙发上打瞌睡）；醒来后不刷牙、不洗脸、不刮胡子，衣履不整，头发蓬乱；也不接电话、不看书、不写作。最大的变化是他忽然喜欢吃肉了，羊肉、猪肉、牛肉、鸡肉等，他都吃，而且是手执刀叉，用那种让人反感的优雅姿势吃肉。吃着吃着，他又开始昏昏欲睡了，嘴角还挂着脏兮兮的肉汁。让人哭笑不得的是，书房里的闹钟都被他动过了手脚，巴黎时间调成了东京时间，纽约时间也跟北京时间重合了，伦敦时间慢点了，布宜诺斯艾利斯的时间拨快了，马德里时间则一直指向零点，仿佛全世界的时间也都跟着他一道疯掉了。

我们的所长原本要我写一部苏静安教授的晚年谈话录，可我迟迟没有动手。更多的时间，我变成了苏教授的秘书。接连几天，苏教授都足不出户，也不与外界的人联系，一连串无聊的电话就只好由我来代接。有家出版社就苏教授是否愿意入选世界名人大辞典的事宜来电征询意见，同时要求我们尽快汇寄三百元购书费；有家气功师协会欲邀苏教授担任顾问；有所大学欲邀苏教授参加某个学术研讨会；有人求字，有人约稿，也有人找茬。眼下有一位记者正通过电话，要请苏教授本人对朱仙田先生留给后辈的精神遗产谈谈自己的看法。我正要回绝采访时，一件出乎意料又在意料之中的事发生了。我听到书房里忽然传出了小吴的一声尖叫，继而就看到她抱着胸口从房间里跑出来。就在她的泪水刚刚脱离眼眶的那一瞬间，她的嘴角却浮起了一丝骄矜的、甚至可以说有些得意的微笑。我没有去问她发生了什么事，就径直走进苏教授的房间。撕得七零八落的蓝布书套撒落一地，还有一些书，也胡乱堆在地上。苏教授就坐在一堆书上，脑袋耷拉着，双目失神，整个人像是脱了相。我俯下身，想帮他整理地上的书籍，苏教授却抬起手，有气无力地挥了挥。某些事物似乎正脱离他内心深处那个巨大的框架，已经变得不可收拾了。苏教授问我，你知道小吴刚才为什么尖叫？我隐约猜到几分，但故作不解。苏教授坦然告诉我，他刚才"碰"了一下小吴。但他声称自己这样做，只是为了抚慰她那个被爱神之箭射伤的地方，压根儿就没有猥亵的意思。她跟我一样，苏教授说，都是受过伤的可怜人。

第二天，苏教授打电话告诉我，他把家里的钥匙弄丢了，以后我不需要过来上班了。第三天，第四天，我给苏教授家打电话，都没有人接听。后来，我就听人说，苏教授失踪了。有人说，苏教授回老家种梅花去了；也有人说，苏教授跟家里的保姆私奔了；还有人把他比为晚年离家出走的托翁，说是晚境凄凉不让托翁，只是缺了风雪。

　　苏教授出走之后，我的工作也被迫中断了。前阵子，我受了苏教授的影响，已经养成了按部就班的生活习惯，突然的中断让我着实有些不知所措，就像一本正在阅读的书突然被人拿掉了后半部分，整颗心一下子悬了起来，除了懊恼，当然还有几分把握不定的期待。我给所长打了一个电话，申明此事，所长迟疑片刻之后，还是决定让我暂时在家休息几天，静观事态的发展。傍晚饭后，得闲，我让刚满周岁的儿子坐在一辆童车里，缓步推着，去河畔散步。我一边走着，一边指给他看这是杨柳，那是落日；这是河流，那是飞鸟。儿子也跟着我牙牙学语。走到半道，我看见一个老人正坐在轮椅上，向我这边推过来。仔细一看，竟是王致庸教授。他目光呆滞，口角歪斜，还流着口涎。后面站着的，正是多日未见的苏太太，不，王太太。她依然显得很年轻，头发挽成高髻，面容光鲜，穿一身绘有红梅图案的旗袍，身后的杨柳随风飘摆，益发衬托出她的身姿来。我唤她一声"师母"，她听了似乎觉着有些别扭，只是抿嘴笑笑。从"师母"口中我得知，王教授前些日子在殡仪馆昏倒之后，虽然抢救及时，但还是落下了半身偏瘫的后遗症。坐在我面前的王教授已不是昔日的模样了，原本清癯的脸犹如刀削过一般，双眼和两颊凹陷进去，使得颧骨益发高耸，透着一丝病态的红光；智慧从他的头发与皱纹之间消退之后，留下的是近乎凝固的木讷。我对坐在童车里的儿子说，这是王爷爷，向王爷爷问声好。儿子跟王教授面对面坐着，中间仿佛相隔了一个世纪。他用异样的目光看着眼前这个老人，张了张嘴，吐出几个含糊不清的词。王致庸教授忽然间像受了刺激一般，拍着轮椅的扶手，对身后的"师母"说，回头，回家里去。

128　空椅子

当代中国最具实力中青年作家书系

苏教授出走半个月后，我又遵照所长的意思，回到了原来的单位上班。一切如常，该工作的时候工作，该休息的时候休息，当然，少不了苏式的下午茶。我除了继续撰写苏教授晚年谈话录，抽空还整理他的一些从未公诸同好的打印稿。从这些文章中，我无意间看到了他在不久前完成的《朱仙田传》第一章〈少年听雨歌楼中〉。这篇文章写的是朱先生青年时期一些鲜为人知的轶事，我还真不晓得，朱先生早年居然还是个风流倜傥、放浪形骸的公子哥：好美女，到处给女人（包括伶人和娟妓）写吹捧诗；好鲜衣，穿的是一身走动时就发出沙沙响的黑色绸衫（苏教授特别指出，是电影里南霸天穿的那一种）。从朱先生一些从未公开发表过的少作中可以看出，他周旋于二三个识字闺娃、七八个青楼女子之间是常有的事。有意思的是，苏教授写他这段生活时，竟流露出一种艳羡之意。

　　说来也巧，我正在津津有味地读朱仙田先生事略时，朱老先生的儿子、著名兽医朱温故打来了一个电话，指明要找苏教授。他说话半吞半吐，好像有什么事不便让我转告。继而又询及他的行踪、归期以及可供联系的地址或电话。我说这些我统统不知道，眼下也正在到处托人寻找联络。朱温故深深地叹了口气说，近来真是多事之秋，什么怪事都有可能发生。我问他究竟发生了什么事。他迟疑了一晌说，昨天夜里，我老家的一位警察打电话到我家，说我父亲死而复生，出现在我们的老宅前。我说，这年头没有鬼扮成人糊弄鬼的，只有人扮成鬼糊弄人，这样的事大可不必理会。朱温故说，起初他也不相信警察说的一番话，可后来发生的事让警察也感到惊愕万分了。事发当天，警察通过人肉搜索，发现那个冒充朱仙田的老人在相貌上不合，可老人执意说自己就是朱仙田。我说，这样的人要么是疯子，要么就是骗子。朱温故说，如果说他是骗子，他也实在没捞到什么好处，如果说他是疯子，我至今还没见过头脑如此清醒的疯子。根据朱温故的描述，此人满腹学问、记忆力惊人，能把朱老先生的著作目录和书中的要义都一五一十地背出来。后来警察就联系上了朱先生的家人，让他们来判断。朱温故向那个老人问了一个很私密的问题，朱仙田的最后一部著作交给出版社出版，得到了多少稿费。那个老人竟报出了一个毫厘不爽的数目来，而且还把此间的来龙去脉说得一清二楚。朱温故听了，不信也见疑了。一个人难道真的可以借尸还魂？他这样向我问道。我说，有些事不能以耳代目，最好是亲自过去瞧个真切。说到这里，朱温故又变得支支吾吾了。我说，苏教授不在，有些事可以直接跟我说。朱温故说，我曾在电话中听过那个老人的谈话录音，感觉语气很像，哎哎，很像苏教授。你刚才说苏教授出走已有多日，我就有点怀疑是他了。朱温故说完这话，连忙作辩解说，不，不，我也只是猜测而已。我说，你能不能让那边的警察跟我联系一下。没过多久，一名警察就打来了电话，跟我聊起了那个冒充朱仙田先生的老人的相貌特征。他只是描述了一个头部特征，剩下的，就由我来补充描述，对方不住地说，是这样的，是这样的。我继而让他把那个老人的谈话录音重放给我听。一点儿也没错，那就是苏教授的声音，虽然略显沙哑，但我还是能够听得出来。他在谈话间时不时地自称"朱仙田"，这就让我不知何故了。警察说，那个老人看上去很正常，他们既不能把他扭送到派出所，又不能把他送往精神病院，只好安排他在一个养老院临时住下。这一回，我是非要去一趟朱仙田先生的老家不可了。

　　当晚，我跟朱温故搭上了同一列前往浙南的火车。我们睡在同一个车厢内，除了狼嚎般的鼾声，这位老兽医身上还散发着动物皮毛的气味，让我彻夜难眠。到站后，我由于睡眠不足，依然处于恍惚状态。我们尚未找到下榻宾馆之前就跟当地的一位宋警官取得了联系。宋警官说，"那个老人"昨晚忽然发生抽搐，已经被他们送往市人民医院。我们又坐上了出租车马不停蹄地赶往市人民医院。在301病房4号床，我一眼就看到了满脸憔悴、头发散乱的苏教授。我走到病床前，抓住了他的手，久久不语。他的手上长出了茧子，修长而泛黄的指甲里还留着泥垢。那时，我相信自己的目光里充满了久别重逢的喜悦，而他看我的目光竟像是看一个陌生人的目光。他没有像我想象中那样激动得老泪纵横，相反，他的面色无比平静。目光越过镜框朝我投射过来的那一刻，真有点像课本上说的"凌万顷之茫然"的意思了。看得出来，他的记忆是被一种神秘的力量改造过了。我一时间不知道该说什么好，他也不说话，表情依旧木然。上天赋予我们的肌肉比任何动物都要多，这意味着人的表情是富于变化的，但苏教授的脸上却是没有表情的。他看到我身后的朱温故，眼睛倒是亮了一下，但接着也只是语气略显平淡地说了一声，你——怎么也过来了？这个"你"究竟指谁？朱温故探过头去问，你知道我是谁吗？苏教授带着很重的鼻音说，废话，我难道连自己的儿子都认不出来么？说话的样子一点儿也不见夸张，好像糊涂的不是他，而是朱温故了。朱温故发出了扑哧一声笑，很快又忍住了。在谈话间，苏教授思维清晰、心智健全、谈吐合理，丝毫察觉不出他有什么异常。相反，我感到自己说的每一句话都是在撒谎。这让我对这次行动也产生了某种程度的怀疑。最后，苏教授挥挥手说，你们走吧，我并没有病，不需要你们的陪伴。

睡眠不足带来的疲倦依然没有驱散，我从病房出来时，感觉像是走出一个梦境。我和朱温故在宋警官的指示下见到了一位脑科医生。医生说，苏教授的病情至今尚未得出一个可以定性的结论。唯一可以确定的是，他的脑部曾受过钝器的击打，脑内还有一些血块没有清除干净。这一说法也吻合了宋警官的调查事实：苏教授的头部是被几个喝醉酒的刺青少年用石头击伤的。但我不能肯定，苏教授的非正常表现可以直接归因于那几块非理性的石头。医生也只是据此推测说，也许正是这个意外事件带来了病人的脑功能紊乱。我问医生，脑功能紊乱会出现什么症状。医生没有直接回答，他带着严肃的表情说，像朱先生，不，苏先生这样的人我还是头一回见识。他虽然不能确知自己的身份，可他谈话的内容却丝毫没有错乱。他是个聪明的书呆子，我跟他聊过天，他对医学方面的独到见解让我不能不叹服。朱温故插话说，他都把我当成了自己的儿子，脑子还不够坏么？医生转过头问，这位是谁？我介绍说，是朱仙田老先生的儿子朱温故先生。医生微笑着说，这就对了，他自称是朱仙田，喊你一声儿子也是理所当然的。朱温故听了也笑了起来，但笑得很费劲。

第二天，我给苏教授送来早餐。苏教授瞥了一眼说，我想吃点稀粥和咸鸭蛋。我点了点头，立马转身去买。在医院大门口，我遇见了朱温故。他问我苏教授是否醒了，他很想跟他认真地谈一谈。我说，我去买点稀粥和咸鸭蛋就来。朱温故忽然抓住我的袖子说，他怎么连口味也变得跟我父亲一模一样了？父亲生前常说，生不愿做大富翁，吃粥已是赛神仙，每餐再配上两个咸鸭蛋，他就很知足了。这么多年来，唯一的变化是咸鸭蛋越来越咸。我说，你进去陪他先聊聊，我随后就来。我买了稀粥和咸鸭蛋走进病房时，看见朱温故正在擦眼角的泪水，好像是有些触景伤情了。我打开饭盒，朱温故接过汤匙，说是要亲自给苏教授喂粥。那样子，倒是真如侍奉汤药的孝子了。喂完了粥，我陪同朱温故走出病房。他告诉我，苏教授的目光纯净得像个佛陀，这一点很像他父亲。真的很像。

　　关于苏教授的精神状态，医生和外界的人各有说法。有灵魂附体说，有中蛊说，有脑功能紊乱说，有记忆移植说，有装疯卖傻说，有逃避现实说，有练气功走火入魔说，甚至还有人说他的脑子被外星人动了手脚。我不敢说哪一种说法更接近真相，我所知道的事实是，他的脑子里确乎有一种不可知的东西，我无法洞悉，而他本人亦不甚了然。午睡过后，我陪同苏教授出门散步。现在只有我们两个，住院部楼下的院子一片静谧。我一直在细心察看苏教授的一举一动。我想，如果他的头脑真正清醒的话，那么，他在我们单独相处之际会自行解除伪装，告诉我此举的意图。可是，苏教授一直保持缄默，似乎亦无动用舌头的必要。而我在他身边，等同于移动的树。树隙间投下的光斑从我眼前掠过，使林外的远景都变得有几分虚幻了。

　　在苏教授留院接受治疗期间，我陪同朱温故去了一趟朱仙田老先生的旧居。乡野之地，路上少行人，浓重的树荫大片大片地铺开，午后的风显得无足轻重。在野草丛生的地方，我们找到了朱家的旧址。朱家在当地原本是个大户人家，现在那些老房子早已毁掉了，尚余一座破旧的门台。有个老人见我们在门台前面指指点点，就拄着拐杖步履蹒跚地过来了，问我们打哪里来，做什么的。朱温故没有自报家门，只是问他是否认得这户人家的旧主人朱仙田先生。老人一听说朱仙田这个名字，就竖起大拇指说，他很了得。朱温故听了很是得意，就继续问，你可知道他年轻时是怎么个模样？老人说，他年轻时长得很英俊，也很洋派，不知迷倒了多少女人。老人说到这里忽然压低了声音说，他为人十分慷慨豪爽，我还在卖咸鸭蛋的时辰，他时常光顾我的摊子，有一回还曾请我去逛娼馆。听到这里，朱温故的脸上有点挂不住了，把头别过去，用手在鼻孔前扇了几下，仿佛闻到了一股从老人嘴里散发出来的臭气。老人意犹未尽，拄着拐杖又绕到他跟前说，后来嘛，他父亲做一笔丝绸生意亏了钱，一家人只好卖掉祖宅住到乡下去了。现在想来，他当初幸好是败了家业，否则连身体都要败掉了。朱先生当年有两个选择，一是出家，一是出国。前思后想，他还是出了国，从此就杳无音讯。朱温故问，此后他有没有回过这里？老人摇摇头说，不曾见过，也不曾听人说他来过。不过，前阵子倒有个怪老头子跑到这儿，冒充是朱先生，想必是来骗田产的，结果被我一眼就看穿了，后来我让孙儿报了警，让警察给逮到城里审问去了。我和朱温故谢过那位老人，就绕着朱宅那片圮废的墙基走了一圈。朱温故说，这么大一块地方，若是围成一个畜牧场倒是不错，让它荒废着怪可惜的。

园是故园，但终究不是朱家的园了。朱温故已经买好了回程车票，无意久留。我请他在一个乡间小酒馆吃了一顿饭。我们点了几个特色菜，各自要了两碗黄酒，一边品啜，一边闲谈。朱温故到底是个散淡的人，有了酒也便木桩似的坐在那里不动了。他的舌头接受了液体的饶有风味的触摸之后，就变得十分畅快了。谈得最多的，当然是他们的家事了。朱温故说，我对父亲的了解也许还不如你们多，这让我感到十分愧疚。这位老兽医说的是大实话，在他的身上，我找不出一点朱老先生遗传给他的书卷气。他自己也向我坦然承认：他跟父亲只是形似，而苏教授跟他父亲却是神似，如果对他们之间外貌特征的差异忽略不计，他几乎可以认定苏教授就是他的父亲。我也表示赞同朱温故的看法，我说，从外表来看，猴子在所有动物中是跟人最为相近的，而在本质上，老鼠跟人之间的相近程度却达到了百分之九十九。说到动物，这位老兽医就站在专业的角度分析说，他们几个兄弟姐妹跟父亲之间除了有某种生物学意义上的联系，其余地方也看不出什么遗传基因。由于时代原因，他们兄弟姐妹几人早年很少呆在父亲身边接受知识的熏陶，日后所操持的职业也无非是屠宰、接生之类；同时，由于亲情淡薄，心性日益相远，其间的区分更有甚于人与猴子了。朱温故说，他母亲一直以来对父亲心怀恨意，所以，他们对知识也怀有莫名其妙的仇恨，父亲的藏书被抄走之后，家中哪怕有一张有字的纸，他们都会拿来擦屁股。提起往事，他的语气中显然含有自责之意，推己及人，他还连带骂起了自己的弟弟，说此人连"畜生都不如"。我不知道朱家兄弟有什么过节，但隐约可以猜想得到。

我跟朱温故继而谈到了一个眼下最为迫切的问题：如果我们把苏教授带回去，他将由谁来照顾生活起居？我只是随便聊聊，没有把他卷入此事的意思。

朱温故淡淡一笑说，总不会让他住到我家当爹来侍奉吧。当然，我也不会反对跟随他住到苏家，继承他的家产，那样的话，就很难说是谁赡养谁了。咳咳，我也是一大把年纪的人了……

我端起一碗黄酒，对朱温故说，有一件事你也许还不知道，当初你向出版社要朱老先生的一万元版税，是苏教授帮你们从中斡旋。后来事情尽管没办成，但他还是将自己的书稿交给了那家出版社，并且从稿费里划出一万元汇给你们，据他说，这样做一半是有感于学风凋敝，一半是为了报答师恩。

我说这话时，嘴里定然是喷着热气。原本以为朱温故听了我的一番话会感动得热泪盈眶，不承想却听到他长叹一声说，没有这笔钱还好，有了它，我们兄弟姐妹几人反倒闹翻了。

我也苦笑一声，不再吱声了。吃完饭，朱温故打了个酒嗝，把一只手搭在我的肩膀上，语重心长对我说，我下午就要坐火车回去，关于苏教授的问题现在只能扔给你来解决了。临走之际，他又似笑非笑地看着我，做了一个含义不明的手势。

我回到医院，把苏教授的医疗住院费打理妥当，又来到网吧，给保姆小吴的QQ留了言。我把苏教授的境遇和下一步的打算都如实告诉她，希望她能尽快回到苏教授身边。但小吴的回复让我大为吃惊，她声称自己刚刚在北京读完高级保姆研修班，还上过电视台的一档保姆选秀节目，身价已不同往日，而且还提出了一个让人咋舌的数目。我下了线，与小吴的联系就此中断了。吃过晚饭，小吴又发来一个手机短信，说自己可以回到苏教授身边，但她也同时提出了一个让我啼笑皆非的条件。她回到苏教授身边的意思不是说要继续做女佣，而是要取代苏太太，做苏教授的少妻。她说，她之所以做出这个决定，是看在苏教授手头还有点积蓄的份上。她希望我在她尚未改变这个决定之前做出回复。但我表示：在这个问题上我不能擅自答应，即便连苏教授本人恐怕也不会轻易答应。

过两天我们就要动身返回城里，夜晚的漫长时光最难打发。在一盏半明半暗的灯光下，我和苏教授面对面坐着。我不知道他的脑子里究竟装着何种奇妙的东西。我有这样一种错觉：苏教授其实是在跟自己玩捉迷藏的游戏，他在迷茫中寻找自己，结果找到的却是自己的老师朱仙田，于是，就把他当作自己了。证明 A 不是 B 的方法有很多种，但这一刻，我宁愿相信苏教授就是朱老先生。当他自称是"朱仙田"时，他就显得可爱多了。尽管他在实事求是地撒谎，但我不得不说，他实在是一个古怪而有趣的老头子。整整一个晚上，他跟我谈的都是学界人物。钱穆如何，庞朴如何，李泽厚如何，苏静安如何，王致庸如何。谈苏静安尤多、尤细。他问我，你知道苏静安为何叫静安么？我答不上，他就说开了，他之所以叫静安，是因为儿时体弱多病，父母就借用村上土庙里一位老和尚的法号给他取名，据说是可以压邪气的。谈到苏太太，他说，苏静安与王致庸都是我的得意门生，他们之所以交恶，全都是因为那个女人，那个女人先是做王致庸的学生，俩人日久生情，就结为夫妇，可没过几年，那个女人又撇下了王致庸，做起了苏静安的学生，一来二往，索性成就了他们的一桩好事。他谈的大多是往事，后来有一段时间的记忆对他而言几乎是全然空白的。他说话的声音十分低沉，伴随着窗外树叶的沙沙声。

谈着谈着，他突然停下来，盯着我的脸，凝视片刻，吐出了一句让我沉思良久的话：你是谁？那一刻，我忽然间不知道自己是谁了。

我换了一个坐姿，平静地回答：我就是苏静安。

苏教授的腰

狗屎。苏教授涨红了脸，愤愤然地骂道。

苏教授从校长室出来时，天刚擦黑。他绕过网球场，那里一片空寂。铁丝网上空的月亮看上去仿佛出界的网球。校长的办公楼就在月亮那边，夜空下呈现出庞大而恬静的轮廓。苏教授回过头，仰望着校长室的灯光，他把嘴里所剩不多的唾沫搅拌了一下，喷出两个字：狗屎。

苏教授在课堂上经常拿"屎"挂在嘴边。他说，吃得多屎橛子就肥；他说，屎里觅道，这话有嚼头；他说，鲁迅么，他也是要拉屎的；他说，蔡建国同学，你的文章硬邦邦的，真是一堆晒干的牛屎。

说出"狗屎"这两字后，苏教授下意识地翻卷舌头，舔了一下漏风的门牙。苏教授的一枚门牙自从不慎磕掉后，一直未曾镶上，结果，两边的牙齿都开始往中间空缺的地方挤压。这情景，苏教授略带自嘲地说，就像医院橱窗口扎堆的人群，等一个人抓完药，两边的人自然就会向这空位置挤过来。苏教授后来也没有让牙医矫正自己的牙齿，所以，他说话时，疏朗的齿缝间常常会发出别人不易察觉的咝咝声。当苏教授念到狗屎的"屎"字，自然也就没有像从前那样，准确而清晰地念出它的翘舌音。

现在，苏教授骑着一辆老式的28型自行车直奔家去。一路上他神思恍惚，一直在琢磨一些让他坐不稳的心事。快到家门口时，他还在琢磨着一个突然冒出的问题：几天前，城北郊区那位养猪专业户对他讲的那番话，跟伊壁鸠鲁的快乐主义学说到底有着什么关系？跟边沁的功利主义学说又有着何种联系？苏教授以为，这是个很有意思的问题。

到家了。门口那盏声控灯忽然亮了起来。灯泡已有些老化，仿佛一块酒后的旧伤疤，只是微微发亮而已。苏教授半蹲在门口脱鞋时，瞥见鞋架上多出了一双鞋，是女鞋，而且是那种跟底厚得有些过分的女鞋。自从老伴去世，苏教授家里就再也没有出现过一双女鞋了。这双女鞋与小儿子苏武的大头鞋齐排摆着，因此他断定那个女孩子就在苏武的房间。

苏教授避实就虚，敲响了大儿子苏文的房间。苏文的门没关紧，他推了进去，苏文正摆弄一些小件的家用电器。一张大桌上堆满了拆卸的电视机、录音机、录像带、电风扇以及一些从旧货市场淘换的电器零部件。苏文生性孤僻，爱好不多，下班回家就关起门鼓捣这些，也算是自得其乐。

苏教授在他房里坐了一会儿，忽然像想起什么似的问了一句，吃过了么？苏文漫不经心地嗯了一声。这些年，父子俩在一起，交谈的时间愈来愈少，沉默的时间愈来愈多。总是这样。一根烟抽完之后，苏教授的嘴唇努动了一下，旋即又忍住不说了。他从苏文的房间退出，轻轻地掩上房门。

苏教授吃完饭，就钻进了自己的书房，继续写他的论文。这篇论文的题目叫《人性的差异》，共分七章，估计要写五万余字，目前只写了三分之一。苏教授写这篇论文时，肘边摆满了随时用来参考的书籍，有斯宾塞的、奥伊肯的、边沁的、穆勒的、弗洛伊德的、伯格森的、霭理士的、潘光旦的、牟宗三的，等等。到目前为止，他已引用了七十多种书，涉及了三十多位学者、作家和诗人，而且，这些人都已经作古了。在苏教授看来，死人的话要比活人有分量。

苏教授是在电脑上写作这篇论文的，自从他那个系实行计算机网络管理后，他也不得不学会电脑操作。苏教授打的是五笔字型，进度缓慢，但他很有耐性。他敲着键盘，觉得自己仿佛成了拆字先生。苏教授记得，古书里面就有止戈为武、皿虫为蛊、人十四心为德之类的拆字法。把古老的拆字法运用到现代的计算机程序中，似乎显得有几分滑稽。

苏教授正进入状态时，苏武的房间里忽然传出尖锐刺耳的摇滚乐，苏教授有些恼火，来到苏武的门口，重重地敲了几下门，但没有人应答，里面只是隐约传出那个女孩子压抑的尖叫。苏教授涨红了脸，转身回到自己的书房。他关掉电脑的主机，呆呆地注视着黑屏，陷入一片茫然。

苏教授决定去大儿子苏文的房间坐坐。

大儿子与小儿子相差五岁，一个二十四，一个十九。当初，苏文出生，苏教授逢人就说这是他的得意之作；后来，苏武也弄出来了，长大了，长得竟跟苏文一般模样，苏教授觉得这有点像旧作再版，虽也高兴，但究竟不如初时。苏文和苏武貌似神离。大儿子本分，小儿子无赖。从小到大，他们时常会干出一些相反的

当代中国最具实力中青年作家书系

事来，仿佛那是老天爷故意安排的：大儿子外出，让他做了一件
"不要说出我名字"的好事；小儿子外出，却让他做了一件"不要
说出我名字"的坏事。但每次小儿子干了坏事，苏教授总会把大
儿子连带一起骂。他说，狗屎和猫屎都一样臭。

　　苏教授再次走进苏文的房间时，看见他正在用缝纫机油擦拭
电动刮胡刀片。苏教授在明亮的灯光下，打量着苏文的脸，他不
无惊讶地发现：儿子都已经长出一丛络腮胡了。

　　他问苏文，那个女孩子是不是苏武的女朋友？苏文点了点头。
苏教授低声咕哝了一句，接着问道，你知道那女孩子的情况？苏
文说我也不大清楚，只是知道他们是在网上认识的。苏教授瞪大
眼睛说，我花钱让他去学电脑，他倒好，居然在网上谈起恋爱来，
你没有好好管教你的弟弟？苏文说，他长大了，我已管不了他。
苏教授说，他才多大呢？！苏文说，要管也该是你自己管。苏教授
说，我在学校里面管那么多学生，难道还有时间管教这个浑小子？
平时连个屁都放不响的苏文突然提高嗓门说，你连自家的孩子都
没管好，还想管好别人家的孩子么？苏教授气得半天说不出话来，
最后只吐出两个字：狗屎。

　　苏文抢白说，如果我是狗屎，那也是狗屙出来的。苏教授听
了，像受到一股冲力的瓶塞那样，从椅子上猛地弹跳起来，他指
着苏文说，你敢侮辱你娘？！

　　苏文突然不再作声了。父子俩争吵时，每回提到苏文（武）
的母亲，双方的火气就会突然下降。此刻，死者仿佛就在他们中
间，弥留之际的话语仿佛就在他们的耳畔萦绕。苏教授为自己刚
才火气过大而感到有些后悔，他递给苏文一根烟，向他解释说，
今天他碰到了一件不称心的事，所以情绪一直不太好。苏文也带

着歉意说，其实他是不该顶撞他的。

他们正这么说着，忽然听得苏武打开了房门。苏武光着身子，头戴纸篓，在客厅里一边撒酒疯，一边扯起破嗓子高歌。就那么几句，他颠来倒去地唱。苏文摇摇头对苏教授说，这些年轻人，酒足饭饱之后就喜欢干点出格的事。

苏教授看着苏武吊儿郎当的模样，刚刚压下去的火气又蹿了出来。他撇了撇嘴，正想训斥他几句，忽然又看见那个女孩子也嚷嚷着出来了。她穿着一条花短裙，在苏武面前扭来扭去，好像地板很滑似的。这种女人，苏教授想，即使站在一百米外，他也能瞧得出是个什么货色。

苏武把手搭在女孩子的肩上，向苏教授作了介绍，她叫仇洁，是超市营业员。他又向仇洁介绍说，我老牌，大学教授。

苏教授瞪大眼睛问苏武，你刚才称我什么来着？苏武说，称您是大学教授呀。苏教授说，我指的是前面那一句。苏武很撒脱地蹦出两个字——老牌。

"老牌"是苜蓿街一带年轻人对"父亲"的时髦称法，可苏教授就是不能接受这个"老"字。在苏教授先前那个学术研究小组中，他的年龄最小，老同志们都称他为"小苏"。研究小组解散后，老同志们每逢重阳碰到一块还是习惯地叫他"小苏"。这种称呼现在尽管与年龄已不相符了，但听了觉着舒服，这就仿佛有人把初秋的天气称为"小阳春"，使凉秋也凭空添了几分春意。

苏教授板着面孔对苏武说，以后不许你再叫我"老牌"，该叫爸爸的，就规规矩矩地叫我一声爸爸。苏武耸耸肩说，你这脑袋，也真顽固得可以。苏教授火了，他掀掉苏武头上的纸篓说，好呀，么毛蹿到头顶心了，你小子敢教训起老子来了。苏武退后几步说，

当代中国最具实力中青年作家书系

得了，你火气大，敢情是到了更年期了，我不跟你计较就是。

可苏教授不能不计较，他要把一个很简单的道理讲明，讲透。苏武在一旁，充耳不闻，他把仇洁揽到怀中，又是拧她脸蛋，又是朝她脸上喷酒气。苏教授气得不行，他别转了脸，咕噜了几句。他想起一位同事对他说过的一句子话：老一辈人，看到儿子打情骂俏，或是看见街头流氓斗殴，都得退避一边。现在看来，苏教授也不得不退避一边了。

最后，苏武搂抱着仇洁进了里屋，砰的一声关上了门。苏教授在客厅里愣了一会儿，就掉头走进自己的书房。仇洁，苏教授念到这个名字时，感觉到有一丝不祥之气从什么地方跑出来。

苏教授静坐了一晌，又继续埋头写起了那篇论文。在第四章的开头部分，他引用了赫胥黎的观点，进一步阐述道：如果说人在身体和大脑方面与某些猿猴的差异比猿猴与猿猴之间的差异要小些，那么我们是否可以反过来说，人与猿猴的差异比人与人之间的差异要小一些……

翌日下午，苏教授等下课铃声一响，就尿急似的骑车赶回家。苏教授总觉得家里要发生什么事。是电烫斗的插头没拔掉，还是水龙头没拧紧？他也说不清。总之，他觉得这件事将要发生，已经发生，正在发生。

苏教授进了屋子，里面阒无一人。他把里里外外仔细检查了一遍，发现无异，才算松了口气。煎锅旁边的茶壶底下压着一张字条。苏文外出有事，通常会留下一张字条，写的无非是"今晚有饭局，无须为我备饭""衣服在阳台上晾晒，天黑前切记收回"之类的话。苏教授拿起字条，只是匆匆瞥上一眼，就把它揉成一团抛进了垃圾桶。

苏教授返回客厅，坐在藤椅上，一条腿架在另一条腿上，一边晃荡着，一边在思索着什么问题。突然，他从椅子上反弹起来。那一瞬间，连他自己也不知道为什么会反弹起来。他直奔厨房，从垃圾桶里重新拾起那个纸团，展开，仔细看了一遍。上面写着：苏武出事，我带钱去赎人。下面没有署名，但可以肯定是苏文写的。

苏教授忍不住要抱怨苏文几句：跪都跪下了，还差这么一拜？又不是发电报，写得这么简单，连时间、地点、事情原委都没有作个交待。苏文办事究竟不牢靠。

眼下，苏文的手机已停机，可供联系的地址也未留下，苏教授急得团团转。他在客厅里，时而搓着双手，时而绞着双手，时而又背着双手，不知怎样是好。

苏教授找来工具，撬掉苏武的门锁，想进去寻找事件的线索。房门打开后，迎面扑来一股呛鼻的烟酒气味。房间里的东西都是东倒西歪的，但没有人为破坏的迹象。苏武做事似乎从来不喜欢端正的，总是要把什么东西弄得歪斜一点。他才觉着舒服。苏教授知道苏武打小就养成了这种坏习惯：做作业时，纸张与桌面总是呈四十五度角，自行车停放也总是呈四十五度角，体育老师让他立正，他偏要让双腿叉开，呈四十五度角；长大之后，他仍然改不掉那些老习惯，平日里，话不投机他就歪头斜脑，摆出一副不屑一顾的模样；而他斜眼看人，并非跟眼球位置异常或眼球肌肉麻痹有关，其实也是习惯使然。苏教授以为，苏武之所以如此，肯定是身上哪块骨头长反了，或者是哪根筋出问题了。

苏教授的目光落在窗户边斜散的鸟枪上。这把鸟枪，显然是从储藏室里拿出来的，上面还蒙着一层灰尘。苏教授的目光从鸟

当代中国最具实力中青年作家书系

枪转移到敞开的窗户，然后又落在楼下的小巷子里。

有几个从排档里出来的年轻人正并排立着，面朝苏家后门那堵老墙解手。墙，是清水砖砌成的，有一百多年的历史。有时行人看见那块苍黄的墙皮，即使没尿意，也要挤出一点。墙上有一行歪歪斜斜的字：谁在此小便十八代狗生。这是苏武小时候写的，十多年过去了，仍然有人在此小便，全然不顾墙上的咒语。到别人家的墙角小便似乎成了苜蓿街人由来已久的传统，就仿佛那些乡下的农民，喜欢跑老远的路到自己家的菜园撒一泡尿。对此，苏教授一直无能为力。就像现在，他只是探出窗外，愤愤然骂道，为什么你们不干脆拉一堆狗屎？！

就在这一天中午，苏武也是从这个窗口探出头，朝楼下一名正在掏东西的小个子喝道，你，我说的是你，要尿的话就给我抬起一条腿来。小个子愣了一下，忽然弄明白，抬起腿来他就变成一条狗了。只有狗才会抬起腿来撒尿。明摆着，这是羞辱人。他不抬，打死也不抬，抬一下就不是人了。小个子抬起的不是脚，而是头，恶狠狠地看了一眼苏武，打了个尿噤，随后，一道浊黄的水柱突然从两手之间喷射出来。

我靠，你还敢尿？！苏武的脑袋朝下，血气一下子就涨满了脸。小个子尿完之后，嘟囔了一句什么，似乎在回骂他。苏武挥动拳头警告说，下一次再来，老子一枪崩了你。

小个子是四川人，绰号叫"川耗子"，在这一带已混了个把年头，他被一个小毛头威吓之后，觉得脸上有些挂不住。他回头叫了四五个弟兄，在这条巷子里站成一排，颇有一副举枪齐射的架势。这些人对着那堵老墙，很卖力地尿着，好像只是为了证明自己的排尿系统是否顺畅。

苏武突然觉得哪个地方有点不太对劲。他想干点什么。他转身进储藏室，拿起那把已上膛的鸟枪，走向窗口。

砰——

有人踢进门。是苏文。苏文说，你把枪放下。苏文说这话时表情严肃得像个警察。但苏武仍然举着枪。苏文又以开导的口吻说，你应该保持冷静，扣动这个扳机，你就后悔莫及了。苏武回头冷笑了一声。

砰——

苏文一屁股坐在地板上，嘴里念念有词，完了，完了，这下子要闯大祸了。

完个屁，苏武放下鸟枪说，那些人早已逃掉了。

那些人居然都怕得要死。苏武想到这一点，就有些自鸣得意。苏武也不是泛泛之辈，他好斗，在首蓿街略有名气。他崇拜首蓿街上的老大何九。"我靠"是他每天必说的一个词。

可是，"川耗子"们究竟还是杀回来了。就在那个有些阴暗的下午，苏文听到了急促的敲门声。他跑到楼下打开大门，十几个怒气冲冲的汉子突然涌进院子，一个个都挟刀带棍，大呼小叫。苏文不由得耸起双肩，收紧双臂，仿佛进来的，不是拿刀的人，而是一阵冷风。

苏文还没明白是怎么一回事，就吃了当头一记闷棍，晕乎乎地躺在地上。苏武也闻声下楼，一群人立刻把他团团围住。"川耗子"从人群中钻出来，他的右手扎着绷带，走路时，身体右倾，仿佛疼痛也是向一边倾斜的。

"川耗子"看了看苏文，又看了看苏武，说，龟儿子，一个模子里印出来似的，还真分不出是哪个向我开枪咧。

苏武仰起头说，开枪的人是我，有事就冲我来。苏武说话时嘴里还嚼着口香糖。苣蓿街老大何九临事时也总是嚼着口香糖。

"川耗子"上前一步说，不错，就是你这龟儿子，中午十二点十五分你朝我开了一枪，正打中我的手掌心，你说，这事该怎么了断。

这事说起来有点荒唐：那时苏武只是朝对面那堵墙开了一枪，"川耗子"现在却称自己被子弹击中了掌心。这好像是说，有人朝前面的空气砍了一刀，后面那个人身上就出现了刀伤。不可理喻，苏武嘀咕了一句，这道理无论怎么也讲不通。因此，苏武向众人辩解说，他的确开了一枪，但根本没打中任何人，那堵有一百多年历史的老墙可以作证。

一个大块头上来说，我也可以作证，我说你打中了他，你就得承认。大块头卷起袖子，露出一条刻有刺青的粗壮胳膊，苏武没有被他震住，仍然梗着脖子认死理。

大块头似乎学过几招擒拿术，一上来，就出其不意地扭住苏武的手腕。他把手一点点往上抬，苏武的身体就不得不一点点往下蹲，他抬得愈高，苏武就蹲得愈低，随着疼痛感愈来愈强烈，他的身体开始倾斜，与地面呈四十五度角；苏武的样子有点像胆怯的跳水者，想往前冲，脚底却没有力气。如果不是体力方面的欠缺，苏武早已进行反抗了。但他明白，自己的力量还不足以与对方相抗，因此对方向他施压时，他根本没有反击之力。他只能屈从于那股蛮劲。

就在这个有些阴暗的下午，苏文意识到有一件可怕的事就要发生了。

苏文对"川耗子"说，如果有什么办法可以弥补弟弟的过失，他可以尽一切努力去做。"川耗子"摊开左手说，很简单，拿钱来。苏文问，多少？"川耗子"说，一万块。"川耗子"原以为苏文会讨价还价，因此报了一个虚数，谁知苏文二话没说，就爽快地答应下来，他说，你们先放人，我这就去银行取钱。"川耗子"怕他有诈，就说，人暂且不放，限你一个钟头内带着一万元现金到九宫街泰和茶馆赎人。

　　一个钟头后，苏文果然带着一万块钱来到九宫街泰和茶馆。"川耗子"接过现金，数也不数就揣进口袋。临了，他拍拍苏文那张布满红疙瘩的脸说，你很可爱。

　　这一天傍晚，苏文和苏武从九宫街回来。俩人都喝得醉醺醺的，苏文闷闷不乐，步态踉跄地在前面走着，苏武低眉顺眼、消消停停地在后面跟着。他们经过自家后门那条巷子时，对望了一眼。那时，他们的身体像一条垂挂着的湿毛巾，所有的水分都一点点朝下面凝聚了，仿佛只要用手一挤，就会淌出水来。他们对着墙，不约而同地解开裤子拉链。一肚子闷气在那一瞬间开始流动了，随之而来的是一种短暂的酣畅淋漓的感觉。苏文说，这一万块钱就这样变成一泡尿。苏武说，我不会让它就这么白白流掉。

　　他们听到背后的咳嗽声，猛地回过头来，看见苏教授就站在门口。他的脸像拇指一样威严。

　　从空间来看，我们总是把身后走过的地方叫作后面，把身前未曾走过的地方叫作前面；但就时间而言，却恰恰相反，我们把已经度过的昨天的昨天叫作前天，把未曾度过的明天的明天叫作后天。苏教授想，人在空间与时间的秩序中总是显得那么矛盾。

苏教授很快就要宣布退休了。退休，就意味着他要退一步为"明天的明天"做好打算。这栋房子，他要过户给两个儿子，让他们自行处理。苏教授吃辛熬苦积攒了五六万块钱，打算到山区买一栋老房子，把八旬老母也接过去一起居住。在那儿，单门独户，远物远俗，是颇合他心意的。

眼下让苏教授最感头痛的，除了苏武的就业问题，还有就是那篇论文。苏教授写那篇论文之前就已拟定一份提纲，预计用一个月的时间完成。但在写作过程中，随着打字速度的加快，思维的激活，他写起来居然十分顺手，论文涉及的范围已越来越广，探讨的问题也越来越复杂，连他自己都有些难以把握。他意识到如果在三分之二处没有向主脉靠拢，这篇论文的篇幅将会增加一倍，而写作的时间至少也将延长一倍多。这篇论文是研究所分派给五名教授的五大研究课题之一，一切都得服从整体，不能自行其是。但苏教授至今还没有想出一个办法把论文的前半部分压缩，他觉得每个章节的内容都是不可或缺的、难以割舍的。苏教授不知道自己应该继续写下去，还是适可而止。苏教授的内心十分矛盾。

写作强度的增大，实际上是对体力的一次试探。苏教授写到六万多字的篇幅时，明显感到力不从心。当他从电脑桌旁站起来，身体的下半部分竟难以动弹，膝关节像凝结的冰块一样变得异常僵硬。经过反复揉搓，两腿的筋骨才恢复活络。但真正让他举步迟滞的部位不是膝关节，而是腰部。膝关节的酸疼是阵发性的，腰部的疼痛却是深层的、久远的。苏教授腰疼时，就用两个大拇指用力摁住后腰的部位。他并不想阻止疼痛，而是想让疼痛集中在一个固定的点上，不至于扩散到全身各个部位。但他感到，这股疼痛已在身体中弥散。苏教授想，自己就像这个小家庭的腰，既要支撑上面的，又要控制下面的。所以，腰，是身体中最容易疲惫的一个部位。

苏武这小子可真行啊，硬是把"川耗子"的两根拇指给剁掉了。苜蓿街上的人散布这个消息时，用讥讽的口吻说，"川耗子"以后再也翘不起来了。

这个消息落入苏教授的耳中时，他的手指猛地颤抖了一下。他握拢五指，手心竟冒出了一把冷汗。他对苏文说，这浑小子，手段也真够残忍。

苏武手起刀落，虽也算得上沉着痛快，却没考虑到这事会给家里人带来多大的麻烦。他挥挥衣袖扬长而去，固然洒脱之至，但烂摊子总是要有人收拾的。按苏教授的话来说，这是屙屎还要人家擦屁股。

天黑时分，正在阳台浇花的苏文忽然放下手中的水壶，快步跑到苏教授的书房说，坏了，坏了，"温州佬"带两个弟兄过来了。苏教授的眉毛跳了一下，仿佛大火快烧到眉头了。他忽然想给一个老朋友打电话，但电话簿锁在办公室的抽屉里，号码怎么也记不起来。那个那个什么，苏教授从书房到客厅转了一圈，敲着自己的脑门一个劲地说，那个那个什么来着，我前阵子还经常跟他电话联系的。苏文问，你这时候打电话做什么？苏教授搓着手自言自语，那个那个什么，我怎么连他的名字也给忘了呢？苏教授记得住许多古人和洋人的名字，有时候却总是记不起某个老朋友的名字；记得清历史年份，有时候却总是忘记身边一些人（包括两个孩子）的电话号码。苏文列举了几个人的名字，苏教授都说不是。他很快就在椅子上坐定，用手揉了揉隐隐作痛的腰部。痛的是腰，苏教授对自己说，不痛的是双手。腰部疼痛也不过是局部疼痛。这点疼痛算不了什么。苏教授就这样强忍着疼痛和愤怒等待"温州佬"的到来。

"温州佬"是"川耗子"请来说案子的。在这条街上，有资格出来给人说案子的，都不简单。"温州佬"的年纪跟苏教授不差上下，戴着一副金丝镶边眼镜，面色白净、温和，看上去比苏教授更像个教书先生。

"温州佬"也是吃四海饭的，口才好，人缘也好。他每到一个地方，就会有一大帮人以他为中心，跳蚤般地活跃起来。因此当他用仇恨的目光注视着你，你就会发现这一带有一大帮人用同样的仇恨目光注视着你；当他用尖酸的语气跟你说话，你就会发现这一带有一大帮人用同样的尖酸语气跟你说话；当他向你挥动拳头，你就会发现他背后有几十双拳头也在向你挥动。但"温州佬"从来不坐老大的交椅，也从来不允许别人称他为"老大"。他的厉害之处是，他能像伟人一般，在别人的心目中占据一个重要的位置。所以，他出来打理什么事，别人都不得不给他面子，就连首蓿街上最厉害的人物何九也要敬他三分。"温州佬"打理的，主要是那些"法庭上不能解决或不能上法庭解决"的事。如果那件事连他都解决不掉，那么，当事人的麻烦就大了。

苏教授听首蓿街人提起过"温州佬"，但从未见过面。黑道上的人物，苏教授是断断不会与他们打交道的。这一次，事情既然已经闹到自家人身上，他就决定放下教书先生的清高架子，与他们会会。

双方见面之后，都微微一怔。苏教授觉得眼前这个"温州佬"有些脸熟，却无从想起。"温州佬"沉吟片刻，问苏教授二十多年前是否在浙南地区插过队？苏教授说，有啊，有啊，我在那儿呆了整整五年。"温州佬"说，你还认得我么？我就是你救活的那个钟阿贵呀。苏教授恍然大悟似的说，好啊，好啊，你看上去变得富态了，难怪我认不出来。

"温州佬"紧紧地握住苏教授的手说，他们说的苏教授原来就是你，你原来就是他们说的苏教授，哈，这地球还真小，转了一圈，咱们又遇上了。"温州佬"对手下的年轻人说，把衣服扣好，向苏教授敬个礼。两个年轻人立即扣好纽扣，毕恭毕敬地向苏教授鞠了一躬。

二十多年前，苏教授作为知青随队下乡，曾与"温州佬"分在同一个生产队。一个炎炎夏日的午后，"温州佬"跟他一起割稻时忽然躺倒在地，口吐白沫，面色发紫。他料想"温州佬"是中了暑气，就采用民间土方，挖了一些热乎乎的泥巴，堆在"温州佬"的肚脐眼周围，然后在上面结结实实地撒了一泡热尿。苏教授当年就是这样凭着一泡热尿救活了"温州佬"。

而现在，这个被苏教授一泡尿救活的人，却要上门为另一泡尿引发的事件讨个说法。苏教授心间暗想：幸好是他，换了别人，可能就没法子心平气和地坐下来对话了。

"温州佬"面带难色说，承蒙几个弟兄瞧得起，推举我出来说案子，咳咳，我本来是没资格跟苏教授您说三道四的。"温州佬"说着就欠了欠身，做出一副要掩面回去的样子。苏教授连忙按住他的肩膀说，你瞧你，说这话就见外了，今天没有你出马说案子，这事以后还真没个准儿。"温州佬"又坐回到椅子说，既然苏教授对我这般信任，我也不妨斗胆说几句。

跟苏教授谈话，"温州佬"的措辞居然也是文绉绉的，语气温和，像是在跟苏教授探讨学术中的一些问题。"温州佬"越是客气，苏教授越是觉着心中虚虚的。为了示弱，他又开始揉起腰来。与其说他是在揉腰，不如说是要掐住那股在小范围内涌动的疼痛，以免疼痛如同波浪一般漫及全身。

"温州佬"说，半个月前，我的一位小兄弟到你家后门巷子小便，被你家小儿子用鸟枪恐吓，这是一个不争的事实；我那位小兄弟没挨过枪子，却谎称自己左手中弹，向你们诈骗了一万块钱，这也是不争的事实。这件事发生以后，我把他痛斥了一顿，但我那位小兄弟却这么向我辩白：自从受了鸟枪的惊吓，他每次小便时，左手会产生痉挛性的颤抖，而且那东西会胆怯缩回去；此外，他还认为自己的性功能受到了一定影响，每次行房时，常常会回过头来，看看背后是否有人端着鸟枪瞄准他。当然，诸如此类的狡辩，我们大可不必理会。无论怎么说，他以绑架的方式向你们诈骗一万块钱是不符合我们江湖规矩的。现在，前面一个问题如果不予解决，会给后面这个新问题设置一道障碍，所以，这一万块钱，我会让他如数还你。

苏教授连连摆手说，不用还了，不用还了，这一万块钱也算是买个和气。"温州佬"用强调的语气说，钱是一定要还的，事情也是要解决的。这么说时他做了一个把钱奉还的手势，而苏教授也很客气地推让了一番。至此，苏教授以为，这事可以有个了结了。苏教授教书育人这么多年，道理都是从书本中得来的，但经验还是从生活中得来的。他觉得自己方才的做法是得体的、有效的，套用一句课堂上时常引用的话就是"以经验之所得还治经验"。

遗憾的是，"温州佬"呷了一口茶水接着说，事情并没有朝好的方面发展，今天下午又发生了一件意外的事。苏教授松弛下来的身体一下子扳直了，问，出了什么事？"温州佬"仍然以一种慢条斯理的语调说，下午四时许，你儿子苏武带着马刀冲进电子游戏厅，生生砍掉了我那位小兄弟的两根拇指。"温州佬"伸出自己的两根拇指，转过头对手下的两个年轻人说，你们知道拇指意味着什么？拇指就像管带四个孩子的母亲，没有拇指，其余的四根就没法过上好日子了。拇指还代表了一个男人的尊严，当它竖立起的时候，是何等的威风；反过来说，丧失拇指就等于是丧失了一个男人的尊严，至少是丧失了一个男人尊严的一部分。说得具体一点，我们平常打电脑、弹钢琴、写字、吃饭、握球杆，等等，都离不开拇指。然而，丧失拇指，生活中会丧失多少乐趣？

苏教授觉得，"温州佬"的话像一篇精彩的散文，他摆明的道理也是无可挑剔的。"温州佬"似乎已陶醉于这种侃侃而谈的氛围，但他每隔几句话，就会试探性地向苏教授发问：你说是不是？苏教授在聆听的过程中，也做出了某种迎合，他很诚恳地点头说，极是，极是。这言语上的较量，就仿佛推手，一招一招地过，不温不火。苏教授明显处于下风，但"温州佬"也没有摆出咄咄逼人的气势，他不会把话说得太满，不给人留点余地。

"温州佬"继续慢条斯理地说道，我们都生活在一个文明的社会，如果让我那位小兄弟拿着刀去砍掉你儿子的手指，我也是断然不会允许的。血债不一定要血偿，但血浓于水，它毕竟是有价的。所以，我们双方必须在以和为贵的前提下，进一步讨论如何做出经济性赔偿的问题。苏教授你说是不是？

苏教授仍然点着头说，极是，极是。

"温州佬"说，既然苏教授是个明理人，那我就把话挑明了说。现在咱们江湖人就按江湖规矩办事。我给你出个赔偿金额，苏教

当代中国最具实力中青年作家书系

授，你自己拿个主意。

苏教授只说了一个字：好。

"温州佬"举起十根手指说，这个数目。

苏教授迷瞪着眼睛问，一万？

"温州佬"说，不，十万。

他的十根手指，像十把锋利的刀，齐生生地插进苏教授的眼睛。苏教授几乎吓傻了眼，他看着那十根手指，真希望有人像砍树枝那样砍掉他的另外九根手指。苏教授过了许久才回过神来，对"温州佬"说，这价钱高得未免有些离谱。

一点也不离谱，"温州佬"说，按我们江湖的规矩，剁掉一根小手指至少可以索赔一万块钱，但你儿子剁的是人家的拇指。我说过，没了拇指，其余四根手指差不多等于作废了。所以，你儿子剁了一根拇指等于剁了五根手指，剁了两根拇指也就等于剁了十根手指。我把话搁在这儿，苏教授，你自个儿掂量掂量。

苏教授是认真掂量过的。眼下倾其所有，也不过六万块钱（而且是把研究所即将发放的一笔课题研究经费都计算在内），剩下的四万块只有靠借贷了，但这样的话，以后的生活就很可忧虑了。所以，让苏教授一下子拿出十万块钱，真是比割肉还难受。苏教授一向厉行节俭，水龙头每日滴水，电风扇常用慢挡，最典型的表现是：他安装卫生间的日光灯时，故意把火线接入开关，平常即使不开灯，灯管两端也总是闪烁着微光，这样既可以省电，又可以照明。他手头的钱，就是这么一点一滴节省出来的。他没想到的是，有一天这笔钱会哗啦一声涌出自己的口袋。此刻，他连想都不敢往下想。有一种疼痛从腰部涌至胸口，一直漫及脑门的位置，想揉也无法揉了。

"温州佬"看起来也不像是一个得理不饶人的人，他见苏教授老泪纵横的样子，长长地叹了一口气说，这样吧，你出五万，另一半由我代付，算是报答你当年的救命之恩。"温州佬"这一句话，让苏教授从一筹莫展的困境中脱身而出，但也同时被抛入另一种无可奈何的境遇，也就是说，他现在面临的选择只有一个：拿出五万块钱平息事端。

　　眼下这个难题，苏教授已无可回避，他感慰莫名地对"温州佬"说，让你掏腰包，怎么好意思呢？"温州佬"很大度地拍拍苏教授的肩膀说，事已至此，我也深知你的难处，替你分忧，也是我义不容辞的事。苏教授，就这么定了，行不？

　　苏教授点了点头，"温州佬"立即从皮包里拿出一张白纸，让苏教授立个字据。苏教授用颤抖的右手写下"五万元整"这四个字时，脑子里竟是一片空白。

　　"温州佬"微笑着收起了字据。临出门时，他对手下的两个年轻人说，还不快向苏教授敬个礼。两个年轻人并拢双脚，又毕恭毕敬地向苏教授鞠了一躬。

　　苏教授关上门，觉得自己刚才仿佛做了一个荒唐的梦。苏教授写文章时脑袋是清晰的，但一遇到什么麻烦事，脑袋就糊涂了。这糊涂，不是聪明人的糊涂，而是真糊涂。从前，家里遇到什么事，通常由老伴去遮风挡雨。苏教授曾作了一个十分形象的比喻，说自己是"灵魂"，而老伴是"肉体"，"灵魂"与"肉体"合为一体后，"灵魂"专门思索一些抽象的、形而上的问题，而"肉体"主要负责具体的、日常的事务。数十年来，"灵魂"与"肉体"彼此依存，相处得十分和谐、愉悦。但自从"灵魂"失去了"肉体"，他便无助了。平常，苏教授仅仅是凭着习惯解决生活中出现的小

当代中国最具实力中青年作家书系

问题。但这段时间接连发生的事，都是大问题，没有人帮他出个主意，他觉得有些应付不过来。"温州佬"走后，苏教授对着老伴的遗像放声痛哭。毕竟，这五万元是他晚年的安身之本，一下子落入别人的口袋，总是有些莫名的痛惜。现在，痛的不仅仅是腰，还有心。他会为那五万块钱心痛一辈子的。

然而，不管怎样，日子还是要过下去的。柴米油盐，还是要亲自打理。按理说，破财之后须得厉行节约了，但苏教授并不这么想。他买起菜来，也没有像往日那样斤斤计较了，想吃什么，无论多贵，他都买。手头的开销由俭而丰，他也丝毫没有流露出疼惜之意。那天中午，苏教授从菜市场出来，手中拎着一小袋狗食和一大袋蔬菜，在街上漫无目的地荡了一回。忽然，一辆载货的人力三轮车迎面驶来，他慌了手脚，开始左闪右避。骑车人也是惊慌失措，不知道向哪边穿过去，轮子突然像眼珠子那样转来转去，但最终还是刹住了。苏教授没被迎面撞上，只是在避让间向后打了个踉跄。那一瞬间，他感到整条街突然斜向左边，好不容易才站稳脚步。他定了定神，这条街道又重新摆正了。几乎在同一时间，他听得地上响起嘭的一声。肯定有什么东西坠落在地。他看了看双手，下酒菜和狗食仍在塑料袋里。目光又落地上：一个啤酒箱歪斜地倒在地上，几瓶啤酒砸碎了，涌出带泡沫的酒液。

苏教授突然忘了，刚才究竟是自己先碰对方，还是对方先碰自己。最近他老是这样失魂落魄：有时把手套戴在脚上、把鸡蛋打在米缸里、把盐巴放在水中淘洗。最典型的例子是：昨天下午他看见一辆中巴从大街上缓缓驶来，突然产生一股冲动，偏离右边的人行道，朝车头的方向走去，那时他仿佛还听到了吱嘎一声，以为那是自己跟这个世界断裂的声音，可是紧接着，他就看到了那个吓出一身冷汗的司机从窗口探出头来，冲着他破口大骂。苏教授拍了拍脑袋，问自己：为什么我会冲左边的车道走去？

苏教授显然已经意识到，这阵子他确乎有点神经过敏，总喜欢把简单的事情复杂化，往深里想。对于这件事，他后来作了形而上的解释：心脏的位置是倾向于左边的，因此身体会在无意识状态下向左偏移。相比之下，左脚显得稳重、审慎些，它可以代表理智的一面；而右脚显得冲动，富于爆发力（右脚的跨步大于左脚即证明了这一点），因此它可以代表情感的一面。当自己的双腿交替前行时，理智与情感其实也在相互进行较量。那一瞬间，他的右脚企图把自己推向死亡，而他的左脚突然把身体的全部力量吸收到脚弓，然后缓缓下移到脚跟和脚掌，最后，他的脚趾及时抵住了水泥地。右脚拖在后面，没有力量再向前迈一步。因此，他可以为自己的决定下一个俗气的结论：理智最终战胜了情感。

骑车的是一位中年人，穿着推销员的工作服，看模样是名啤酒推销员。他咕噜一句，下车，然后俯身去看这箱啤酒的受损程度，他把砸碎的和还没砸碎的啤酒翻出来，分成两堆。箱子湿了大半，他把它甩到一边，点数了一下，总共有十二瓶啤酒，其中七瓶已砸碎。啤酒推销员见苏教授愣头愣脑地站在一旁不肯帮忙，就恶狠狠地骂开了。苏教授没有朝他发火，是因为他觉得自己没有挥动胳膊的力气。现在，地上的酒瓶已被清理完毕，啤酒推销员双手支着腰部直起身来，双腿叉开，显示出斗鸡般的架势。

苏教授对他说，别发火，我赔你就是。啤酒推销员绷紧的身体松动了一下，但没有完全松弛，因为他接着要争论的是赔偿多少的问题。苏教授以商量的口气说，七瓶啤酒多少钱？我照价赔偿。

啤酒推销员立马把手挡在他面前，好像这手势代表了一种叫作

当代中国最具实力中青年作家书系

原则的东西，他说，哪有这么便宜的事？！你应该赔一箱啤酒的钱！

苏教授指着那五瓶完好无损的啤酒问：那么这些怎么处理？

啤酒推销员仍然用生硬的口气对他说，只要你赔一箱啤酒的钱，其余的任由你处理。

苏教授说，这不公平。

不公平？啤酒推销员哼了一声说，我推销的都是整箱啤酒，现在剩余五瓶啤酒，叫我到哪儿去推销？

苏教授觉得他的话不无道理，就问他要赔多少。

啤酒推销员说，四十八块，一分也不能少。

苏教授摸了一下口袋，脸色有些难堪，讷讷地说，刚才去卖菜，只剩下十块钱了。生怕对方怀疑，他就把口袋翻过来给他看。啤酒推销员瞥了一眼他的公文包，苏教授就干脆把公文包的拉链拉开，里面除了一包劣质香烟，没有别的东西。不行，啤酒推销员接过他手中几张皱巴巴的零钱说，你再找找看。苏教授又象征性地翻找了一遍全身的口袋，实在掏不出更多的钱来。无奈之下，苏教授把搁在地上的那一大袋蔬菜递给他说，算是凑个数，行不？

啤酒推销员却把目光投向另外一个小袋子问，这一袋是什么？

苏教授说，是狗食，你也要吗？

啤酒推销员怀疑这一袋东西更值钱，就说，我偏要这个。

那一刻，苏教授忽然想起一件事：他家的狗已经死去好几个月了，买这些狗食又有什么意义？他拎着这个袋子，茫然了一阵子。

啤酒推销员盯着他的脸说，怎么，你舍不得？苏教授摇摇头又补充了一句：这些东西真的是喂狗的。啤酒推销员竖起眉头，蛮横地夺过他右手的袋子，说，现在算是扯平了。说完之后，他把那袋东西挂在自己的车把上，咕哝了一句：算我倒霉。然后，他打开车刹，习惯性地推了几步，上车，双脚轮流用力蹬了一下，三轮车很快就朝街道的另一端驶去了。

慢着，苏教授低声对自己说。他让自己的脑子慢慢冷静下来，闭上了眼睛，把刚才发生的事回想了一遍：那一刻，他站在街角的某个点上，离左边的建筑物大约有四米，离右边的建筑大约有两米，也就是说，他没有走中间路线，更没有偏离交通法则规定的行走路线。而那个骑三轮车的啤酒推销员却突然闯到了他这一边，在他急速退让的情况下，车子毫不客气地偏斜过来，他的身体虽然侥幸躲开了，但那个后轮还是硬生生地压了一下他的左脚脚背。从地上的车痕可以判断：三轮车的轮子可能被什么东西磕碰了一下，由此产生的震荡力使那人突然失控，斜向了他这一边。那时他假如是一堵不会行走的墙，那人照样会把责任推到墙上。苏教授把这件事跟苏武那件事联系在一起，嘴里又喷出了一个词：狗屎。

苏教授的腰仍在隐隐作疼。

此前，苏教授曾拜一位民间的拳师学过一套形意拳。学拳，并非为了防身，而是防闲。无聊了，闲了，可以动动手脚，也好把沉寂的身体弄活泛了。手脚终归有手脚的用处，动得少了就容易出问题。但问题现在已经出来了。苏教授的问题不是动得太少，而是太迟。他是等身体状况快要出问题之后才想到活动活动的必要。该动的时候他不动，现在动了，却不能多动。一动，腰就疼痛。如同傍晚的树影，疼痛的阴影是明显地拉长了。这是一种慢性劳损，起病隐匿，但发作起来异常厉害。站也不是，坐也不是，只有平躺着才会稍觉舒服一点。他希望疼痛发生在身体的上部，或是下部，但它偏偏就在中间部分，连上带下，让他觉得全身的骨头都若断若续。有一天深夜，他在睡梦中忽然感觉腰间似被什么东西硌着，原本以为是钥匙，伸手一摸，什么都没有；再摸，才发现是一根骨头从皮肉底下突出；他试着转了个身，却引发了剧烈的疼痛。等天亮后，苏教授就在苏文的搀扶下来到了"杏林斋"。老中医替他作了检查，证明他患的是腰椎间盘突出。也就是，老中医用捣药的木杵压住一张旧报纸说，突出的髓核压住了神经。

苏教授被安排在药堂后面的天井里，等候着做牵引治疗。天井里坐着十来个病人，有面色好的，也有面色坏的。苏教授身边坐着一位面色蜡黄的老人，看得出，他患有严重的哮喘病。他坐着的时候，也像跑了很长一段路那样气喘吁吁。老人伸出一根长有甲癣的食指，向苏教授历数了自己身上的各种疾病：除了哮喘，他身上还有糖尿病、高血压、便秘、慢性胃炎、关节炎、胆囊炎、前列腺增生。有些疾病的名目他已经记不起来了。苏教授觉得，一个人活到这个份上，真是生不如死。

做完牵引，苏教授便回家躺在硬板床上，直愣愣的，像具挺尸。到了深夜，苏教授翻也不是，覆也不是，只有喊爹叫娘，更多的时候是在骂小儿子苏武。苏文被他吵得难以入睡，就过来替他揉揉腰背。

苏教授说，苏武这混蛋儿子是一堆连狗都不要吃的屎。

苏文说，有这样一个混蛋儿子也不错啊，至少可以让你在疼痛的时候骂他解解气。

苏教授原本只是腰痛的，后来连头也犯痛了。头痛，是因为有些事还想不通。头与腰的毛病，正是应了中医那句老话：痛则不通，通则不痛。想不通的事淤积在脑子里，难以清除，就变成一块有棱角的石头。凌晨时分，一股尖锐的疼痛敲进了太阳穴的位置。疼痛犹如癌细胞，也会转移，但它不会转移到别人身上去。事实上，苏教授也不需要别人来承担自己的疼痛。脑袋里那股压倒一切的疼痛让他暂时忘掉了腰部的疼痛。

苏武回来那晚，苏教授显得异常平静。他不喊痛，也不骂人，那样子更像一具凉透的挺尸。那时，苏文和苏武都垂着双手立在床前。

苏教授愤怒到极点时，反而显得彬彬有礼。他对苏文说，你去厨房把铁锤拿过来。苏文就去厨房拿来了一把铁锤。苏教授说，把它交给苏武。苏文紧握着铁锤，迟疑不决。苏教授再次命令道，给他。苏文把铁锤交到了苏武的手中。苏教授对苏武说，从前里海东岸有个部落，孝子孝孙们看见老一辈人受病痛的折磨，就给他当头一锤，以此尽自己的一份孝心。现在，你就当一回孝子，朝我的头顶死命地敲下去吧。

砰——

苏武手中的铁锤落在地板上，转身奔出了房间。苏教授挣扎着坐起来，冲着他的背影怒吼，你不敲么？你不敲就是懦夫，是狗屎，是一堆连狗都不要吃的狗屎。

苏文把苏武送到门口。苏武说，苏文，你给我听着，谁诓了咱们五万块钱，他就甭想过太平日子。苏武走了几步，又回过头来说，我要证明给你们看，我不是狗屎。

苏武这话分明是说给苏教授听的。

深夜一时许，苏教授家的客厅忽然响起了电话铃声。那时苏教授并未入睡，他很想过去接电话，但他挪动身子时，双腿根本

当代中国最具实力中青年作家书系

不听使唤，稍一用力，就会加剧腰腿的疼痛。从他的书房到客厅，只有几步之遥，他却寸步难行。此刻，持续不断的铃声仿佛变成了恶意的嘲笑，让苏教授暗暗恼火。

铃声中断片刻之后，又响了起来。苏文趿着拖鞋出来，接起了电话。苏文的声音压得很低，苏教授听不清他在说什么。他透过那扇虚掩的房门，看见苏文一惊一乍的样子，有些生疑。苏文挂断了电话之后，苏教授问他，深更半夜，是谁有要紧事来电话？苏文打着哈欠说，没什么，对方打错了电话。

真的打错了？苏教授带着疑惑问，既然打错了，你跟人家唠什么长舌？

苏文支支吾吾地敷衍了几句，就回房睡觉了。过了不多久，苏教授听见有人蹑手蹑脚地穿过客厅，然后是轻轻的关门声。

苏文深夜里跑出去做什么？苏教授心底里又不免打起鼓来。

早上醒来，苏教授喊苏文起来做早餐，没人应声。苏教授扶着墙一跛一跛地来到苏文的房间。里面无人，被子叠得整整齐齐。苏教授心里十分纳闷。他又一跛一跛地来到厨房，在茶壶边的煎锅底下发现了一张字条。是苏文留下的，上面说，公司要派他到另外一座城市办事处工作，因为是临时受命，时间过于仓促，所以一大早就不辞而别。灶台上还有几包中药，是苏文昨日买的，他怕父亲健忘，还特地在字条上注明头煎、二煎、下锅再煎的煎药方法。苏武走了，苏文也走，家里一下子显得格外冷清。苏教授有一种不祥的预感：这个家可能要离心四散了。他的脑子里已全然没有写作论文时的那种激情与玄思，有的只是连根拔起的疼痛，心为形役的烦恼。他心情郁闷的时候，就会在老伴的遗像前站上一时半刻。老伴的遗像近在咫尺，但他看着她时，目光却很遥远，仿佛她正沿着一条乡间小道从远处归来，仿佛她很快就会在他身边坐下，陪他聊天解闷。从前无论遇到什么事，"灵魂"与"肉体"总会站在一起，在互相安慰中获得一份久远的安宁。现在"肉体"如果真的变成了灵魂，那么，他多么希望她能给自己一个启示：应该如何挽救这个面临崩溃的家，应该如何守住一些不变的东西。

但相互分离是宇宙间最基本的运动方式，苏教授后来这么想，人也不外乎如此。

苏教授躺在床上，正胡思乱想时，忽然听到楼下传来雨点般密集的敲门声。苏教授又一跛一跛地下楼，打开门，十几条凶神恶煞般的壮汉蜂拥而入，每个人手中都操着钢棍、炮钎、斧头之类。苏教授不解地问道，你们这是干嘛来着？领头的那个中年人告诉他，苏武昨晚杀死了"温州佬"，虽然他已经投案自首，但弟兄们还不够解恨，他们要"拆平苏武的房子"。领头的那个中年人不容苏教授分说，就把他推到一边，大喝一声：砸！十几条汉子立马举起手中的铁家伙，看见什么就砸什么。砰——砰——砰——他们像拆迁工人一样把屋子里的东西全部砸成稀巴烂。苏教授再也支撑不住了。他倒下的时候，仿佛也听到了自己内心坍塌的声音。

苏教授趴在地上，看着他们砸东西，忽然感到十分痛快，他很想加入他们的行列，一起把这个家彻底拆毁。他身边有一把铁锤，但他无力把它举起。他对自己的无能为力充满了愤恨。不过一刻钟，屋子里的器物就全被砸毁了。这个苦心经营的家，就这么毁于一旦。苏教授想，这个家的实际原本就已毁掉了，现在毁掉的，只是它的外壳。

当代中国最具实力中青年作家书系

领头的那个中年人，猛一挥手说，走！十几条壮汉就潮水般
退出屋子。上回跟随"温州佬"过来的两个年轻人经过苏教授身
边时，又毕恭毕敬地向他鞠了一躬。

"灵魂"失去了居所。"灵魂"要死。苏教授感到死亡已爬上
他的双腿。他大吼一声，就昏了过去。

他做梦，梦见自己亲手埋掉了双腿，然后又搬来一块大石头，
压在泥土上面，那双腿好像永远不会跑回来了。而他的双腰，再
也不觉得累赘了。

苏教授是被邻居掐人中时弄醒的。他带着微弱的气息对他们
说，他已经尝到生不如死的滋味，现在只求速死。

苏教授写了一份退休所报告，一份遗书。

偶尔会有人来探望苏教授，有时是邻居，有时是同事或学生。
他们看了，叹叹气，摇摇头，说些安慰的话，然后走掉。夜晚，
砸烂的门窗仍旧敞开着，吹来无拘束的风。小偷肯定不会来光顾
了。这屋子，差不多已变成废墟，没有一件是完整的。心也是破
碎的。苏教授觉得自己不过是这屋子里的一块碎片。

一天，来了两名警察，他们带来了一个让苏教授吃惊的消息：
他们发现，在押的犯罪嫌疑人不是苏武，而是哥哥苏文。当天下
午，苏教授在两名警察的搀扶下来到看守所，见到了大儿子苏文。

根据苏文的讲述，那天深夜他接了电话之后就偷偷跑出去跟
苏武见了一面。在昏暗的灯光下，苏文发现弟弟面色苍白，两眼
失神，说话时嘴唇一直抖个不停。因为激动，苏武的语速越来越
快，快得中间没有停顿一下；他的语气是连贯的，但上一句与下
一句之间似乎没有必然的关联。苏文从他混乱的表达中弄明白：

弟弟又出事了，而且这件事非同小可。

两个钟头前，苏武约"温州佬"出来，他们在九宫街泰和茶馆里谈了很长时间。苏武执意要向他讨回那五万块钱，理由是在剁"川耗子"之前，他已付过一万块钱。"温州佬"说，这不行，钱已给了我的小兄弟，不能要回。苏武说，我已找过他，他说你们已分了这笔钱，你六成，他四成。"温州佬"说，你说这话就太没良心了，那日我念在苏教授当年的救命之恩，帮你们代付了剩下的五万块钱，你小子倒好，把好心当成驴肝肺，居然还有脸找我要回这笔钱。苏武说，这便宜话都让你给说了，谁不知道，你跟"川耗子"已串通一气，那剩下的五万块钱根本就是作幌子骗骗我老牌而已。"温州佬"摊开双手说，我就是得了六成钱，也会分给其他弟兄，你不信，就去找他们问问。苏武说，我谁也不去找，我今天就是要找你讨回。"温州佬"拍响桌子说，钱我不会给，要命只管来取，我奉陪到底。苏武举起拳头，猛地向桌子砸去。"温州佬"霍然立起之后，脑袋突然一歪，栽倒在地，鼻孔里喷涌出一股鲜血。苏武上前探他鼻息，发现他已经没有呼吸了。这个以硬扎闻名的江湖人物，竟然就这样莫名其妙地死掉了。苏武吓了一跳，弄不明白是怎么一回事。他不敢在包厢里久留，拔腿就溜了出来。

苏武说完这件事，已是泪流满面。苏文安慰他说，"温州佬"也许是气急攻心，脑溢血猝然发作而死的。苏武说，不管怎样，"温州佬"一死，他的弟兄们决计不会饶过我，他们一定会过来把我剁成肉酱。苏文说，与其这样，你还不如到派出所投案自首。苏武说，我可能要坐几年牢。苏文说，没事的，没事的，坐了几年牢出来后你还只有二十多岁，就当作是当了几年兵。

当代中国最具实力中青年作家书系

苏武沉思了一会儿，又心事重重地说，有一件事我还放心不下。苏文说，你只管说吧，我照办。苏武说，仇洁已经怀孕了。苏文问，几个月？苏武说，已经三个多月了，但如果她听说我要坐牢，说不准会把胎儿偷偷做掉。所以，你一定要替我好好劝她，以后还要好好照看她。苏武抽了一口烟，吐了一口长长的气，说，再过六个多月，我就要做爸爸了，我不想因为自己毁了一条无辜的小生命。

苏文觉得，苏武从未这么严肃地对待过一件事。他也很想马上为弟弟做点什么，却不知道从何着手。他们都没吭气，并排坐在马路边的废墟堆上，抬头仰望着星空。小时候，哥儿俩也常常坐在星空下，想一些天马行空的事，说一些不着边际的话。苏武的目光从遥远的地方拉了回来，对苏文说，你知道我此刻最想念的人是谁？苏文说，仇洁，还有她肚子里的孩子。苏武说，不，是妈妈。一提起母亲，苏文的眼角也有些润湿了。苏文咬了咬牙说，在那一瞬间他做了一个决定，他说，不如这样，明天我冒充你，去派出所自首。苏武紧紧抓住他的手说，你真是一个好人，我为自己有这样一个好兄弟感到幸运。苏文说，这只是权宜之计，等你孩子出生，再过来替换我。苏文和苏武击掌立誓之后，就开始讨论一些细节问题：比如，如何隐瞒父亲和苏武的未婚妻，如何蒙混公检法，等等。

翌日清晨，苏文以苏武的名义到派出所投案自首。给苏文做口供笔录的，是一个实习生。这名实习生常常会对一些无关紧要的细节详加盘问，却忽略了一些关键的地方。苏文平时不善撒谎，刚开始，脸皮绷得紧紧的。但他说着说着，身体就逐渐放松了，语气也由把握不定变为确定。是的。不是的。有。没有。是这样。

不是这样。

实习生的态度趋于温和，苏文也越发镇定自若；他还多次打断对方那种琐碎的、逾越事件范围的盘问，目的是缩短谈话时间，以免露出破绽。后来他似乎有些倦于回答，说话的节奏缓慢下来，有些问题只是泛泛而谈，或者只是点点头算是交待过去。做完笔录，实习生对苏文说，苏武，请你伸出拇指。苏文伸出拇指，在印泥上沾了一下，然后就在那张纸上摁下了指印。

然而，据警察后来透露，给苏文做笔录的那个实习生后来经医生鉴定，患有精神分裂症（据说是失恋引发的）。局里的领导因此决定，把所有经他审讯的犯罪嫌疑人重新进行提审。结果他们发现苏文的口供与事实有出入。

那么，苏武呢？苏教授从看守所出来，面带惊愕地问警察。

我们正要问你呢，那名警察正色说，如果找不到苏武，苏文也不能释放。况且，苏文包庇犯罪嫌疑人，少说也要判三四个月的徒刑。

苏教授倚墙站立着，向两名警察保证说，他就是把两条腿走烂掉，也要找出那个混蛋儿子。

从那天起，苏教授决定去"杏林斋"继续做复位牵引治疗。他必须尽快让腰骨复位，他必须尽快去找苏武。苏教授除了每天做长达三小时的牵引治疗，还坚持做一些局部的肌肉伸缩动作，还拔火罐，吃中药，一副很要命的样子。苏教授的腰恢复得很快，让"杏林斋"的老中医见了都有些吃惊。起初，使苏教授倒下的是腰部的疼痛，现在使他站起来的也是腰部的疼痛。这种明确的、切身的疼痛在不断提醒他：他还活着，尚有知觉。几天后，苏教

当代中国最具实力中青年作家书系

授就可以直着腰行走了，但他必须走上一小段路再歇上一会儿。

　　漫无目的的寻找对苏教授来说是一种折磨。苏教授显然明白，一个人不能在有限的时间内走完无限的路。这样走下去只能徒耗精力和时间，不是个办法。他寻找苏武的方法有了改变，打算从苏武的女友仇洁那里下手。他曾听苏武介绍过，仇洁是超市的营业员。那么，他就从这一带的超市开始打听。他带着一瓶矿泉水走访了一家又一家超市，走走停停不知走了多少路，才打听到了仇洁其人。一名店员告诉他，仇洁已经回老家了。苏教授费了不少口舌又从另一名店员口中打听到仇洁老家的住址。让他犯难的是，这个住址也很模糊。

　　苏教授找到苏武已是两个月以后的事了。

　　那天清晨，苏教授踏进处在浙南腹地的一个偏僻山村，地方小，地图上根本没有标注。苏教授在日记上这样写道：那是一个没有名字的村子，人迹罕至，鸟不拉屎，志乘不载……在寻找苏武的旅途中，苏教授居然也像旅行家那样记下了一路上的风土人情。苏教授所说的那个"没有名字的村子"其实就是仇洁的老家，那儿有花有草，还有一条明净的河流。灰白的天空下，风物幽寂，一切都像是刚刚被雨水清洗过的。

　　苏武叼着烟，站在楼梯的通风处。他看着父亲走近，表情淡漠。

　　苏教授的脸涨得通红。他忍住愤怒，像憋住一泡尿。他拽住苏武的袖子使劲往外拉，说，你得马上跟我走。苏武说，到哪儿去？苏教授说，你不要明知故问。苏武说，我现在死也不能走开。苏教授说，你非走不可，你不走我就死在这儿给你看。苏武说，你别用死来吓唬我，四个月以后，我一定会回去投案自首。苏教授说，你害惨了哥哥，良心上过得去么？你自己的事，有种的，就自己扛着，别拖累别人。苏武说，这是我们哥儿俩的事，与你无关。苏教授说，你这狗屎，还有脸面谈论手足之情？我可以不要你这儿子，但我不能没有苏文，我还要靠他养老呢。苏教授说着，又使劲把苏武往外搋。哧啦一声，苏武的袖子断掉，苏教授的重心后移，身子往后仰了仰，他想抓住什么，却抓了个空。他顺着楼梯翻滚下来，在中间的平台上顿住，头磕在墙角，发出砰的一声巨响，随后就有一绺鲜血从后脑勺流出。苏武跑下来，跪在地上，抱住苏教授的头说，爸，你不要死，求求你不要死。苏教授冷笑着说，你放心，我不会这么轻易就死掉，我要坚持到苏文释放出来那一天，我会撑住，我不会死。

这时，仇洁从屋子里跑出来，惊讶地望着眼前出现的情景。苏教授看到仇洁腆着一个大肚子，一下子就明白苏武不肯回去的缘由了。他带着一股平静的愤怒对苏武说，我不走了，我要留下来。苏教授说着，脱下那双过紧的旅行鞋，鞋底已磨平，散发出一股刺鼻的热胶味与汗臭味。他附在苏武耳边轻声说，你说好四个月后去自首，我就在这儿呆四个月，我不走了。他又对仇洁重复了一遍，我不走了。他这样说着，转身悄悄抹掉了眼角的泪水。一个人活了大半辈子，还没把自己安顿好，说起来难免有些伤感。

苏教授果然就在仇洁家住了下来。一家三口的生活，外人看上去似乎也挺美满。苏教授曾无数次在梦想中描绘过这样的田舍美景：几间朴素的平房，依山傍水，每一个芳邻贤里都与他相隔七八亩地的距离；屋子的前门是一座宁静的庭院，种植着小花小草；后门是一畦菜地，四季常绿。然而，当这番美景真地扑入眼底，他的内心却涌起了一股莫名的忧伤。在这里，他觉得片刻的享受似乎都是一种罪过。苏教授买了两本日历，一本挂在苏武门口，一本挂在自己门口。乡间的日子过起来总是很漫长的。

　　由于头颅受伤，血块压迫神经，苏教授有时会在夜间起来梦游；而白天常会犯头痛，好像腰间的疼痛上升到头部了。苏教授后来细细想了想，觉得自己身上其实也隐藏着一些迁延不愈的疾病，只是平时满不在乎，所以就像没生病似的。近段时间，他经常便血，患的应该是肠道方面的疾病；到了秋季，又开始咳嗽，患的应该是慢性哮喘病，这病与久坐带来的前列腺炎几乎是同时出现的，多年来一直折磨着他的身体；至于前一阵子出现的腰椎间盘突出，老中医说，很大程度上是与肾有关，也就是说，他的肾功能早已出现问题而他却不自知。这些疾病，一部分已引爆，一部分还隐伏着，不动声色。但苏教授相信自己不会这么轻易就被疾病撂倒。他每天绝早起来，站在一块高地上，双手叉腰，目空一切，仿佛他就是大地上唯一一个与太阳一同上升的人。除了吸收所谓的"天地之气"，他每天坚持早晚散步两公里，梳头两百次，保持充足的睡眠，吃新鲜的蔬果。通过实践，苏教授还发明了一种"养生三七分法"，所谓"三七分法"，就是吃饭要留三分饿，吃七分饱；吃菜要讲究三分咸、七分淡；外出要做到三分坐车，七分行走。诸如此类的"三七分法"后来居然运用到了自己的发型上。此外，他虽然混迹于农民的队伍，却从未干过重活，从未提过十公斤以上的重物。他要省下身上仅有的三分力气，支撑到苏武的孩子出生那一天，支撑到苏文出狱那一天。如果可能，他还要支撑更长久一些。

　　突然尿不出来，苏教授到底撑不住，有些急了。上医院做了检查，出来的结果是前列腺增生。苏教授问，这病可以根除吗？医生摇了摇头说，只能控制，但效果不明显。以后病情还会有反复，可能会伴随终生，所以你要做好打持久战的准备。这话说得苏教授心都凉了半截。医生问苏教授从事什么工作，苏教授说，我是大学教授，除了教书，就是写书。医生说，你的病归根结底，是坐出来的。医生见后头也没有接诊的病人，就跟苏教授聊起了有关前列腺的知识。医生说，历史上，只有去了势的太监不会患这种病，行过割礼的犹太人也极少患这种病，还有一种人，比如铁匠，打铁时下面的小锤子随着大锤子晃动，血气运行良好，因此也少见患这种病，最常患的，就是那种久坐不起的人。听到这话，苏教授不自觉地站了起来。

医生给苏教授做了疏通尿道的治疗，开了几盒中西药。治疗很快就起了作用，苏教授上了一趟厕所，痛快淋漓地撒了一泡尿。但治疗费很贵，几乎花去了口袋里所有的钱。苏教授曾经为别人的一泡尿付出了惨痛的代价，现在还要继续为自己的一泡尿付出代价。这让他心里十分窝火。因此，他没有去窗口交费取药，就径直回家了。一路上，苏教授对自己说，我以后不会再进这座臭狗屎的医院了。

近段时间在苏教授身上冒出来的疾病显然还不止一端，有几种病几乎是齐头并进的。苏教授暗自估摸了一下，有些病是慢慢出来的，有些病是一时间急出来的。急出来的病，在医学上称为"心理症状的躯体化表现"。早些时候，苏教授是很注重身体的细微变化的，他会像一个机关传达室的老伯那样，把那些来历不明的病当作访客，一一询问，查明身份。而现在，他已经不以为意，听之任之，仿佛身体已经不是他自己的了。

苏教授第二次进这座县城小医院，是因为仇洁终于要生孩子

当代中国最具实力中青年作家书系

了。当产房里飞出婴儿的第一声啼哭，苏教授和苏武都泪流满面。苏武迫不及待地冲进产房，抱着孩子对站在门外的苏教授说，爸，孩子是带把的，咱们苏家有后了。苏教授听得没错，这回，苏武第一次喊他一声爸。苏教授很高兴，从孩子出生第一天，苏武就给他树立了一个好榜样。

没过多久，产房里就变得平静了。苏教授听到仇洁哇的一声哭起来，然后是一片压抑的呜呜声，然后是时断时续的哽咽。那时，苏教授突然觉得自己很累很累，他的腰有些支撑不住了。他扶着墙，在产房门外的椅子上坐了下来。坐定之后，他感到头部像被凿开一样疼痛。正如快乐会让身体舒展，疼痛会让身体慢慢收缩。苏教授双手抱着头，蜷缩在椅子上。他的脚尖顶住水泥地，似乎生怕自己的身体会从椅子上滑下来，两条小腿在坚持中不停地战栗着。

出生不久的婴儿天真未凿，没有多大差异；到了老年，目昏耳聋，也没有多大差异；只有中间那段漫长的年龄，人与人之间的差异是最大的……苏教授在闭上眼睛之前，为这个想法激动了半天。

夜宴杂谈

  顾先生请我吃饭，这还是头一遭。不过，我收到请柬之后，仍然不清楚自己为什么会在受邀之列。我跟顾先生素未谋面，也没通过电话或信函。看到请柬上赫然写着我的名字，我除了有一种"受宠若惊"的感觉，心头仍然挂有一丝疑虑。但我想，赴宴之后，主人来了，彼此打个照面，这事自然就见分晓。这一番，即便是叨陪末座，我也深感荣幸。一顿饭后尽管不会把"顾老爷子请我吃饭"的话挂在嘴边，但也足以在自己的日记里浓墨重彩地记上一笔。毕竟，是顾与之先生请我吃饭，而不是别的什么人。

  晚宴时间是六时整。而我不早不晚，提前八分钟来到"瓯风堂"会所。在时间上，我认真琢磨过，来得太早，怕见到陌生人无话可说；来得太晚，就显得自己太轻慢。我进来的时候，倒是见到了几张熟悉的面孔。落座后，环顾四周，没见着一个貌似主人的人，也不敢贸然打听。好在手头有一块服务员递上来的热毛巾，可以反复搓着，不至于无事可做。只要有谁进门，在座每个人都会照例抬头打量一眼，熟识的寒暄几句，陌生的点头致意。

当代中国最具实力中青年作家书系

"瓯风堂"会所的贵宾厅与别处的包厢果真是大不一样：茶叙与宴饮的区域以绘有梅兰竹菊的屏风间隔开来，茶酒流连，足以把一个人性情中的清淡与浓烈都化在那里面。会所前身据说是民国初期一位绸缎商的私宅，几度易主，但格局一直没变，依旧是三间三退（我们这儿通常把一进房子称作一退，大约是取"以退为进"的意思吧）。从台门到里屋，灯或明或暗地照着，仿佛是替老宅还魂的。除了第一退两侧四间厢房辟为瓷器博物馆供闲人参观之外，第二退大厅和第三退花厅均作宴饮场所，我们所处的地方就在花厅楼上。与门相对的粉壁上悬有一块匾额，朱漆云头描金木框，黑底上隐约露出三个已然褪色、显得有些漫漶不清的颜体字，仿佛默示着一种对永不再来的年代的感怀。四周环列古色古香的椅凳（在座一位古玩收藏家能说得出鸡翅木坐墩与楠木圆凳的工艺特点和用途）；靠墙处有一张紫檀木长案，摆放着古雅的茶具和文人清玩；一张清代髹漆香几上置一六角玻璃果盘，里面盛放着新鲜水果；墙壁上挂着斗方水墨画与琴条书法。另一厢，也就是一屏之隔的地方，是一张可坐廿人的梨花木嵌牙大圆桌。有人正在指点服务员如何调整座次，语速缓慢，显得极有耐性。完事之后，他绕到这一厢，是一个长着圆胖脸、眉眼间堆着盈盈笑意的年轻人，他循例向一圈人致意之后就一一递上名片，告诉大家，他就是顾先生的秘书。

　　顾先生怎么还没来？

　　很抱歉，顾先生有要事耽搁了，他吩咐我们先入座。

　　不急，不急，听说还有几位没到，我们还是先在这儿等等吧。

　　也好，也好，不周之处请诸位多多包涵。

　　本应早到的主人迟迟没来，那些初来乍到的客人就在会客室喝茶聊天，等着客人到齐。从对面的镜子可以看到我背后悬挂的一幅斗方水墨画：画中除了一抹远山、一株枯树、一间茅屋，还有三个人，一人扫叶，一人煮茶，还有一个白眼看天，什么事都没做，好像是得道了。留白处有一行长款，抄录的是宋人的一首饮茶诗。坐在我左边的人问对面的人，这幅画怎么样？那人只是嗯了一声。对面一位长发披肩的人说，这种画，京城茶馆里到处可见，多了，就俗。大意思没有，玩点笔墨情趣而已。

哈哈，而已。另一人应声。

坐在我右边的庹先生就是我所说的"熟悉的面孔"中的一位。其实我们也不是很熟，只是在一些艺术沙龙中偶尔会碰个面，也说不上几句。他正跷着二郎腿坐在一张宽大的沙发上，手里端着一杯咖啡。庹先生喝咖啡时不谈点文艺，或者谈文艺时不谈点西洋歌剧，或者谈歌剧时不夹杂几句英文，似乎会憋死的。因此，他的话题无非就是歌剧。

有人问庹先生，还在大学里教书否。庹先生说，我这两脚书橱，除了大学里教书，还能做什么？又问，教的是什么课？庹先生在裤管上做了个弹掉灰尘的动作说，逻辑学。那人说，我念大学的时候顶不喜欢逻辑学这门课。庹先生说，我也是。你不喜欢？那人带着吃惊的表情问，你不喜欢，怎么还教这门课？庹先生说，一个女人，你跟她结婚生子之后发现自己已经不喜欢她了，可你还得跟她过日子。

说话间，一名穿旗袍的女士走了进来，有几个相熟的人立马围了上去。从他们的口中我才得知，她就是昆剧界有数的名角之一杨芳妍女士。灯光下她那一身旗袍凸显出来的风韵，让人有点不敢直视。她从我身边款款走过，正要拣一张圆凳坐下时，庹先生立马从一张明式椅子上欠身站起来说，杨女士应该坐这椅子才对。众人问，这又有什么说法？庹先生说，这椅子样式古雅，与杨女士的一身打扮吻合，再说，这椅子坐面上有两个臀瓣形的半圆，非杨女士来坐不足以显示椅子的造型之美。大家听了，都说有理。杨女士也就当仁不让地坐下了。

有人问杨女士，最近忙否，杨女士说她很忙。忙什么？忙吃饭。世界各地都有人请她吃饭。有时她在名古屋的榻榻米刚刚醒来，西半球就有人打来电话，等着她赶赴鸡尾酒会。可是，她说，她不喜欢那种闹热的地方。有时她会拒绝参加巴黎的某个鸡尾酒会，宁愿独自一人去香榭丽舍大街边上的一条小巷吃一点法式小甜饼。

庹先生是喜欢听西洋歌剧的，而杨女士是唱昆剧的。因此，庹先生便把西洋歌剧与昆剧放在一起谈。他说自己没有听过杨女士的清唱，但听她说话，就感觉她的声音圆熟甜润得像秋天的葡萄。杨女士听了，笑得鱼尾纹与法令纹都一齐跑了出来。

杨女士究竟是见过场面的人，作为一种礼貌性回应，她便模仿小生的腔调说了句隐含挑逗的话，然后又清了清嗓门，改用小姐羞答答、脆生生的声音回了一句。一个人，一问一答，居然都是调情的段子。尤其是神态，不用化妆也活灵活现：眉眼一挑就有点飞扬的意思，双唇一抿又仿佛跟谁赌气，附丽于台词和手势的一笑一颦，在瞬息间变化无端。还没开宴，气氛就先自调动起来了，大家都说，有杨女士在，每人的酒量至少会增一倍，不愁冷场了。

清唱甫毕，杨女士就解释说，这些野调子都是从一位草台班子的老伶工那里学来的，虽然上不得台面，但有一种活泼、生辣的民间气息。庾先生说，他有好多年没进戏院看戏了，不看的原因，大概就是戏院里的戏没有一股真气。今晚听杨女士清唱一曲，倒是觉着昆曲的一脉遗风还没完全消失。隔了半晌，庾先生问，那位草台班子的老师傅还能找得到吗？杨女士说，走了，去年秋天走的。又问，老师傅叫什么名字。杨女士锁着眉头想了半天说，只知姓周，也不晓得是哪儿人。又问，那个草台班子还能找得到吗？杨女士答，解散了，那些饰演帝王将相的和士兵奴仆的，要么是跑到城里面打工，要么是回乡下种地去了。庾先生叹息一声：可惜。

另一人也应声：可惜。

请问，这里是顾先生设宴的包厢吗？一位西装革履、头戴一顶咖啡色礼帽的老先生站在门口，把手杖举在空中，像是一个问号。在座的人跟我一样，即刻认出是苏教授。顾先生的秘书忙不迭地上来搀扶着他的手臂说，苏教授，这里有道门槛，当心点。苏教授轻轻推开他说，我的腿脚还算灵便，不用扶的。

庾先生说，苏教授拿手杖进来那一刻，简直就像是从民国老照片中走出来的。

杨女士说，没错，我在一本书里面见过苏教授年轻时的模样，那时您刚从英国留学回来，好像也是拿着根手杖吧。

那是西洋人的 stick，俗称文明棍，苏教授举起手杖说，有一回，我经过一家古董店，看到了这根别致的手杖，立马觉得，它需要我，而不是我需要它。我买了下来，握在手中，掂了掂，感觉它已经变成我这只手的一部分，不，身体的一部分。

我在大学校园的一条林荫道上时常能碰到苏教授，他不认识

当代中国最具实力中青年作家书系

我，但只要我向他打招呼，他都会像老派英国绅士那样，向我微微点个头。那晚见他挂着手杖，向林荫道深处走去，心里掠过一丝异样的感觉。在缓慢的移动中他的身影一点点变小，仿佛一团火渐渐萎缩。这情景，谁见了，都会感叹，夕阳无限好。

看起来，在座的人跟苏教授都很熟。杨女士为了讨老人家开心，就问一句"苏教授，您今年六十出头了吧"。苏教授立马欠身，做了个戏里头白面书生施礼的动作说，小生年纪不大，才八十开外。杨女士笑得像随风摆荡的柳枝，我们也都相率大笑起来。幽默能让人变得年轻，杨女士说，我晓得苏教授健康长寿的秘诀了。苏教授微微一笑说，还有一个秘诀，我都没有告诉你们呢。大家追问，什么秘诀？苏教授正色说，常做提肛肌收缩运动。至于怎么个做法，他没有详细讲述。仿佛眼前得有一个讲台，让他讲四十五分钟，才能把话讲明白。

已经过了六点半，顾先生还是没来。顾先生的秘书说，顾先生临时有急事，可能要迟些时候过来，他刚才打来电话，让我代替他招呼诸位。

入席时，六名穿旗袍的服务员已环侍左右。在座每个人的位置上都有一份册页式的"民国菜谱"，上第一道菜时，服务员就指着菜谱报上菜名。苏教授摘下眼镜，拿起菜谱打量了一眼说，果然是一派民国风，我们坐在这里就好比是吃"前朝饭"了。苏教授这么一说，我们都有了一种实实在在的"躬逢其盛"的感觉。前面说过，这里是"瓯风堂"会所最豪华的包厢，从桌布到象牙箸的封套，从水晶吊灯到玻璃酒杯，每样东西似乎都经过精心拣选，好像一张经过妙手描画的脸。无怪画家许墨农涎着脸说，就连那些服务员的手，都是好看的。

顾先生没来，大家就谈起顾先生来。顾先生一直寓居哥本哈根，晚年回到故乡似乎是一件自然而然的事，但一些报纸与杂志把这件事渲染得极有诗意。说是两年前一个冬天的傍晚，顾先生看到异国的雪花落满庭院，忽然想起故乡的雪里蕻，就打算回来终老了。而事实上，北欧这地方，哪年冬天不飘雪？顾先生何时又断过对故乡的念想？

顾先生的秘书说，早些时候，顾先生给自己算了一卦，说是年过八十就得回老家，找一块安身福地。就这样子他说回来就回来了。

苏教授摇着头说，这老顾太不像话了，回来这么久也不跟我吱一声，见了面我非得打他三拳。

顾先生的秘书说，实不相瞒，顾先生的身体一直不太好，因此他老人家索性就过上闭门谢客、吃斋读书的清淡日子。有句话叫在家翻似出家人，说的大概就是这意思吧。

在座一位姓庄的古玩收藏家说，他曾有幸拜访过顾宅。据他描述，顾宅像一座地主屋，光是书房，就堪比这个贵宾厅。书房中间有一株树，树不大，但坐在树下读书、闲聊，会是一件非常惬意的事。古玩收藏家说，顾先生的书房里有幅字，上面写着：长做树下闲人。大家都说，这年头，做闲人难。

嗯，做闲人难。有人应声。

主人还没有到，大家不敢敞开怀喝。有酒量的，宁下毋高。席间，大家讲了些有趣的废话，以免酒局干冷。

苏教授，您是顾先生的老同学，趁他还没来，您就讲几个有关他的掌故吧。酒席上，一位文史专家提议，众人也都附和。这么一说，教书匠那种爱说话的老癖气就立马被勾了出来。苏教授咳嗽几声后，大家也便静了下来，期待他能讲些与顾先生有关的鲜为人知的事。

苏教授说，他与顾先生在上海读书时，顾先生就喜欢逛戏院与书店，有时也去百乐门跳跳舞。不过，他早年就显露出对古旧东西的偏好。他爱收藏北朝佛像碑铭的拓片、爱听昆曲和西洋古典音乐，爱喝有些年头的葡萄酒、爱八大山人笔下的残山剩水……有一回，我跟他借了一本金边印度纸印的《约翰·多恩诗选》，不慎弄丢了，他后来很长一段时间都没搭理我……

一个面目模糊的人，经苏教授一描述，一时间就鲜活起来了，仿佛就在眼前。

其实我们想听的，是顾先生年轻时的风流韵事。杨女士这么说着，又给苏教授斟上一浅杯红酒。杨女士就坐在苏教授边上，眉目间透出的风韵把苏教授的一头白发映照得益发苍古。大概是有大美人在侧，苏教授的酒量比平日里又高出了许多，被酒水浸润过的舌头也灵活了许多，以至于我们都忘了眼前这位意态昂扬、谈兴方浓的老人已年逾八旬。

苏教授讲了一则又一则有关顾先生的趣闻（当然也包括情事）之后，忽然放低声音说，我们虽然都是民国过来的人，但我感觉民国离现在很遥远，离古代很近。有时我翻看自己年轻时的日记，看到我与老顾交往的一些旧事，就像是读另一个与我毫不相干的古人的日记。

顾先生的秘书说，苏教授提起故人，果然有说不完的旧事。不过，顾先生还有一事在这里很值得一说，估计大家都不晓得。众人都拿询问的目光看着他，等他快点说出来，不料他又故作神秘地说，诸位可晓得顾先生今天为什么要请大家？众人摇头。有人问，是不是又在海外淘到什么宝贝啦？值得庆贺。顾先生的秘书说，顾先生手头的确有几件宝贝。不过，新近拿出的一件宝贝可能会震惊世界。

众人听了这话，也都露出一副震惊的表情。顾先生的秘书说，顾先生有言在先，如果他今晚迟到了，我可以临时扮演新闻发言人的角色，代他发布这个消息。我也不打算卖什么关子了，顾先生今晚请大家来，无非是要分享他的一项最新研究成果。

是什么？

是一部奇书。

什么奇书？

唐人写的长篇小说《崔莺莺别传》。

坐在我对面的文史专家说，如果我记得没错的话，唐人元稹写过一个《莺莺传》的传奇。

苏教授接过话说，元稹那篇《莺莺传》也叫作《会真记》，不一样的。我早年在顾先生家里读过的《崔莺莺别传》倒是一部了不起的长篇小说。不过，依我之见，它无非就是一部明清之际的孤本小说。

文史专家问，这是一部怎样的长篇小说？苏教授不妨给我们做一个大致描述。

苏教授说，刚才说《崔莺莺别传》是唐人写的，其实不然，严格地说，这部书是效仿唐传奇的笔法写的。如果我猜测没错的话，此人应该是晚明时期的人物。

文史专家又问，除了篇幅，这部小说跟元稹的《莺莺传》还有什么区别？

比元稹写得要有趣得多，苏教授举例说，比如里面写到崔莺

当代中国最具实力中青年作家书系

莺与张生私会时总是带上自家的枕头，否则就睡不安生；又比如，张生是个近视眼，常常把红娘当作崔莺莺来搂抱。最精彩的是写张生翻墙那一节。张生翻墙时，起初觉得墙很高，要费很大的劲才能翻越。后来，翻墙次数多了，手脚更麻利了，忽然觉得墙似乎矮了许多。再后来，墙之于张生，如若无物。值得一提的是，手抄本《崔莺莺别传》虽然是一部伪托唐人的作品，但伪书中也是有好东西的。正因如此，它才流传下去。手抄本的字是唐人写经体，出自顾先生的老师、文字学家陈宿白的手笔。

哦，陈宿白，文史专家说，此人我知道，他是章太炎先生的弟子。曾于民国初年留学日本早稻田大学，读的是测绘专业，后来做的却是唐史研究。

苏教授说，你说的没错。陈宿白先生当年留学日本时，在一家专门收藏汉籍的文库（也就是我们所说的图书馆）里发现一部手抄本《崔莺莺别传》，他借到手后，原本只是当作闲书来读，看着看着，越发觉得此书对他研究唐史有极大帮助。因此，他又动手把整本书抄写了一遍。在抄写过程中，他曾写信向日本汉学家和中国国内的藏书家打听此书的作者和来龙去脉，结果他们都回复说不曾听过，更未读过。陈先生从此对《崔莺莺别传》以及与此有关的古籍多留了一个心眼。几个月后，陈先生带着省吃俭用积攒下来的钱再度去那家收藏汉籍的文库时，发现它已经被一位日本汉学家以高价买走了，陈先生后来有没有去寻找这本书的下落我就不得而知了。

文史专家说，我没读过这部传说中的《崔莺莺别传》，不过，我在陈宿白先生的日记中发现，他每年都要把一部秘不示人的"狭邪之书"重读一遍。现在想来，这部书莫非就是《崔莺莺别传》

了。不可理喻的是，他居然说自己每每看到会意之处，就会出现异常的生理反应。

画家许墨农说，从前有位红学家，我忘了名字，八十多岁还发生过读红楼夜遗的怪事。

好色嘛，也是疾。我身边那位长发披肩的诗人竖起一根手指说，人即便横躺着，也还有竖立起来的欲望。

苏教授说，用现在的眼光来看，《崔莺莺别传》里那一点性描写真的不算什么，尽管它充满了唐人所特有的浪漫情怀。独独让我不解的是，陈先生一直以来对此书青睐有加，身后由遗属整理出版的全集里面却没有一句话提到《崔莺莺别传》。等老顾来了，我倒是要请他揭开这个谜底。

文史专家说，陈宿白先生最后几年是在"文革"中度过的，我是见证者之一，可以作一下补充。陈先生是在"文革"爆发那年的秋末离开北京，隐居我老家那座偏远的小镇。但他无书可读就没法活，平日里有事没事总要捧着一本别人都看不懂的书。邻居们都说，他是这个镇上最爱读书的人。于是就有人过来，把他手中的书扔掉，把他打翻在地。这期间听说还烧毁了他的一部分手稿，有关《崔莺莺别传》的考证文章是否也在其中我就不得而知了。

苏教授说，陈先生的晚年生活如何我不大清楚，我只是听说他在临终前几天不吃不喝也不说话。老顾跑过去看望他时，他忽然支撑着坐起来，想说什么突然又忍住了。待家人走开，他就附在老顾耳边说了几句，然后就闭上了眼睛。老顾后来在写给我老同学的一封信中提起过这事。

陈宿白究竟对顾先生说了句什么话？席间大家猜测了一番。

当代中国最具实力中青年作家书系

有人说，陈宿白定然是要把那本《崔莺莺别传》的手抄本传给顾先生，让他妥善保存。

不，苏教授说，你们猜错了。陈宿白先生只是道出了自己的一则写作秘诀。

什么样的秘诀？

苏教授说，我们现在正在进餐，所以我就不说出口了。还是说说那本《崔莺莺别传》吧。

古玩收藏家问身边一位长得如同一只野鹤的瘦先生，听说你跟顾先生有交往，不知是否见过此书？

野鹤般的瘦先生说，我见过的那个手抄本，应该是更古旧一些，大概有好几百年光景了。

苏教授听了这话，忽然露出了满含深意的微笑。

经人介绍，我才知道，眼前这位野鹤般的瘦先生就是津派的古籍修复专家，从天津一位陆先生那里学得一手"千波刀"绝技。

野鹤般的瘦先生又接着说，顾先生家里有几部堪称海内孤本的病书，之前曾派人找我修复过。两个月前，他还亲自登门找我，请我修复那本叫《崔莺莺别传》什么的手抄本书，我一闻到书衣的明矾味，就晓得之前有人修复过了。不过，那本书在之前的修复过程中用白芨过多，纸张都变得脆黄了。大概是因为不能修复的缘故，我就记住了书名。

苏教授问，你可读过？

野鹤般的瘦先生说，不曾。我只是个手艺人，论学问哪里及得上你们的万分之一？

文史专家笑道，如果此书真是唐人所著，你将它偷偷翻印出来，恐怕就是一件功德无量的事了。

野鹤般的瘦先生说，我师傅当初传我这门"千波刀"的手艺时就说，心术不正的人学了它，真是贻害无穷啊。因此，他倒是希望自己的手艺及身而绝。

苏教授说，你师傅所掌握的想必也是一门古董级的学问了。这好比一盏灯，有人守护着，不让风吹灭，就能做到灯灯相续了。老顾这人有时虽然有点迂，但他传承了陈宿白先生的衣钵，潜心做冷门的学问，迂也变得可爱可敬了。

庹先生似乎对这些混合着老宅的陈旧空气的话题不太感兴趣，打了个哈欠，低声对我身边的诗人说，很奇怪，为什么人们总是喜欢在酒桌上谈论自己的专业？前阵子我的一位亲戚喜得贵子，请我吃满月酒，酒桌上有位妇产科医生从头到尾就聊生孩子那些事儿，好像这门专业是世界上顶顶重要的。我是教逻辑学的，但我从来不会在喝酒时跟人谈论逻辑学。如果喝得多一点，我连那种有逻辑性的话都不会说了。

是的，诗人说，我喝酒之后说的每一句话都是不可解的诗。

他们就这样嘀咕着。

顾先生的秘书依然沉浸在前面那个话题带来的氛围里，不停地夸赞顾先生在治学方面如何勤奋和严谨。顾先生积数十年之功研究《崔莺莺别传》，在外人看来好像不值得，可他相信，顾先生这么做自有他的道理。说到这里，他举了一个例子：几年前，刚刚病愈的顾先生几乎要放弃继续研究《崔莺莺别传》这部书时，在法国一家私人收藏馆里居然翻看到了一页敦煌残卷，这张残卷上面有一段谈经说法的文字出自《崔莺莺别传》，末尾还写明该书作者与抄录者有一面之缘。

他提到的作者是谁？

当代中国最具实力中青年作家书系

白居易，还有元稹。顾先生的秘书说，顾先生通过很多线索，最终证明《崔莺莺别传》其实是白居易与元稹合著的一部长篇小说。

理由呢？

在座诸位可能都知道，元白二人同年中进士，一起倡导新乐府运动。他们相交三十年，写了大量赠寄酬酢之类的诗和互通消息的信札。白居易和元稹无疑都是赫赫有名的诗人，但很少有人知道他们还是小说家。

苏教授说，元稹好歹还留下一个短篇小说，白居易好像一篇都没留下。现在很难说他有没有写过小说。白居易的诗里面有不少叙事成分，可见他是块写小说的料。现在我们不妨用创作发生学的方法来分析这样一种现象：白居易当年听了白头宫女讲述的唐玄宗与杨贵妃的故事，很想写一篇小说，结果还是弄成了一首叙事诗，也就是我们现在读到的《长恨歌》；而元稹呢？原本只是打算写一首崔莺莺的诗，结果是意犹未尽，写下了一个与崔莺莺有关的短篇小说。

没错，顾先生的秘书说，《崔莺莺别传》的蓝本是元稹提供的。据顾先生考证，元稹写完了这个短篇，心里颇不平静，就交给白居易过目，白居易还没读完就流泪了。

苏教授说，白居易这人是动不动就流泪的，他坐在船上读元稹的诗要流泪，坐在家里面接到元稹的信也要流泪。这足以证明他是一个神经脆弱、情感丰富的诗人。

白居易读《莺莺传》流泪还有另外一层寓意。顾先生的秘书突然压低声音说，顾先生细读元白诗集和信札之后发现了这样一个秘密：贞元十七年秋，白居易与元稹一道狎游胡人开设的酒馆，他们同时爱上了一名胡旋歌舞伎，至于她叫什么名字，是中亚哪个种族的移民，顾先生还能说出个子丑寅卯来。

文史专家问，这个女子跟《崔莺莺别传》有关？

顾先生的秘书说，她就是《崔莺莺别传》里那个崔莺莺的原型。

苏教授说，元白二人狎游时写过同题诗。因此，同时爱上一个歌舞伎也不奇怪。把她跟崔莺莺扯到一起，似乎有点牵强。早些年，陈寅恪先生也考证过这事。我是不以为然的。

顾先生的秘书说，起初我也不相信顾先生说的一番话，后来我翻了翻书，还真发现有这样一个"酒家胡"女子呢。不同的是，元稹爱上了她的肉体，白居易却爱上她的灵魂。因此，元白二人不仅相安无事，而且还以各自的方式证明男人之间牢不可破的友谊。

文史专家接过话茬说，如果套用《围城》里面赵辛楣的话来形容，他们简直就是"同情兄"了。

不过，野鹤般的瘦先生说，他们比"同情兄"的关系似乎更进了一步，大概算是很难得的一对基友吧。

好像是这样的吧，顾先生的秘书说，白居易晚年回到洛阳居住之后，有一天，偶尔翻到元稹的旧稿，突然有了冲动，想写点什么。他写了个开头，就把纸片抛进陶罐里。第二天醒来，他又续写了一段。就这样，他花了不到半月的时间写了《崔莺莺别传》的第一部分，嘱人重抄一份寄给元稹看，元稹看了，惊喜莫名，又添枝加叶补充了一些细节。一来二往之间，故事的线索越拉越长，竟然衍生成一部长篇小说。大家都知道唐人重诗不重小说，他们写小说权当是玩一种文字游戏，自得其乐，压根儿没想到要公之于世。一年后，这部题为《崔莺莺别传》的长篇小说杀青。同一年，白居易生子阿崔，元稹生子道保。

文史专家带着好奇问，阿崔这个名字是否就是因崔莺莺而

当代中国最具实力中青年作家书系

起的？

顾先生的秘书说，这个嘛，我也不晓得，顾先生来了，你问他本人就知道了。

苏教授说，有时候学者为了自圆其说，常常会一本正经地胡扯，我看过一些研究文献，说什么崔莺莺的原型是元稹的远房表妹，叫什么双文；还有的文献说崔莺莺的读音在唐代与曹九九相同，而曹九九就是中亚粟特族人。姑妄言之，姑妄听之好了。

顾先生的秘书说，我没有研究过《崔莺莺别传》这部书。只是听顾先生说，这本书里面夹杂了不少古伊朗语。他去年去了一趟阿富汗和伊朗，在两个国家先后逗留了三个月，就是为了研究那里的古伊朗语。

苏教授说，古伊朗语在唐朝的时候就叫波斯语。那时候，有些波斯人入住中国，因此，唐人也能懂一些波斯语。这不奇怪。

顾先生的秘书说，不晓得诸位有没有留意，顾先生前阵子发表过一篇重要的论文，明确提出白居易不是纯粹的汉人，而是汉人和波斯人的混血儿。

白居易有波斯人的血统？

是的，白居易的母亲是一名波斯商人的女儿。白居易自小就以波斯语作为母子之间的会话用语，平日里主修汉语，再后来就一直用汉语写作。起初我读了顾先生的文章也觉得很吃惊，但顾先生说，事实就是这样的，白居易当年给母亲写的信里面就夹杂着很多波斯语。由此他推论，白居易喜欢那名胡旋歌舞伎，不排除恋母情结……

苏教授一径地摇着头说，这老顾看来有点走火入魔了。

顾先生的秘书笑着说，等一会儿顾先生来了，你倒是可以跟他作一番辩论了。

顾先生的秘书正想说什么时，突然接到了顾师母打来的电话，他站了起来，一边用手拢着嘴悄声细语地说话，一边走出包厢。

苏教授又接着跟大家说，我至今仍然怀疑那本长篇小说《崔莺莺别传》是明清时期文人的伪托之作。陈宿白当年认定这部书是唐人所作，但作者不详，现在老顾又作了进一步的研究，说它是唐人白居易与元稹合著，我就觉得荒唐得很。陈先生当年曾对老顾说，日本第一部现代小说《浮云》要比中国的《狂人日记》早三十年，这是毫无疑问的。但要说日本的长篇小说《源氏物语》要比中国早，就不见得了。老顾问他何以这么断定。陈先生说，以他手头的一部手抄本《崔莺莺别传》为证。恕我直言，他们两位一口咬定这部长篇小说是唐人所作，无非是证明中国的长篇小说要比日本出得早。显然，这与他们的仇日情结有关。

文史专家说，苏教授说的没错，陈先生的胞妹、也就是顾先生的母亲是被日本人杀害的。

苏教授说，据我所知，老顾后来刮胡子一直不用电动剃须刀，因为他的童年时代是在战乱中度过的，跑警报的经历使他一听到电动剃须刀的嗡嗡声，就会不由自主地想起轰炸机在头顶盘旋的场景。

说话间，庹先生晃悠悠地从洗手间里出来，拍着画家许墨农的肩膀说，许兄让我大开眼界了。

大家都问，是什么东西让你大开眼界？

庹先生说，你们去一趟洗手间就晓得了。

洗手间里有一幅美妇如厕图，据说出自画家许墨农之手。许先生此前在这间堪称豪华的洗手间如厕时，看到里面那个考究、

当代中国最具实力中青年作家书系

别致的新式马桶，灵感忽至，出来后，慌不择纸，立马就画了出来。会所老板识货，立马出了高价买下这幅画，挂在洗手间里面，以示风雅。

因为喝酒的人多了起来，如厕的人也便多了起来。

我多喝了几杯酒，也未能免俗地进了一回洗手间，坐在马桶上，看着对面那幅美人如厕图，便有了一种慢慢到来的醉意。

出来的时候，没有人再谈陈宿白、顾先生，以及那本我们从未见过的《崔莺莺别传》。

晚风吹过夜风吹，这一桌热菜都变成冷菜了。服务员，把这几个菜再热一下。黄酒再温一壶。

潘诗人好像来兴致了。

老管，你这回有没有带琴来？

勿跟我说起弹琴，我已经三个月不曾摸过琴弦了。自打每家茶馆里都玩起闻香听琴的雅事后，我听到琴字就厌憎。不弹了，不弹了。

一桌人都被浓烈的酒气簇拥着。通常，这个时候总会有一两个人扮演思想家的角色，说一些深奥难解的话。他们说话时脑袋摇来晃去的，好像突然变轻，要飘浮起来。我也是。我感觉自己的脚一直没着地。

有人开始剔牙，也有人掏出笔来互留电话号码与地址。今晚的酒宴是可以记下一笔的。同饮者：学者苏永年、画家许墨农、书法家柳喻之、诗人潘濯尘、琴师管天华、昆曲界名伶杨芳妍、文史专家（姓彭，其名不详）、古玩收藏家庄慕周、音乐评论家庾宗玉、"千波刀"传人虞问樵，还有几人不曾请教大名，想必也是本城的名流吧。

我们在这里闲坐说玄宗，玄宗还来不来？苏教授忽然又提起了顾先生。此时，他已进入微醺的状态，灯光照在脸上，几颗老年斑便如同经年的干红枣。

顾先生究竟还来不来？杨女士接着问。

顾先生的秘书迟疑半晌说，顾先生近来身体不太好。刚才打电话过去询问，师母回话说他有点头晕。

古玩收藏家说，顾老先生的身体时好时坏，很让顾老太太担心。听说他近来吃了饭后就一直坐在书房里的树下，像是老僧入定。有一回他身子刚离座，就栽在地上了。送到医院，说是脑血管阻塞。顾老太太说，伊拉脑血管被墨字塞住了。

顾先生的秘书说，这事的确发生过。不过他很快就奇迹般地苏醒过来，看上去好像也没有大碍。

一桌子的人都沉默着，仿佛是安然流逝的时间和不断见少的酒让人有些伤感了。

顾先生的秘书说，顾先生这些年几乎是将所有的心血都倾注在《崔莺莺别传》上，他一直把这部书放在枕边，批校了一遍又一遍。他说，如果这部书的真伪问题尚无定论，他宁愿将它带到棺材里去。

啊，带到棺材里去。另一人发出回声似的感叹。

顾先生到底还是没有来。

饭局结束了。文史专家剔着牙问苏教授，之前你说陈宿白先生当年留下了一则写作秘诀，现在可以说说了吧？

苏教授说，我原本是当闲话来讲的，没承想你却还挂在心上。

不妨说说。

陈宿白先生临终前传下的一则写作秘诀是：大便可拉可不拉的，拉掉，宿便留着，对身体大是不益；文章可写可不写的，不写，写了也是徒耗心力。

众人点头。文史专家补充了一句：陈宿白先生当年就是死于便秘的。文史专家神情严肃，此事好像是经过严密考证的。不过，我一直没有告诉他，我就是陈宿白先生的曾外孙。

就将散宴时，外面忽然下起了瓢泼大雨。大家一时间打不到出租车，就姑且在一楼一块足供盘旋的地方一边等候，一边聊天。雨落在瓦背上、布篷上、后院的竹林里，远远近近一片繁响，更有喇叭声没头没脑响着，仿佛在催喊着雨下得快一些，更快一些。雨声包围了这座孤舟般的民国式建筑，我有一种微微晃漾的感觉。毕竟是深秋了，下了雨，寒气又添了一层。顾先生是不会来了。雨下得一阵比一阵急。顾先生是真的不会来了。大门口的服务员截下一辆出租车便嘱人传话：车子不够，顺路的请搭同一辆车吧。于是，在一阵谦让间有人搭上了车，另一些人留下来，继续等车。庹先生对杨女士说，我跟你应该是同路的吧。杨女士说，我先生已经开车过来接我了，我们还要绕道送苏教授。你不怕麻烦的话可以同行的。说话间，又一辆出租已泊在门外。我们照例推让了一番，庹先生没有打算搭杨女士的顺风车，跟随另外几个人匆匆离开了。此刻，我们的苏教授正蹲在屏风的另一厢，默默地做着提肛肌收缩运动。

鼻子考

鼻子的问题

在我们这张比巴掌略大一些的脸上，嘴、眼睛、耳朵、鼻子，世袭罔替，以前它们是怎样摆放的现在也照样这么摆放，以前人们是怎样使用它们的功能现在也照样这么使用。它们尽管只是扎堆在一个小小的平面上，所占的面积也不大，却摆布着我们的整个身体。先说嘴。它奉行的是物质至上主义，不像耳朵，听到的只是声音，不像鼻子，闻到的只是气味，也不像眼睛，看到的只是表象，它要的是实实在在的东西，可触、可感、可反复咀嚼、反复品味。它在五官中的权力，正是导致它贪婪的一个直接原因。当然，它的贪婪也不能排除先天性的原因：据说人在胚胎时期，嘴是最早出现的，它急于出现就意味着急于索取。以后每一天里，我们都得给它数量不等的贡品，一觉一寐之间，从未中断。五官之中它算得上是最可亲可爱的贪官了。相对来说，嘴更亲近身体

当代中国最具实力中青年作家书系

的下部，譬如肠胃，而眼睛更亲近身体的上部，譬如脑袋。雪亮的眼睛能使脑子保持清醒（眼睛是智慧的隐蔽象征）。因此，眼睛与那个只图口器之乐的贪官——嘴相比，几乎可以称得上是一个清官了。我们戴眼镜、做眼保健操、滴眼药水、做眼科治疗手术，难道不正是为了确保眼睛的清誉？然而，仔细想想，眼睛有时候也不可避免地从清官变为昏官。就像水，有时会从清澈变为混浊，甚至于乌黑一片。鼻子，我接着要说的鼻子，跟眼睛一样，都有不灵不清的时候。从生理机能的角度来分析，鼻塞会导致头昏，而从认知系统来分析，头昏也会导致鼻塞。但无论怎么说，鼻子的中心地位是不可动摇的。哲学家康德在《实用主义观点的人类学》中曾对五官作了排序，将眼睛的功能排在最前面，而将鼻子的功能排在最末。这是哲学家的看法，自有他的道理。然而，按照世俗的看法，鼻子在五官中当居首位。也就是说，五官之中他的官阶最高，其余的面部器官都必须围绕它分布，而它仿佛官方集体照上坐在正中央的那一位。西方人论述人体器官与心理对应关系时认为：鼻子对应的就是权力、骄傲，而且有人把高挺的鼻子与我们伟大的雄性器官相提并论。同样是软骨组织，耳朵却显得没有那么尊贵，甚至可以说有些猥琐。我们的耳朵与鼻子在五官中所扮演的角色刚好相反，它是往后靠的，一副胆小怯懦的模样。眼睛里的凶光、嘴里的牙齿、鼻孔里的哼声，都是带有攻击性的，唯独耳朵没有这方面的异常表现。所以造物主让它往后靠，站到两边去。就这一点来说，耳朵倒有点像垂手而立的奴才。中国古人说，奴才有三只耳朵，因为奴才对主子唯命是听，耳朵特别灵敏，仿佛比别人多出一只耳朵。西方也有类似的说法，认为耳朵与"服从"这个词具有对应关系。德国一位心理学家这样分析道：耳朵的听力就是服从与谦恭在身体层面的表现形式，因此，耳朵在五官中是处于被动状态的，与它有关的词则是：听从、听凭、听说、听候、听天由命、听其自然……

你们以为我是在谈论五官？其实我谈论的是我们的公司。注意，我是在使用比喻对你们讲述一切，没有一个道理我不是使用比喻的方式说出的。假若把我们的公司比喻成一张脸，毫无疑问，我们的老板就是鼻子，老板娘就是眼睛，而其余的人无非是嘴和耳朵，或者说兼为嘴和耳朵。我是那种往后靠的耳朵，身居末位。末位，说白了，也就是最后的。当然，这个"最后的"不像我们平常所说的"最后的知识分子"（天地良心，我最讨厌那种自以为是的知识分子）。"最后的"这个词对我来说没有丝毫可以值得夸耀的成分。骨子里，我有些自卑。我从动物园跳到了这家医药公司，真不容易呀，正如同事们说的，我在阳间就完成了一道从畜到人的轮回。

就像我无法选择自己的出身，我也无法选择自己的长相。我天生就是这副平庸得近乎乏味的面孔。我的五官就像那些千篇一律的文章，虽然也算得上端正，却没有什么可圈可点之处。尤其是那个塌鼻子，简直就是一大败笔。我低头的时候，眼镜经常会从鼻梁上端滑下来，让人十分苦恼。有人说，这是因为婴儿时期吃奶时鼻子经常碰触过硬的奶头造成的；也有人说，这是因为长大后经常碰鼻子造成的；还有人说得更损，认为这是先天梅毒造成的（他们同时报出了医学上的一个名词：鞍鼻）；一种较为科学的解释是：生活在纬度较高地区的人不但个头高，连鼻子也偏高，而生活在纬度较低地区的人，像我，通常是鼻子扁塌，鼻孔粗大。当然，我也不能一味把自己的塌鼻子归因于外部环境。我认为自

当代中国最具实力中青年作家书系

己之所以塌鼻子，是因为上帝把我的一根鼻梁骨偷偷抽去了，就像他当初抽去了地球上第一个男人的一根肋骨。没法子，我的鼻子注定就是这种先天不足的模样了。它像一个扁平的大拇指，死死地摁住我的脸孔，显得有些霸道。就在近段时间，拙鼻忽然出现了一个异常问题：主要是鼻孔里时常蠕动作痒，在各种场合会不由自主地打出一连串喷嚏。由于我的鼻孔朝上（也就是我们马家堡人常说的那种"鼻灶朝天"），很难把那些喷洒出来的花粉包住，因此我每打一个喷嚏就不得不用手在前面兜住，以免飞花四溅。老板在会上几度被我的喷嚏打断，以至于他把"如何解决家族企业的权力分配问题"说成了"如何解决家族企业的鼻子分配问题"。他说的一点儿也没有错：鼻子就是权力，权力就是鼻子。可是那么多人（包括我的老板）却把这种口误归咎到我身上，他们全都向我投来了责备的目光。我们的老板突然站了起来，在高于会议桌的地方，他那肚子大得像个布袋。他吃饱喝足之后就会一边大摇大摆地踱步，一边用双手抚摸着凸出的肚皮，好像是抱着一个布袋走路。他那张脸几乎不能称之为脸，而是一堆肉。他恼怒的时候，眼睛就从肉堆里暴凸出来；微笑的时候，眼睛就凹陷到肉堆里去了。现在，他身体上下的几个部分好像都向前凸出了：眼睛、嘴唇、鼻子、肚子。而我呢，不得不向后收缩了一下。真的，我没有存心以一个响亮的喷嚏肯定自己的存在。他们这样看我时，我就感觉到"存在的荒谬"了。我要声明的是：我的鼻孔作痒，绝不是对本公司那个"鼻子"的位置产生非分之想，打喷嚏也不表明我的反感。一个塌鼻子，又能挺得多高呢？

我是十分认真地将拙鼻研究了一番的。它的内外结构、大小、硬度以及嗅觉功能与正常的鼻子几乎没有太大的区别，我也找不出鼻孔瘙痒乃至狂打喷嚏的内因外缘。一个叫郑玄的古代学者在《诗经·邶风·终风》的注解中采用了一种有趣的民间说法，认为鼻子痒打喷嚏是因为远方有人思念。后来我在昆德拉的小说中发现了一种与之相似的说法，他写歌德与贝蒂娜的恋爱时说："她已到了将他每次打喷嚏都视为爱她的地步。"而在略萨的《情爱笔记》中，男主人公的鼻子一旦被女人触摸，就会迅速引发过敏反应，不打 69 个（一个淫荡的数字）喷嚏就不会罢休。这么说，打喷嚏是与内心的某种欲念有关。动念之间，一个喷嚏已以每小时 100 英里的速度喷出花粉微粒。

我曾请教过一位对面相学颇有研究的朋友，向他说明了拙鼻的尴尬处境。他对我印堂之下、两眼之间这个被称为"山根"的部位进行了研究。他先是给我看各种各样的鼻子图形：那张纸上画着龙鼻、虎鼻、胡羊鼻、牛鼻、悬胆鼻、鹰嘴鼻、狗鼻、鲫鱼鼻、蒜头鼻、孤峰鼻、偏凹鼻、獐鼻、露窍鼻、三弯三曲鼻、露脊鼻，等等。他指着书上的两个鼻子说，你的鼻子兼有偏凹鼻和露窍鼻的特征，照《麻衣相书》上所唱，这种鼻梁低而陷、鼻翼宽而薄、鼻孔仰而露的鼻子是主贫贱夭寿。幸好你嘴大，可以弥补此中不足。嘴大可以吃四方饭嘛，你大可不必担心自己会饿死。说了一些面相常识之后，他向我提了一个奇怪的问题：你平时是左鼻子作痒打喷嚏多一些，还是右鼻子多一些？我问他，这难道还有讲究的？他连连点头说，有讲究的，有讲究的。要不我们为什么会把思想倾向革命的一部分称为左翼，把思想倾向保守的另一部分称为右翼？还有，上帝为什么会让打入地狱的人走左道，而让神的选民坐在自己的右手？这个很有"讲究的"问题确实让我有些左右为难，那时就像有人指着我的鼻孔问：你左鼻孔呼吸

当代中国最具实力中青年作家书系

多一些，还是右鼻孔呼吸多一些？我琢磨了一阵子，告诉我的朋友：左多右少。我的朋友拍了拍我的肩膀，用先知的口吻对我说，不出一个月，你就会找到你的另一半。

我后来又将拙鼻与其他五官进行了交叉研究，发现我的朋友讲的那一套并非空穴来风。有这样一种说法：左眼皮因发痒而跳动是凶兆，反过来则是吉兆。这种说法与西方人所谓的"左鼻痒而打喷嚏是吉兆，右鼻痒而打喷嚏是凶兆"如出一辙。像打喷嚏这样的小事在大哲学家亚里士多德看来，却是一个令人困惑的大问题：为什么从中午到子夜打喷嚏是吉利的，从半夜到中午打喷嚏却是不吉利的？我们的大哲学家常常会把一个无聊的问题变成形而上的困惑，故意向自己发难。他们还不如一般的老百姓来得爽快。在西方民间，一个人要是听见别人打喷嚏，不分左右，无论贫富，都要来一句祝福的话。世界上最古老的一部经书《百章经》居然把打喷嚏这样的小事也写了进去，其中第七条说：当有人打喷嚏时，你要向他致敬。多么纯朴的习俗呀，这些在我们老家也是可以见到的。假若谁打了个喷嚏，有人听见了，便会不失时机地祝愿他"千岁"。有时我们仅仅是为了得到一声祝愿，故意打了一个喷嚏。那时，我们洋洋得意地看着对方，就像是一个赚了一千大洋的乡绅。早些年，我还曾见过一群男女围坐在村子里的打谷场上，他们一边抽着鼻烟，一边打着喷嚏，而且看谁打得多，打得响亮。先生们，你们是无法体味那种粗俗的乐趣的。

来到这座城市后，我就很少听到这样的问候了。当然，我也意识到，这儿不是乡下，当着别人的面打喷嚏是有失文雅的，这会让人觉得我把地方性的粗俗风气带到了这座城市。但有时一个喷嚏突如其来，是无法措置得宜的。我打喷嚏的时候，几位同事总是要皱起眉头，或者转过身去。假若我是一名患了感冒的漂亮女士，他们或许还会不失风度地递上一方手帕。但我的情况显然是糟糕的：我没有任何感冒症状，却总是在他们面前狂打喷嚏。有位同事说我打喷嚏时毛发耸立，浑身抖动，像一头正在发怒的狮子狗。我当即反驳他说，人与狗毕竟是有区别的：譬如在打喷嚏方面，人会张开嘴打喷嚏，而狗却是直接通过鼻孔打喷嚏。因此我认为那个比喻是蹩脚的。那时我也开始用比喻说话了，我指着自己的鼻子说，这就是汽油桶，谁点燃它，它就冲谁狂轰滥炸。接着我就真的打了一连串响亮的喷嚏回敬我的同事。他突然从椅子上跳起来，然后转身向大伙嚷道，你们看看呀，这个人是多么粗俗。

我的喷嚏终于引发了众怒。有一次，产业拓展部的小丁对着我的鼻子瞪了很长时间。他对我这个脸部器官的立体构造倒是没有太多的看法。他所不能容忍的是我的喷嚏。甚至不是喷嚏，而是喷嚏中所含的毒素。假若非要给它起一个确切的名称，那就是"晦气"。他一口咬定说，自从我的三个喷嚏落在他那份关于开发生产免洗尿片的可行性报告之后，他呈交的报告很快就被老板驳回了。而我所了解的事实是，老板当时认为，免洗尿片作为一次性消费用品很可能带来环境污染，所以不能盲目地逆绿色潮流而动。我没有跟小丁争辩，是因为那天天气不错，我一点儿也不想发火。接着向我声讨的，是一位漂亮的会计，她抱怨说，每次坐在隔壁听到我打喷嚏，就会产生条件反射，以至于经常会填错数字。这女人总是有很多东西可以抱怨：她抱怨工作服不够合体宜人，她抱怨公司食堂的饭菜败坏了她的胃口，她还抱怨股市行情影响了她的月经周期。她漂亮，她认为自己有资格抱怨身边的男人。她是这么问我的：你有毛病？我说我没毛病，体温37度，十分正常。她说，不对，你肯定有毛病，你不可能没有毛病。我说你认为我有毛病，那么就算我有毛病吧。瞧，漂亮的女人能让人变得没有脾气，没有大丈夫气概。这真让人没法子。我的喷嚏甚至惹怒了平时沉默寡言的权老实。他听到我的喷嚏之后，突然站起来，怒吼了一句，继而，高音回落，好像是在告诉我，现在他只需要用一半的音量就可以压倒我。老实人，一旦开口说话，一句管三句。我没有回嘴，而是表现出足够的谦卑和忍耐。我是这么想的，权老实并不是在指责我，而是他的嘴在指责我的鼻子。我打开窗户，让风透进来。从他嘴里吐出的话，会被风吹散的。有些吹到王秘书的耳朵里，有些则吹到老吕的耳朵里。我这样想着也就心平气顺了。

我的同事们聚在一起，就我的鼻子进行了分析。我说过，我所在的单位是家医药公司，这里人人精通医理，他们的分析定然是有道理的。小丁对我进行了如下分析：他（指我）的鼻子可能是中了别人的蛊术。据我所知，他的家乡是一个巫气很浓的地方，曾发生过"口唾射人"的怪事（这事是我当时告诉小丁的），现在他鼻子里喷出来的东西同样含有毒素。另一种可能是，他的鼻子里藏有一个看不见的脏东西，打喷嚏时，那个脏东西就从鼻孔里冒出来，谁碰上了谁就倒霉。

另一位药剂师说，我认为这是一种怪异的病理现象。你们应该读过弗洛伊德的书吧。别以为这老家伙整天都忙于解开人类的裤子，研究什么雄雌器官，他对鼻子的研究同样花了不少心血。他曾与一位鼻病理学家探讨过鼻子与性器官之间的关系，后来那位鼻病理学家得出了这样一个怪论：鼻子的重要性不仅仅在于它的呼吸功能和嗅觉功能，更在于它与性欲的联系；鼻子与性欲之间的这种关系在女性身上表现得尤为明显，当然，在男人身上也同样存在。弗翁以为，这种观点对自己很有启发作用，他后来无意间也成了半个性心理学家大抵与此有关。

小丁打断说，你说了这么一大通，还没提到他打喷嚏的原因呢。

药剂师又卖弄学问似的分析说，你有所不知，人的嗅觉器官刚好位于大脑的边缘区域，那里刚好也是性兴奋的区域。因此，鼻子多多少少是与性器官沾点边。性器官有什么问题，有可能会给鼻子带来麻烦。

药剂师又进一步引用另一位性心理学家霭理士的观点分析说，外界对于性器官所产生的影响有时会牵涉到鼻子，反过来说，外界对鼻子所产生的刺激通过反射作用也会牵涉到生殖的区域。因此我断定，他的性功能可能有障碍，那些封闭的体液经过转化，难保不会变成喷嚏从鼻孔里喷射出来。

有个女同事的嘴里蹦出了两个字：恶心。我不知道她是指药剂师的话恶心，还是指我的喷嚏恶心。随后我听到小丁抢白说，难怪，他喷出的东西会给人带来晦气。我不能再跟这样的人相处了。我不知道那一刻是谁开了一个恶毒的玩笑，他们都轰的一声笑了起来，让我感到难受的，不是他们嘲弄我的话语，而是那种支离破碎的笑声。

事情就这么怪，以后他们遇到什么倒霉的事，就会联想到我的鼻子。好像我打个喷嚏，天就会下大雨；我打个喷嚏，国足就会输球；我打个喷嚏，日本就会发生里氏七级的地震；我打个喷嚏，以色列街头就会发生自杀性爆炸性事件。

当代中国最具实力中青年作家书系

后来发生的一件事，使我对拙鼻的嫌恶与恐惧益发强烈。那天傍晚，我下班横穿一条马路时，一辆出租车突然向我迎面飞来。气势汹汹的车头快要撞到我身体时，我的喷嚏以每小时一百英里的速度出现了。我不知道那一瞬间是否有一种无形的力量与有形的力量发生了对抗，那辆车突然从我肘边一闪而过，滑向右边的街道。我怔怔地站着，替自己捏了一把汗。这个喷嚏来得那么及时，它竟然还可以让死神绕行，这就有点神奇了。然而，当我抬起头时，发现一些人正向那辆停在不远处的出租车跑去。我也挤了过去。从汽车的后视镜中我看到了围观者变形的、惊恐的表情。那时我才注意到轮胎下面压着一具血肉模糊的尸体，她的皮肉像破败的棉絮那样爆开；小小的脑袋露在车轮外面，嘴巴张开，没有丝毫声音；一条胳膊肘子压着书包的背带，血迹斑斑的手指还在风中微微地颤抖着，就像一本书的残页。我只能用"我简直不敢相信"这样贫乏的句子表达那一刻的心情。她的不幸和我的侥幸都出于某种偶然。我觉得她是代替我死去的。事情就这么奇怪。几分钟前，那个小女孩还在大街左边平安无事地走着，而我在右边心事重重地走着。然后，那辆该死的车子出现了。死神有它一贯的、不可更改的方向，那回却因为我的一个喷嚏，突然发生了偏移。那一瞬间我行走在死亡的边缘却浑然不知，正如那个小女孩也不知道死神会在短短的几秒钟内跟她撞个正着。事情就这么奇怪。我背转身，怀着羞愧与嫌恶混合的心情离开了事发现场。

打那以后，拙鼻的毛病便日甚一日。我请了半天假，到公司对面一家诊所作检查。医生仔细察看了我的鼻背、鼻孔、鼻黏膜，然后又询问我有无家族过敏病史，有无吸入花粉之类的致敏源，发作时有无异常表现：诸如头痛、失嗅、口腔异味，等等。听完我的回答之后，他断定我患的是可疑变应性鼻炎。这种疾病，医生说，很有可能会持续一年时间，每天都会出现阵发性的发作，而每次打喷嚏少则三个，多则数十个。我问医生有没有快速治疗方法，医生说，你可以去五官科医院采取激光或电刀冷冻法进行治疗。我去了五官科医院后，那位主治医生却说我得的并非可疑变应性鼻炎，也不同于其他几种鼻科常见病。他认为手术对于这种病没有多少明显效果。除了用冷水洗鼻、避免与花粉接触之外，至今还没有更好的办法进行治疗。诊断结果让我沮丧了很久。我也曾去看过老中医。他认为我这种病是因为头部受寒，体内督脉运行受阻、气血不畅所致。所以，他说这种慢性鼻病又叫"脑寒"。也就是说，我的脑子出现问题了。即便脑子有问题也总该有对症的药物吧。但老中医竟也认为这种病无法用药物治疗，只是平时要保护好顶门的地方，还要经常做擦鼻、刮鼻之类的鼻部保健操。这期间，我经历了必不可少的失眠，但庞大的宇宙体系中出现的生物钟紊乱毕竟是微不足道的。

我还能有什么法子呢？有人说，世界上有两样东西无法抗拒：一样是地心引力，一样是性欲。而我现在还要加上一样，那就是喷嚏。咳嗽、行走、呼吸与喷嚏同属于身体的反射，在我看来却没有比喷嚏更惹人讨厌了。我常常躲在斗室之中，一边尽情地打喷嚏，一边狂饮白开水，以确保收支平衡。若是在公司，我尽量躲到卫生间或僻静的角落，以免引起非议。我的喷嚏使我在公司里出了名。也只有我打喷嚏的时候，人们才会转过头来注意到我的存在。事实是，我的存在轻于一个喷嚏。

当代中国最具实力中青年作家书系

还是鼻子的问题

有一天上午，我发现自己的鼻子一片红肿。仔细看，鼻尖上还长出了一个疖子，我用手指小心翼翼地挤破脓块，排出脓液，涂上一点抗生素软膏。没过多久，鼻尖上又爆出了一颗疖子。整整一个下午，我都处于鼻痒、头痛、烦躁不安的状态。我来到了市人民医院的五官科，里面坐满了看病的人，我只得退出，在走廊闲荡起来。忽然听到有人叫我的名字，正搜索声音传来的方向时，那人已经走到面前。是老同学孟子曰，他可一点儿也没变。他问我怎么会跑到这所医院来了？是不是特意来看他的呀？我说我是来看鼻子的。

我就是专门看鼻子的，孟子曰说，我在五官科上班。

世界上竟会有这么巧合的事。好像二千年前那个姓孟的老家伙就是为了一个可能出现毛病的鼻子才开始播种的，直到二千年后，那个叫孟子曰的小家伙就在某座城市的某所医院的某个科室里等待着那个已经出现毛病的鼻子。

我记得孟子曰念高中时对哲学异常着迷，人有点神神道道的。平日里沉默寡言，但冷不防会冒出几句让人打个冷战的警句。若非鼻子有问题，我是不会跟他继续聊下去的。谈到鼻子的毛病，我猜想孟子曰一定会跟别的医生一样询问我有关家族遗传史、发病年龄、起病形式、病前性格、临床类型、治疗是否及时、复发次数、病程长短等常规性问题，因此我早已就上述问题做好了心理准备。

孟子曰问完之后指着我鼻子上的疖子说，你的病根不在鼻子表面，而在里头。

没错，我说，几个礼拜前，看过一位医生，他认为我患的是可疑变应性鼻炎。

孟子曰用激光检测仪对着我的鼻孔扫射了一下，摇摇头说，你这种症状不可能是可疑变应性鼻炎。首先，你没有流清涕；其次，你肿胀的地方不是鼻黏膜，而是鼻子表面。你瞧，你都长出疖子来了。

他用镊子夹着脱脂药棉戳了一下我的鼻疖，问，你现在觉得有点痛吗？我回答，又痛又痒。孟子曰放下药棉，向后靠了一下，十指交叉，放在微微鼓起的肚皮上，慢条斯理地分析说，你打喷嚏时的快感，意味着欲望与环境的对立统一；而抓挠时的痛感，就意味着欲望与环境的对立冲突。

这话算什么意思？我面对的，既是哲学家，又是医生，他的话，自然是要深深琢磨一番的。我感到自己再度变成了一个接受分析的人，一个可疑的病例。

你说的好像有那么一点道理，我说，可是我不明白我的鼻子得的究竟是什么病。

孟子曰又接着说了一大通无关痛痒的话：说你没病，其实也有；说你有病，其实也无。世界上本来就没病，往往是先有了医生，然后才会有病人；医生越多，病人就越多；医生分科目越细，疾病的名目也就越多。你需要一个病名，所以你的鼻子就开始出现毛病了……我一下子哑口无言，觉得自己必须起身离开了。孟子曰突然按住我的肩膀说，不急，不急，我想还了解一下你的其他情况，比如你的睡眠状况。

我如实回答：连续几天我都失眠，这阵子头的左边又犯痛了，我想可能是偏头痛吧，前些天我吃了几片阿司匹林，但毫无用处。孟子曰说，男人嘛，到了这个年龄，多少都会来点青春期偏头痛。跟你打喷嚏一样，它也是一种周期性的疾病。我说，偏头痛可以忍，喷嚏却不能忍。孟子曰抬手扶了扶镜框说，偏头痛往往是肉体与精神不和谐造成的，说得专业一点，就是功能性紊乱；至于你的鼻子问题，我倒认为是性功能紊乱造成的。这个结论着实让我大吃一惊。我觉得他跟以前一样，是成心在跟我开玩笑，但他那时的表情是严肃的，似乎并没有拿我寻开心的意思。

你还有什么病症反应？孟子曰问。

性情越来越暴躁，内心总有一种跟人打一架的冲动。

为什么会有这种强烈的冲动？

因为我打喷嚏的时候，他们居然不怀好意地在一边嘲笑我。

从生物学的角度讲，打喷嚏也是出于一种本能。孟子曰把夹在手指间的圆珠笔转了几圈，又接着说，本能可以分为性本能与攻击本能。但性本能受到压抑时就会转化为攻击本能。别人越是嘲笑，你的喷嚏就打得越厉害。所以西方心理医生认为：打喷嚏时把呼气变成了一种具有相当攻击性的防卫武器。

可是，我说，我压根儿就没有攻击他们，我后来打喷嚏时干脆就躲着他们。

你躲着别人打喷嚏，这说明你下意识要忍住喷嚏。

是这样的。

忍住喷嚏就是肌肉抑制，它会造成内在压抑。看得出来，你一直在压抑自己，你常常用手捏住鼻子，所以鼻黏膜的痒就转移到鼻子外面去了。

孟子曰见我不停地搔鼻子，就问了一个很突兀的问题：你有手淫的习惯？从他嘴里出来的"手淫"两字就像洗手一样平常，我明显感到脸上有些发烫。

我说，手淫是一件不坏的手艺，几乎每个男人都有一手，包括你本人。

孟子曰哈哈大笑起来，他指着我搔鼻子的手指做出了更深入的分析：经常搔鼻子就是变相的手淫。从手淫病理学角度来分析，许多年轻人的确都有手淫的习惯，但我们都知道，手淫会让人虚脱、烦躁、记忆力衰退、耳鸣。说得哲学一点，过度的手淫会让虚空产生回响。我在一本微精神分析学著作上见过这么一个统计数据，地球上每秒钟都有五千个男人射精。每二十四小时排出的精液要达两千吨，它足以装满两百个载重量为十吨的火车车厢，这无疑是一个很可怕的数目，我们男人一次射出的五克精液和两百个车厢相比，尽管是微不足道的，但积少成多，也会损耗身体的；从营养学的角度讲，一次射精它的营养价值相当于两大块牛排、两个鸡蛋、六个桔子和两个柠檬的总和，所以说，手淫过度就等于营养价值耗值过高；从经济学的角度来分析，手淫也会造成一定的国民经济损失，最近一份资料表明，由于手淫人数与日俱增，美国的商业利润和产值现在每月至少要白白流失三十多亿美元；从进化论的角度来分析——

他分析我时，我感觉就像是有一个人突然冲进我的房间，在未经许可的情况下打开我的抽屉，把我的日记本翻出来看，再跑出去，当着我的面，把我的隐私大声说出来。我很生气地打断了他的话。孟子曰也憋不住似的大笑起来。他张口大笑时，似乎把全部空气也都一口吸了进去，房间里变得异常沉闷。

这时，门轴发出轻微的响声，一名女医生侧身进来。已经到

当代中国最具实力中青年作家书系

了换班时分，孟子曰请我去食堂一起用餐。我们一边走，一边聊，他聊到了我的个人问题时，神秘兮兮地问我，你跑到这里，是否因为一个女人？我惊讶地问他，你是怎么知道的？到更衣室时，有个实习医生插过来，拿着一张药方向孟子曰询问了几个问题。孟子曰很有耐心地向他作了解释。他一边说话，一边脱掉身上的白大褂，里面穿着一件灰色格子衬衫，肚子显得比原来更鼓凸，可以看得出发福的迹象。那位实习医生拿着药方出去之后，孟子曰回过头来，意味深长地叹了口气说，没想到会有那么多人为她神魂颠倒。我问他，你指的是谁？孟子曰以为我是故意装糊涂，就挑明了说，做了那么多年的同学，我还不清楚你那一点心思？你也知道我这个人，钻进一条死胡同里就死也不愿意爬出来。我不解地问，你说的都是谁跟谁啊？孟子曰说，你看你，我都点破了，你还装蒜呐。你来这儿，还不是为了向我打听丛影的住处？我听了哈哈大笑说，我之前说的那个女人并不是丛影，而是崔小眠。崔小眠？就是小时候跟你青梅竹马的那一个？孟子曰像是舒了一口气那样笑着说，你们也真有缘，二十多年来还是一对棒打不散的鸳鸯。怎么，她也跑到这里来了？我摇了摇头说，我们已经没辙了。孟子曰表示同情地问我，你们是怎么分手的？我愤慨地说，就他妈的一个喷嚏。孟子曰又按住我的肩膀，让我不要太激动。然后，他就用不温不火的语气分析说，按照德谟克利特的原子理论，你的鼻头细胞里的氢原子与那个女人鼻头细胞里的氢原子有可能同属以前某个物种的鼻子；你们相遇时，这两个氢原子就产生了一种亲和力，于是你们就相爱了，当你们无法克制自我时，你的鼻子就会因为发痒而导致打喷嚏，医学上也可以叫嚏喷。这就是爱情的魔力。

我们吃过饭后，我用餐巾纸擦了擦嘴说，我来这儿光听你大发议论，鼻子的问题却照样没有解决掉。

孟子曰抬了抬镜框说，我不是已经告诉过你？你的鼻子问题已经超出了病理学范畴。

也就是说，我像是指着另一个人那样指着自己的鼻子说，你们已经没有药物可以治好它？

可以这么认为，伊壁鸠鲁当年患了风湿痛，却不愿意治疗。

为什么？

因为他觉得风湿痛痒痒的，叫人十分过瘾。

我把餐巾纸揉成一团，丢进垃圾桶里，头也不回就走了。

归因于一个喷嚏

躺在寝室里，看书看得累了，我就打开电视。电视节目很难看，但我还是要看。节目中有一群中老年妇女正在排练舞蹈，一位肥胖的大妈接受记者采访时认为，舞蹈的好处就在于它能让腰围减掉五厘米。我不知道一个满脸皱纹的人为什么还那么在乎自己的腰。我由此想到了一个很无聊的问题：如果我娶了崔小眠，再过三十年，她会是个什么样子？也许她会跟她们一样，有一个肥胖的腰。我这样漫无边际地想着，就把一个下午打发过去了。一名跟我住在隔壁寝室的同事推门进来，说外面有人找我。我说你叫他进来就得了。他笑着说如果你知道那人是谁，你准不会摆这副架子。我说是什么贵人呀非要我出去接见。我穿上裤子，下了床，趿着一双拖鞋懒洋洋地出来。我站在门口抬眼一看，吓了一跳。外面走廊上站着十几名住在本幢宿舍的同事，他们都把目

当代中国最具实力中青年作家书系

光齐刷刷地聚集在我身上。我以为自己在无意间得罪了在场的哪一位，现在他们正要拉帮结伙找我算账。我思量着是否应该把头缩回去时，人群中忽然闪出了一个女人的身影，正在向我挥手示意。她穿着一件图案有些夸张的印花T恤，一条牛仔短裤下面露出两条光滑、修长的大腿，桔黄色太阳镜别在波浪形短发上，像一个别致的发卡。她向我打招呼时，我几乎有点不敢相认，直到她露出一口四环素牙时，我才确认她就是丛影。

丛影。

圆规。

当着这么多人的面，她居然叫起了我读书时的绰号，这让我多少有些难堪。可她一点儿也不给我面子，仍然咧着嘴对我笑。站在丛影身边的男生看了看她，又看了看我。丛影很有礼貌地对他们说，谢谢你们给我带路。十几名同事都极不情愿地走开了，好像他们还要讨点什么赏赐。一进门，丛影就用胳膊肘捅了一下我的肋骨说，你他妈的上来这么久了也不跟我打一声招呼。说着她就把晾晒在过道中央的内衣内裤撂到一边，一屁股坐在我对面的床上。在交谈的过程中，每隔几分钟就会有一个人进来要拿什么东西。可是他们进来的模样不像是要拿东西，而像是要看东西。丛影身上一定有什么好看的东西，否则他们不会那么傻气地看着她，这使我觉得，如果我把她继续留在这里，会是一件很危险的事。因此我提议跟她一起出去转转。

丛影从包里掏出一叠金卡，选择去哪个合适的地方。最后她敲定去学院路尽头那家外国留学生开的咖啡馆。她进去时，一些不同肤色的外国留学生忙不迭地向她打招呼。他们看她的时候，我也很荣幸地受到了关注。她的外语比我想象的要流利，但为了省便，她就用手势代替语言，仿佛是在向各国代表们致意。我们在一个僻静的角落坐下后，丛影向侍者点了一杯叫作"血玛丽"的洋酒，而我点了一杯葡萄酒。我与丛影之间的谈话仅仅涉及日常生活层面。我知道，我必须调整自己习惯的角色，用另外一种方式和语调跟她交谈。当丛影说起高中时期的生活时，我总是要小心谨慎地绕开话题，而且绝口不提一个名叫"马维"的高中同学。但丛影还是忍不住翻出老账。她说，马维这个王八蛋，当年就是凭着几首诗把我骗上了床。跟一个漂亮的女士说话，我的注意力通常不会集中在她说话的内容上，而是她身上好看的那一部分。好像我的眼睛可以代替耳朵和嘴巴，跟她的身体做交流。她说了很多有关马维的话，意思无非是说，那个叫马维的家伙欠她太多，一辈子也不会还清。为了安慰她，我坦诚地告诉她，读高中时班上几乎所有男生都对她抱有好感。丛影向我投来一个迷人的微笑，说那时每个人都是她的潜在情人，一个人得到她的好感就会同时得到一大群人的仇视。马维也就是在那时成为众矢之的。她认为我那时尽管在女生面前显得木讷、腼腆，但情诗写得尤为大胆老练。这是多少年以后，她给我下的唯一一句评语。

但是，你知道吗？丛影又接着说，情诗写得最漂亮的不是马维，也不是你，而是我们班上那个最老实巴交的班长。

你说的是孟子曰？这的确让我有些出乎意料，我说，今天上午我跟他聊天时他还提起了你。

说到这里，她掏出了一个精致的镀金烟盒，打开，又掏出两根烟，一根递给我，一根叼在自己嘴上。她说自己以前最不喜欢抽烟喝酒，也不喜欢别人在她面前抽烟喝酒。她说喝酒的人看上去一脸凶相，抽烟的人看上去一脸阴险。但她现在最喜欢的恰恰

当代中国最具实力中青年作家书系

就是抽烟喝酒。她说自己渐渐找到了那种做坏女人的感觉。借着几分酒意，她向我透露了她与孟子曰之间的一段秘密交情：有一次，孟子曰在她的房间里用十分笨拙的方法把她灌醉了。后来的事可以想象，他上来了，他扳动了介乎两腿之间的非理性的操纵杆，他让欲望的内燃机发出了巨大的轰鸣，他要向一个女人的身体源源不断地输送热量。可是问题出来了。他正要扒下她的内裤时，突然停住了。他垂下了脑袋，好像在思考一个十分重大的问题。她问他在思考什么，他说他在思考"给予"和"接受"的互逆命题。她听了就一脚把他从床上踹了下去。他坐在地上还夸她那一脚踢得十分及时，他说自己如果用这种龌龊的手段占有她，他的精神会蔑视肉体的。她得出了这样一个结论：你们知识分子不知有多虚伪，肉体要享受快乐的时候，精神好像还会跨越肉体的大山，向更高的地方攀登。丛影说的是"你们"，这里面似乎也包括我。

后来怎样？我问这个问题时觉得有些唐突，但丛影一点也不以为意，她吐了一口烟说，我以为那书呆子还会爬上来，谁知他竟像一个忏悔的信徒那样跪在我床前，请求我原谅。

我知道了，他当初辞去那份令人羡慕的工作，跑到这座城市，莫非就是为了你。

也许是吧，丛影一笑说，可是我打那以后就再也没有接受他。一直没有。

你不喜欢深刻的男人？

深刻的男人通常都喜欢庸俗的女人，否则他们就显示不出自己深刻的一面；但庸俗的女人最不喜欢的恰恰就是深刻的男人。

你这话也很深刻。

你这话是在夸奖我，还是在讽刺我？

如果你觉得自己是深刻的女人就把它当作夸奖，如果你觉得自己是一个庸俗的女人就把它当作一个讽刺。

我宁可把你的话当作一个讽刺。

你们女人就是这样，不喜欢一个男人时，连他的深刻都会深恶痛绝。

也许正是因为这样，我才会一次又一次地拒绝他，丛影微微有些动情地说，他需要的是那种抓不着的东西，所以我就给他一个完美的幻影。

也就是说，你要把肉体献给别的男人，把精神留给他。

我好像也没这么深刻地思考过。丛影突然抬起头，露出一双忧郁的眼睛问我，你说精神是什么东西？

说话间，她又喝了一杯，看起来有些神伤。她说自己的话，喝自己的酒，仿佛她面对的只是酒吧一隅，别无他物。有一阵子我被她有意或无意地忽略了。整整一个晚上，她一直在滔滔不绝地说话。她一会儿抱怨过去一些出现在她生活中的男人，一会儿又露出微笑自说自话：现在的生活还不够美好？她喝完两杯"血玛丽"，双颊就仿佛一朵变色牡丹：从初开、盛开到衰败，经历了由白至红至深红的两次变色。我发现她喝酒后的模样跟崔小眠有几分相似。我想，丛影此刻如果也有一头黑色柔软的长发，该有多好看。这种想法延伸出了另一个问题：马维当初对崔小眠一见钟情，是否因为他的初恋情人丛影跟她有几分相似？这个发现让我大吃一惊。

我对丛影说，你现在很像我以前碰到过的一个女孩子。

别说的这么肉麻兮兮的，她打了个酒嗝，咧开嘴，露出一排四环素牙，你们男人总是这样虚伪，看见漂亮的女人就说她像谁谁谁。

想到崔小眠，我的鼻孔就产生了一种莫名的悸动。一种打喷嚏的强烈感觉接踵而至。那个呼之欲出的喷嚏犹如一头野性未驯的动物，一次又一次试着挣脱羁绊，但每一次都受到了绳子的牵制。我得费很大的劲才能让它安静下来。它的野性并没有就此消除。它仍然在我鼻黏膜里盘旋着。它会在我冷不防的时刻，吼叫一声，飞奔出来。

从影喝到第四杯时，已是醉醺醺的了。她问我是否知道她这些年生活中有过多少个男人。我说我不知道，我也不想知道。从影发出嘶哑的笑声说，你嫉妒了，你一定是嫉妒了。我说我没有嫉妒，我也没资格嫉妒。从影还是忍不住指了指这个酒吧里的人告诉我，有这么多。我没有仔细点数，但我知道这里的生意蛮不错。她已经醉得一塌糊涂。我扶着她从酒吧出来时，那些外国佬仍然用异样的目光看着我。我把她送到她居住的地方。要上楼梯时，她对我说，我走不动了，我要你背着我。我爽快地答应了。这样的美事我怎么会拒绝？我一步一顿、气喘吁吁地爬上五楼。她伏在我背后，唱着一首"公鸡背母鸡"的童谣。到了门口，她开门进去，我没有跟着进去。适可而止，是所有正派男人应该做到的。她忽然转身问我，你为什么不进来？我就不由自主地进去了。

跟她那种新潮打扮不同的是，她的房间显得古色古香。书房里摆放的，是一些散发着古老气息的艺术品：景泰蓝、还带有土花的釉陶壶、文房四宝，墙上还嵌着一块不知是何年何月的残碑，打开檀香木书橱，里面大都是一些珍本典籍的线装书，还有一些据说是明清时期刻印的版画图谱。我参观她的居室时，她正在那里照镜子。我走过去，指出她右眼的假睫毛脱落、胭脂褪色后，她赶紧捂住自己的脸，跑到浴室补妆。女人不喜欢被男人看到自己的憔悴面容。即便是在酒后，即便是在意识模糊之际，她头脑中依然跳出一个清醒的念头，尽力使自己的脸蛋保持一种女人必备的美好形象。

丛影补妆之后仰着面孔出来，向我介绍说，这房子是我先生留给我的。我不知道她先生是谁，但我猜想她的先生一定不是泛泛之辈（我以为很少有男人能够在经验与智慧上胜任这一角色）。我翻阅着一本古籍问她，你先生是从事什么工作的？她说你猜猜看。我提供了四个不太确切的答案：历史研究、文物收藏、考古，还有就是盗墓。丛影摇着头说，都不对，他是位美学教授，比我整整大两轮。她故意加重了"两轮"这个词的语气。但我没有感到惊讶。不是说美在本质上只涉及幻想与女性？一个美学老教授在晚年还能够同时拥有幻想与女性，不是一件令人称羡的事？他今晚在不？我问。不在，她轻描淡写地说，他以后也不会在这儿。为什么？我又接着问。他死了，她指着那间客厅说，那时他正在客厅里听一曲巴赫的《马太受难曲》，心脏病突然发作。他很可怜，连爬到床上去死的力气都没有了。她这样说时，就打开了那个三四十年代的留声机，放了一首巴赫的《马太受难曲》。她踮起脚尖，在我面前做了一个芭蕾舞的旋转动作，她转了两圈身体就失去了重心，重重地摔在我怀里。这种突如其来的亲昵动作并没有让我吃惊，我只是觉得一下子不太习惯。那个该死的喷嚏太像一句吞吞吐吐的话，隔了半天还没出来。她变得更恣肆无忌了，伸手抚摸着我下巴，看起来像一个十分快乐的寡妇。我说，你还

当代中国最具实力中青年作家书系

是关掉那个破玩意儿吧，我担心你先生的鬼魂会从那个管子里冒出来。她伸出脚趾，挪开那枚唱针。她把那条修长的大腿高高跷起，涂了绿色指甲油的脚尖在空中画了一个弧圈，好像故意跟那个老东西赌气似的继续跟我调情。她摆了一个带有挑逗性的姿势，用一根手指勾着我的衣领，把我拉到了那张古色古香的大床边。床靠上是一面古铜镜。这场景多少显得有些荒诞：这面几个世纪前的古铜镜现在映现出的，是一个二十一世纪初的女人的裸体。而她面前的男人像个吃了败仗的战俘，屈膝跪着。铜镜中的男人和女人逐渐模糊了。我知道这时我的酒力也已发生作用。我一点点地靠近她，这与一个人架好了楼梯，等着我爬上来并没有什么区别。她的名字已随同内衣脱离她的身体，剩下的是一具没有掩饰的、无名的肉体。仿佛它只是一个容器，我可以把自己喜欢的女人的形象投放进去。我自问：我面对的是不是一个想象中的崔小眠？

我这样想时，丛影突然坐起来，推了我一把，说，他妈的，你也会在这个时候思考问题？

不是的，不是的，我辩解说，我只是感到鼻子有些难受。

事实的确是这样：我的鼻黏膜里仍然有一种东西正在蠢蠢欲动。那只野兽又苏醒过来了，它迈着弧形的步子，寻找一个新的突破点，就差那么一点它就可以脱离我的控制了。

丛影指着我的鼻子说，整个晚上，我发现你一直在触摸自己的鼻子。难道你的鼻子一直很难受？

我点了点头告诉她，孟子曰说我经常触摸鼻子是一种变相的手淫。

我同意那个书呆子的观点，丛影说，你的鼻子红通通的，就像兴奋时充血的阳具。

我忍住喷嚏，大气不出，就像憋尿一样难受。现在我被迫接受了那种我一直无法接受的说法：打喷嚏的冲动不但与呼吸系统有关，还与内分泌有关。当我把努力克制的欲望升华为一股精神力量时，这股力量其实并没有上升到大脑的高度，而是仅仅停留在鼻子的位置。假若我的一个喷嚏突然出现，它是否会像水银柱那样回落到肚脐下面？或者说，欲望之流是否仍然要在我身上泛滥？

你能不能把手拿开？

不能。我仍然竭力捏住自己的鼻子。但在那一瞬间忍住一个喷嚏比长时间禁欲似乎更让人难受。

她也捏住我的鼻子说，你瞧，你现在多么像个小丑。她做了一个十分大胆的动作。她在鼓励我奉献激情。

我想象着孟子曰当时的尴尬处境：他扑向她的身体时，突然又把几个简单的动作要领转变成理论上的难题。在尚未接触到她的身体之前，我仍能感觉到一种无形的障碍。我必须逾越一个死者、众多个依然活着的男人才能进入她的身体。我试图忘掉那些与她有关的男人。忘掉那个酒吧。忘掉马维。忘掉鼻黏膜里的痒。我们肉贴着肉，贴得很紧，再贴过去，就贴到彼此的心了。但我凭着直觉意识到，我们之间有着一层难以言明的隔膜：我无法深入到她的内心，她也无法在内心深处完整地接纳我。她的皮肤完全裸露在空气中的时候，一下子就变得很敏感。出于本能，她用一只手护住自己的敏感地带，好像生怕我会鲁莽行事。她期待着我能用温柔的动作给她带来一种安全感。但让我吃惊的是，她脱光之后，身上的激情也随之消退了。她的神情跟她的手指一样冰冷，甚至带有一种兴奋过后的忧郁。一切还没开始，她却已宣告

当代中国最具实力中青年作家书系

结束了。她轻咬着我的耳朵，不停地嗫嚅着，像是在呼唤一个名字。我听得没错，她叫唤的就是马维的名字。这使我产生了一种身后有人就要破门而入的感觉。我对她说，你干脆也拿脚丫子把我踹下床吧。话未说完，丛影已踹来一脚。在那一瞬间，一个响亮的喷嚏犹如一记耳光，狠狠地甩在我的脸上。